洞 中 人

田耳 作品

图书在版编目（CIP）数据

洞中人 / 田耳著. -- 广州：花城出版社，2018.7
ISBN 978-7-5360-8594-7

Ⅰ. ①洞… Ⅱ. ①田… Ⅲ. ①长篇小说－中国－当代 Ⅳ. ①I247.5

中国版本图书馆CIP数据核字(2018)第009468号

出 版 人：詹秀敏
责任编辑：文　珍　周思仪　周　飞
技术编辑：薛伟民　凌春梅
封面设计：棱角视觉 ANGULAR VISION

书　　名	洞中人 DONG ZHONG REN
出版发行	花城出版社 （广州市环市东路水荫路11号）
经　　销	全国新华书店
印　　刷	广东新华印刷有限公司 （广东省佛山市南海区盐步河东中心路23号）
开　　本	880毫米×1230毫米　32开
印　　张	8.75　1插页
字　　数	180,000字
版　　次	2018年7月第1版　2018年7月第1次印刷
定　　价	35.00元

如发现印装质量问题，请直接与印刷厂联系调换。
购书热线：020－37604658　37602954
花城出版社网站：http://www.fcph.com.cn

目　录

第一章

柯大小姐　　　　　2
独善其身　　　　　12
人又少了一个　　　18

第二章

凶案叙述　　　　　26
失踪的女人　　　　34
耿多好　　　　　　42

第三章

耿多义　　　　　　50
天才少女莫小陌　　59
洞　屋　　　　　　65

第四章

你有夜晚的心情　　72

陪　恋　　77

如父如女　　81

何日君再来　　89

仙人洞　　95

第五章

订婚宴　　106

误入江湖　　111

隆宇烈与陌上青　　121

第六章

武术指导　　132

天下第一鸟　　138

闪亮的日子　　145

安装工　　149

平淡生活　　156

阴魂不散　　162

文学就是人学　　165

第七章

寻找之旅　　174

《末日寄情》　　180
金钩挂玉　　　185
神仙井　　　　191

第八章

失恋求助　　　198
绝　笔　　　　203
隐　约　　　　208
幽蓝一夜　　　215
闭　关　　　　225
药片的力量　　231

第九章

恍惚远行　　　240
写不出的悼念　245
回故乡之路　　250
"我很好"　　　256
洞　　　　　　265

第一章

柯大小姐

一如往常,街灯亮起时柯燃冰走进破败的大圆机械厂,去到耿多义租住那层楼,用钥匙捅开房门。扑面仍是成分混杂的气味。屋内每道窗帘都拉紧,她拧开一盏吊灯,光线顺灯罩的内弧滑行,如一只倒扣的碗。屋里没人,桌上有枚便笺。

我走了。是回俾城,现不能确定归期。这期间,网店是否经营看你心情,若你没空,须发布暂时停业的启事。不要碰我那些草,不要洒水,它们喜阴耐旱,且比较认生。如住在我这里,注意不要蜕皮在床上。

下面是落款,日期。

有些话是他俩使用的切口。"不要蜕皮在床上"源自她的说法。一年前,他说要出门几天,她第一次跟他要钥匙。"会不会害怕?你一直说这里像个洞。""就因为像洞,睡在你这里就是冬眠。""那行,但不要蜕皮在床上。"

她属蛇。在遇到他之前,她也暗自叨咕:再不找个男人,我已无皮可蜕。

相识近两年，她摸出规律，如果离开时间短，他会当面说，或者打电话，如果时间长，他就留字条。其实，这是他留的第二张字条，她也是刚摸出这规律。

两人相识前，柯燃冰一直受制于自身过于主动的性格。在她刚迈入花季，开始考虑爱情将如何展开时，就分明意识到，所有主动向自己示爱的男人都会第一时间被屏蔽。她读到大学，见不少室友被男人死缠烂打，滞外留宿，免不了上床折腾。她们本还矜持，等待男人宠爱，转眼变成甩货。她触目惊心，自忖，当猎人和猎物两种身份供人选择时，为什么你们急不可待选择后者？她知道自己只能是前者，头脑里总有一种透彻的清晰。譬如说，现在女人不管长相如何有创意，一律叫为美女。她对此有着冷静的自我评价：作为美女，自己只是及格上线，基本捞取不了回头率。

两人相处以来，她已习惯了短暂的分离。耿多义有时就手头正写着的情节，咨询某个熟人的看法，就要出去几天。他很少打电话，宁愿面对面询问。她和他是通过林鸣得以认识。林鸣对耿多义的评价是：如果有聪明一点的办法或者笨一点的办法，耿多义一定会选择笨一点的，而这正是他的聪明之处。"我是说……他是真正具有笨拙精神的人。"柯燃冰了然，"笨拙精神"是某周报上一个固定栏目的名称，林鸣每期去买，冲着另一栏填字游戏。她认为，耿多义不是在众多办法里选择笨办法，而是他只找得到这一个办法。他其实没有选择。

当初林鸣刚转来这家律师事务所，得知柯燃冰是柯以淳的女儿，便（习惯性地）摆出欢场老手模样，想迅雷不及掩耳再下一城。乍一眼看去，她确乎不谙世事，却洞若观火地打量着他每一组自成系列的嘴脸。他没想到这妹子是块难啃的骨头，调用更多伎俩，甚至想教她玩那弱智的填字游戏。他自称在这一领域段位很高。

"有多高？"

"二十个词，十分钟以内。"

当期报纸他买两份。她不相信回来路上他没偷看，却也无所谓。他用时九分钟，她是六分二十秒。她瞥一眼运笔如飞，若用她擅长的速记体，估计还要节约一分钟。此后林鸣恭敬地管她叫"大小姐"。

她五年前已不玩填字游戏，透过题面，她已看出出题者共四人。当期出题者是甲乙丙丁中哪一位，她一瞥即知，这亦可增快填字速度。后来，她读到一篇冗长的访谈文章，了解那档填字游戏的幕后情况，印证了她的判断。

她宁愿主动去寻找，像个猎人。十八岁，当她确立这个想法，忽然觉着人世间天宽地阔，习焉不察的日常成为她个人的狩猎场。

事实上她高估了自己。她毕竟年轻漂亮，又加主动，有段时间好些男人不费力气就睡她。对于上床这事，她并不迷恋，当然也不排斥，甚至，睡一睡有利于节省认清这些男人所费的时间。结果一无例外都是失望，她离开他们，就像他们进入她一样迅疾。没想此后在单位里，在她生活的小环境里，男人们背后疯传她是性瘾患者。男同事的眉眼见缝插针朝她脸上飞。

林鸣后来得知此事,痛惜自己来晚一步,没撞上好日子。转眼她已二十六七,作为女人,她提醒自己重拾十八岁的初心,去狩猎一个真正为自己量身而造的男人。"一定有这么个人,眼下还躲在哪个犄角旮旯的地方,等我将他翻找出来。"她这么想时,意外得来一种平静、辽阔而又苍凉的心绪。

在这当口,林鸣突兀地把耿多义拎到柯燃冰眼前,当然不会想到后面的情形,他想着要给耿多义一个在韦城露脸的机会。十年前,是他将耿多义带到韦城,胸脯一拍说你跟我日子不要太好过。十年过去,耿多义仍是不死不活地活着。林鸣总想着为他做些什么,在这个城市,他是耿多义唯一的朋友。

"够不够发一条新闻?一条消息也行。"林鸣手机递来,给她看一条网站消息:耿凡获台湾第七届林醒夫文学奖小说新人奖。

"拿一条消息当人情?林鸣,我只好说,你是有进步。"

"主要是他为人低调,我也相信他比很多人写得好,虽然我还没过看。我什么小说也不看。"林鸣又说,"本来是叫耿多义,耿凡是笔名。他来韦城差不多有十年,要算本地作家。"

柯燃冰说台湾的奖多如牛毛,有的作家稿费吃不饱饭,接二连三获取文学奖贴补家用。她们报纸的文化版面,发这类消息有规定,省级以上的政府奖,证书上盖国徽章的,准保要发;民间奖、报纸杂志的奖,还有海外杂七杂八的奖,不能乱发消息。这种事抖过乌龙,殷鉴不远。数年前,《韦城日报》文化专版刊发消息,本地作者闻铎喜获美国毛姆短篇小说奖金奖,还放头版。很快查实,该奖项纯属杜撰,而且,人家毛姆大叔本就不是美国人。

林鸣却坚持:"怪我不入行,但他小说写得不错,出书都好几本。"

"你弄两本给我看,能入我眼,给他写篇访谈,发出来起码半个版。"

"……他这个人有点怪,怕和人打交道,不一定肯搞访谈。"

"写得好的往往这样,你先把他小说给我。"

改天林鸣把书送来,一本叫《同父异母的姑姑》,短篇集;一本叫《艳若牛蒡》,中篇集。她的推理癖即刻唤醒,很快推导出来"同父异母的姑姑"理论上的可能性。及至两人初次见面,耿多义摆出的一脸不知所措,她一瞥即知是种伪装。她心里说,我要剥除你的伪装。

在此之前,柯燃冰一篇不漏看完两本小说集,跟林鸣说,这个耿多义很具有采访的价值,要他联系。林鸣赶紧打电话,耿多义果然拒绝。柯燃冰不是一个容易半途而废的人,跟林鸣说:"他地址!"

她初次找他是在晴朗的一天,开车上了城市快环又下来,再穿行于高新区空阔的大道。林鸣详细地跟她说明了路线。"……大圆机械厂最里面的一栋楼。你沿高新东五路进去,到第三个路口右拐,再走二十米有一家雕像店,再右拐,就看见机械厂的拱门。"当时她还奇怪:"什么雕像店?雕什么像?"林鸣一笑:"用耿多义的话说,专雕老牛逼。那条巷就叫老牛逼巷。"

到地方后她一眼看出那个店，有如地标，独一无二地存在着。店主雕真人大小的领袖立像，倚赖无师自通的手艺，用楠木桩雕了个毛主席，手脚长短都不成比例，脖子雕细了没法加粗，一身大氅用油漆漆过，像嫩黄瓜一样绿得出水。毛主席的福痦子用朱砂涂过，是整张脸上唯一的肉色。后面还摆着几个元帅，有木雕，有石雕，还有用零碎的洋铁皮焊成。店主也算多才多艺，但这几位五官七窍总有几窍弄得变形夸张甚至不对称，一张张奇异且突兀的脸。

她将车右打盘，一拐，看见拱门上"大圆机械厂"几个铁皮切割而成的字体，自是锈迹斑斑。她走到那扇门前，吸一口气，敲响了门。

门一开，她直接欺身进入，他将身板一侧。当头的那个客厅并不敞亮，帷布重重叠叠地拉起来，除了几排书架、一套桌椅，几乎没有别的家具。书架垂天盖地一共八层，书都里外两排。他还喜欢在路途随手抓拍一些云，以及一些天光，洗放一定尺寸，硬卡纸裱过再装框，搁书架上。有那几框照片衬托，架上的书更显重叠。

"林鸣跟我提起过你。"

"他也说过你。"

接下来是沉默，耿多义倒来白开水。

"为什么不喝茶？"

如果他回答"为什么要喝茶"，她会觉得很没意思。他说："现在精力还好，提神的手段留给精力下降的时候。"

"那抽烟呢？"

"抽。"

她抽他的烟,两人对着喷。她说:"我不是白来,来之前做了功课。你是有故事的人。"

"你说说。"

"我读了你所有出版的书。"

"几乎不可能。"

"当然,不只是《同父异母的姑姑》和《艳若牛蒡》,这只是你以耿凡这个笔名出版的两部小说集。在这之前,你的笔名是莫多,出版一个长篇、一个中篇集还有一本散文随笔。另外,余勒也是你一个笔名,是你在莫多之前使用的笔名。你到韦城以后,前后使用三个笔名,差不多是三年一个。要不出意外,很快你又会换一个。有个澳大利亚作家,叫德恩沃特,只想写,怕出名,笔名五年一换。你在两篇散文里都提到他。"

"……怎么看出来?"

耿多义想了想,就算林鸣,也只知耿凡,未必知道莫多以及余勒。《艳若牛蒡》出版以后,林鸣来他这里,见他又在出书,毕竟感到欣慰。在林鸣记忆里,耿多义出书已中断多年,以前隔三岔五出一本书,是他日常生活。

柯燃冰说:"莫多定期在《韦城文艺》杂志发稿,别的地方很少见到。莫多发的稿编辑就一个,特约编辑余勒。我去那里问过的,很明显,余勒就是你。"

"光凭这一点,就痛下结论?"

"我把耿凡、莫多和余勒文章里使用的生僻词作了比对,相似度极高。对于写文章的人,生僻词才是掩饰不了的个性。

电脑比对技术正变得无所不能，每个人的痕迹，系统一录入，再用数据比对，都会最大程度地暴露出来。"

耿多义要她举例，她试举几例。他一听，果真就是自己私爱的冷词。他默认，并对眼前这个女人不敢掉以轻心。

按耿多义本人意愿，访谈没发出来，但此后柯燃冰常去老牛逼巷，进到耿多义的房间。那既是他写作的地方，也是赖以谋生的杂货铺。柯燃冰表示愿意当义工，耿多义没考虑是否需要帮手。他拒绝不了她来，大多时候，一个人太冷清。他以为自己已经适应了这份冷清，真有美女到来，眼前晃动着曼妙的肢体，造弄出一些声音，也是好事。

柯燃冰去做访谈，谈到生计，耿多义承认，写小说只能算是副业，主业是开网店卖杂货。

"我开三家网店，都叫'耿记杂货铺'，星级不低。光开网店，没有意思，专门写小说，活不下去。两样事情合在一块，日子好打发。"

她想知道他怎么靠一堆杂货养活自己。她第二次再去，他让她进到里面第二间，像个手工作坊，摆有大大小小十几台机器。她在打印店里见过的机器和办公用具，这里几乎都有，另有几台机器她根本叫不出名字。

"你不会将打印店开在这里吧？"

"我的这些机器，不是一般打印店可比。"

他展示那一套手工精装书设备，起脊、扒圆和注胶都像是玩，弄出来的东西绝对专业；还有全能喷打，一个方匣子看着不起眼，喷在布面皮料上的字体，跟用金属箔片烫出来没有差别。又到最里面那间房,他拧亮灯,是四十平方的库房,一排密集架挤挤挨挨。摇动摇柄,图书、版画册、宣传画、老LD唱片,当然还有暌违已久的连环画逐一展现。

当初耿多义被林鸣拉来韦城,最初在报社、教育类出版社干编辑。后来耿多义租到大圆机械厂这套房,一点一点装成现在这模样,隐身其中。他一直等着当成宅男,但这需要技术支撑。网店收入勉强糊口,他辞去编辑职务,躲进小楼成一统,彻底变身SOHO族。他开网店,同时有更多时间写小说。

他起步时,网购尚算新生事物,耿多义是韦城最早一批网商。他随自己性情琢磨出独有的经营之道,比如将连环画散本逐一淘来,再成套出手,既赚到钱,也是好玩。当时连环画收藏图谱里,给出的都是套书价格,他自创一套公式,精确换算套书里每一单册价格。这么一算,便发现缺本大都严重低于应有的价位。有一年他专门经营连环画缺本,编一小程序,将所有缺本开列目录,链接各旧书网、收藏网的搜索引擎,五分钟自动刷新。如此一弄,全国之内,每家网店新上的缺本第一时间进入他的视野,只要低于他计算出来的合理价位,赶紧下单。

"……你这里主营旧武侠小说,能赚?现在有谁看这个?"柯燃冰注意到一个显见的情况。库房里一大半是绝版的武侠小说,包括她此前从未见过的港台薄本,一部小说分印成数十册,像收上来的小学生作业簿,一摞一摞堆叠。

旧武侠小说是他的主营项目,看似冷僻,但他做得专业,在国内爱好者里颇有人气。比如港台五六十年代出版的薄本武侠，十年前当成废纸称斤两，现在一套品相上佳的，卖好几千不是问题。内地八十年代以后武侠小说印量大，制作鄙陋，用纸粗劣，且多是不购买版权，算公然盗版，自不具有收藏价值。他专做港台原版武侠，繁体竖排，印制精美，有一批固定的收藏者。特别是早期薄本武侠，耿多义算是最早经营这一项目的网商。早些年港台同胞看武侠小说，犹如今天看电视剧——薄本武侠每册三万来字。看这样的一册，用一小时，眼快的一天翻掉十余本。耿多义说："那时武侠作家，快手每月能出五本小册，一年下来六十本，写上几年，书摞起来比人还高。"当年古龙就守在真善美出版社印刷厂门口，等最新一期司马翎小说出炉，捧在手上油墨还发烫。古龙看上几年，按捺不住自己写，很快又有读者守在印刷厂门口，争睹他的小说。当年，武侠小说的江湖，就此生生衍衍，派系林立，高手如云。

耿多义精心打理自己的网店，每套书不仅图片精美翔实，还有详细的简介，介绍版本情况，鉴别真伪。很多网友即使不买，也来他的网店看帖，欣赏书衣。

她听他讲独门的生意经，总感觉不可思议。问题是，他还能从中赚着钱，养活自己。他留恋旧物，但并不怀念过去，反倒觉得只有一个人独处仍能如鱼得水地活着，才是最好的时代。

独善其身

柯燃冰不难看出，耿多义经营杂货铺，显然承续了童年期的诸多乐趣。林鸣予以证实，耿多义从小有这爱好，将不起眼的小东西分门别类收藏，比如邮票、火花、烟标和糖纸，当然也有拍画。那时，耿多义做手工，在水泥厂院内小有名气，弄出飞机模型和船模，只需几根胶圈，就跟别人安小马达一样，或在天空滑翔，或在大水盆里不停打旋。

"他脑袋原本好用，被他哥哥打懵掉。"林鸣总结。耿多义有个哥哥，耿多好，人却并不好，天生街面的混混。耿多好问两老要钱，两老不给，耿多义就遭殃。耿多好先是将耿多义的邮票拿出去三不值两换钱；烟标糖纸不值钱，他就拿去擦屁股点烟。钱花光，耿多好将弟弟做的手工逐个扔到地上，冲父母亲说，"给是不给？"父母说，不是不给，家里已经没钱。耿多好抬起脚，叭地一踩。耿多义还来不及心疼，另一件玩意又被哥哥扔到地上。"给是不给？"耿多义弄一个玩意十天半月，耿多好放脚下一踩都瘪。耿多好回家一趟，满地都是零件和残骸。等耿多义的手工都被耿多好踩坏掉，剩下只有耿多义瘦小的身板，耿多好拿他练拳。父亲两腿都瘫，只能坐在轮椅上吼骂"你这杂种，我把你收了回去"。其实儿子就是自己的瘟神，请来容易送走难。

现在开这家杂货铺，耿多义又将幼时收藏癖和手工爱好找回来。房间堆满自己喜欢的物件，还对其进行手工加工，比如将零散杂志做成精装书。

林鸣还讲，耿多义读小学中学时，看武侠就看坏脑壳。水泥厂门口书铺里的书，他都借来翻了个底朝天。"……说不定他以为看多武侠，就能变成狠人，不让别人欺负，至少要能对付他哥。"

柯燃冰感觉耿多义对武侠的感情不止于此，也不追问。

她要去找他很容易，他毕竟是个资深宅男，只要敲门，总是他本人打开。

"你这里一个人不够。我不要工资，给你当徒弟总是可以。"她这么说。

"我不敢收徒弟。"

"那我来当义工，义工懂不懂？天呐，你Out了！"

又花费一阵时日，她得以摸清他生意的诸多细节，比如平装书里的珍善本通常具有哪些特点；如何跟店主讨价还价；如何应付买家的刁难；旧书收到后如何除菌消毒；如何修复旧书增加品相……柯燃冰去得勤快，有时一连几天都在，将杂货铺当成上班的地方，跟报社只说出外勤。日报文化版面收益低，换来时间充裕，为所欲为。耿多义的杂货铺基本没别人，除她以外，只一个家伙，晚上陪耿多义喝两杯。耿多义有喝夜酒习惯，两三两，从不喝醉。一人独处，不喝也难。那人脸很扁，眉心到鼻子再到下巴，全都被脸颊上的肥肉挤向中间。"这是齐虎，就是雕那些老牛逼的店主，其实他更重要的身份，是零四年全省特运会的短跑亚军。"耿多义说话时还拍拍身边的齐虎，齐虎伴着他的介绍，每个字一点头。柯燃冰正好采访过特运会。她记得短跑的时候，要有一些义工晃动着玩具，引导运动员坚持跑完那漫长的一百米。齐虎生来如此，但是自强不息，成年以后父母给他找来个店面卖杂货，但他扔开杂货，要卖自己做的雕像。

每次耿多义买菜往回走，路过雕像店，叫一声，齐虎稍后便会来到他的房间，一起小酌，打发黄昏光线逐渐暗沉的这段时间。柯燃冰加入之后，三人小酌，从来都是齐虎咕咕呱呱地说，耿多义一味倾听。柯燃冰也耐性子听齐虎说话，基本听不出完整的意思。耿多义跟她说："他有很多奇妙的想法，免费说给我听。"

柯燃冰喜欢两个人待，多一个人便是不懂味。天气渐热，衣衫渐薄，柯燃冰要将捕猎计划加紧实施，她已认定耿多义是这个城市稀有的有趣的人，搞定他，她不惜上一些手段。其实相对于一些专业段位的骚货，柯燃冰的手段还算半遮半掩，只是见缝插针泄露一些风情。对于一般的男人，这已足够。她觉得动用肢体语言是笨拙的，可以更简便也更直接一点，比如换上无袖且飘逸的针织衫，将里面抽成真空。虽然她依旧清醒地认识到，自己并非鼓鼓囊囊，但对于一般的男人，这也已足够。她甚至认为，一个女人但凡还有姿色，却从不拿去勾引男人，只是一味被男人纠缠和进攻，便是坐失良机。

一连数天，她解脱束缚的胸，凉了又热，热了又凉。他仿佛没看见。

柯燃冰思来想去，并不认为是自己吸引力不够——再不济,不至于让他眼都不斜。她认为问题在他,推理癖再度发作。据她多年的经验,只须用心,一切让人生疑的地方,一定会找到合理的解答。

这次也不例外,她很快有了一个解释:耿多义已是有多个年头的斯多喀,禁欲主义者。她并没有丝毫失望,相反,她觉得这男人就像一只冬笋,剥了一层壳,又有一层壳。而此前碰到的诸多男人,在她眼里,总像填字游戏一般一览无余。她的解题思路清晰,三下五除二破解耿多义的交际软件。在QQ里面,她发现一个聊天群,名为"独善其身",该群建立于五年之前,耿多义正是发起人之一。群内挤挤攘攘几百号人,柯燃冰另注册一个QQ号,混迹其中,很快得悉此中的奥妙。所谓"独善其身",其实就是指独身爱好者。大多数人搞不好对象,不得不打光棍,不在此列;这些人都是严苛的独身"爱好者",非但独身,还要力行禁欲之事,不与异性亲密接触。妄图混进此群约炮的,都被群众及时举报,及时清除。

群内大部分交谈,都在探讨禁欲予人的快感。对,他们总结出一个古怪的理论:禁欲与纵欲,好比钟摆的两极,纵欲能达到如何的极乐,禁欲也必然会产生同等的快感。他们也会交流服用什么样的药物——欲望是本性,禁欲无异于自我的阉割。在最初一段时间,仅凭意志难以克服本能的冲动,便要借助于药物。也有资深的道友真诚告诫,许多药物一旦服用,其实不能停下来,一旦停止,前功尽毁。这条告诫让柯燃冰脑子响了一下铃。她把他们例举的好几种药物记录在笔记本上,用百度逐一搜查药性药效。她判断,其中一种叫"贝洛可"的药物，应该正被耿多义使用。贝洛可药性温和，副作用相对较小，该群成员十有六七都是服用这种药。在吃药方面，耿多义总不至于捞偏门。

很快，她在耿记杂货铺一个并不隐秘的角落，找到一个蓝色小瓶装着的贝洛可。她拧开看一看药片大小，她心想这用不着游标卡尺测量。药片中部有切分线，一侧有"S"字样，另一侧写有"2S"。她心里暗想，好在是用瓶装，而不是铝箔塑封。

耿多义明显感觉到身体的变化。本来，他哪看不出来柯燃冰的心思？一个女人在男人面前穿成这样，仿佛穿着衣物，上身实则一览无余。但他这么些年吃药可不是白吃，在"独善其身"的群里，不断积累的心得，也能抵挡来自女人身体的诱惑——不就是脸蛋、乳房、屁股，还有它们形成的神秘组合么？他已能享受这些年没有女人的生活，居住于山洞一样的房子里，所有的喧嚣仿佛不在。他享受屋内黯淡的光，独居本身就近乎修行。

他有时想，就这么一个人到老吗？他有时又想，就这么一个人到老。

又过几天，他发现体内一团火正在灼烧。这种燥热，使他再也不能对柯燃冰欲露还掩的身体熟视无睹，他偷偷瞟去几眼，这种燥热便瞬间炽烈。每次他收回眼神，竟然是为稍后按捺不住再次瞟过去。她先是佯作不知，然后忽然逮到一个机会，将他的眼神捉个正着。很奇怪，他被她捉住时，他的眼光就撤不回去。那一刻，她射来的目光令他不能动弹。她贴近他，毫不含糊地配合起来。当她配合起来，他仿佛才回过神，确定自己是要什么。当他嘴唇覆盖了她嘴唇每一个角落，她就知道，要让一个女人快活，他没有问题。他一声不吭，呼吸仿佛都暂停，整具身体信马由缰地律动了起来。"我的天呐！"她不禁冷哼了起来。她反手摸到他，他的身体绷得很紧，没有一丝赘肉。

他自己也很奇怪，怎么事情突然就变成这样。他知道自己七情六欲都是全乎的，只是用药物封存于某处。封条一旦被撕开，他一下子回到十多年前，那时那地，那种状态……当然，他照样算是一个老手。小柯比他小十来岁，有下一代人的处理方式：毫不忸怩，全力配合，甚至让他有榨干自己的冲动。而那东西，像官复原职的干部，有了一分机会，就十二分卖力。

那以后，她经常晚上也不回去。有时她拉开窗帘，外面是机械厂森郁的院落，这城市的灯火在远处绚烂。他经常要外出，她有了房间的钥匙，他走了她也会独自住在里面，闻着书籍散发出来的草叶气味，恍惚入梦。

又一天午后，有人敲门。她走过去开门，门锁跳响时忽然想到，耿多义从来都是自己开门。是齐虎，门一开就挤了进来。她告诉齐虎，耿多义不在家，齐虎眼睛却在看她。这天天热，她衣衫单薄，胸器显露。齐虎过于直接的目光，甚至可以说没有秽意。她记得此前还和耿多义讨论过齐虎的性欲问题，耿多义坚信齐虎从没碰过女人，天生超脱，少了一份男人共有的焦灼。柯燃冰不这么看。当她分析齐虎眼神里的意味，这厮已经扑了过来，将她扑倒在地。她一阵挣扎，齐虎虽然智障，力气还是男人的力气。后来她情急生智，忽然高叫一声："你妈来啦。"齐虎一惊，一闪神的工夫她将自己挣脱，操起一个木制茶托，冲着齐虎肉皮挤皱的后脖颈一阵猛砸，直到他往外逃窜。

等他回来，她照样去他那里，什么也不讲。但此后，耿多义再不叫齐虎过来喝酒。她不知他从哪里看出问题，难道齐虎还恶人先告状不成？她对耿多义的观察力恢复了信任，忽然想到那些药片。她用维C药片替代药瓶里的贝洛可丸子，虽然大小差不多，也有中缝线，但维C片上没有任何字母。难道他没留意？

人又少了一个

柯燃冰常去杂货铺过夜，其间，柯以淳仍在给她安排相亲，回回强调对方"都是我小心帮你盯来的"。父母再亲，婚姻角度也当她是甩货。她先前还去相亲，现在百般推托。柯以淳看出端倪来，问她是不是已经找了男朋友。

有一天，她索性承认，是有那么一个。父亲又问这回是不是当真。她点点头，那一刹，忽然想到结婚，也是顺然之事。

"那你要让我先了解一下，他到底是怎么样的男人。"父亲说，"我做律师这么多年，看人不是一般的准。"

她不愿贸然约他来家里，便和父亲商量出一个折中的办法：由他装成顾客，去耿多义的杂货铺订购东西，在一种戏剧化的情境里，展开最初的接触。

和大多数成功人士一样，柯以淳一辈子只爱两个女人，一是母亲，一是女儿。女儿提的要求，他都小心办理。经他精心计划，在耿多义的网店里订了一些东西：一套民国时期民事判例选辑、四五张韦城彩调戏的黑胶唱片、一组晚清时期镂花篆字的白铜墨盒。收到货以后，以品相问题要求退货，或者当面换货。耿多义不同意当面退换，要求对方快件寄回，原价奉还。柯以淳挑了某个下午，直奔耿多义的杂货铺。大奔开进机械厂，几个工人落寞地投来几丝眼光。柯以淳敲门，强行进到耿多义的屋子里。整个屋子井然有序的样子，使他缓了缓神，重新打量眼前这个男人。耿多义也很快明白来人是谁。纵是隐匿身份，传承有序的模样却摆在眼前。两人心照不宣做起生意。

柯燃冰见到父亲的时候，他这么说："像他活得这么安静，而且有想法的人，是不多。但他显然不是活在现在的人，我怀疑他心里面比我还古老。"

她放下一颗心来，父亲这评价显然不算贬损。

柯燃冰想到结婚，忽然当真起来，也想跟他挑明这个事，却又一再忍住。她想，柯大小姐，毕竟是要男人开口才好。耿多义永远都是不紧不慢的模样。那一阵，耿多义忙于将当年写的悼词编成书，自费印出来。这想法还是柯燃冰给他的。

当初两人闲谈，他跟她讲起这桩往事。"……那时报纸还多，一个地区好几家。我写专栏，每篇一千五百字，稿费二三十块。一开始交几篇并不难，写一阵很要命，每篇都要有新的意思，让人搜肠刮肚。悼词可以反复写，写这个挣钱也多，我上手写头一篇就赚六十八。当时我干学徒工，一月底薪三百。写这个也不难，因为小县城每个人的活法其实差不多。"

"你都存了标准模板吧？"

"那是当然。死人这事也分淡旺季，一年里头最热和最冷的时候老人难熬，这生意最旺，经常一天好几桩。我忙不过来，他们还主动抬价，谁给钱少了，请不动我，那些当儿女的都觉得自己不孝。"

"听起来倒像是一门垄断生意。一个地区能写文章的，又不止你一个，为什么他们偏要找你？"

"看样子，我还真是干过独家经营的买卖。"

记忆的闸门打开。侔城当时有三家报纸，日报、晚报和视听报。耿多义从职专毕业当学徒工，白天上班晚上写稿，很快在三家报纸都上了微小说和散文。《侔城日报》店大欺客，三千字长文稿费十块。晚报肇编辑跟他混熟，说你就不要遍地开花，侔城就认我们一家。他没理由不答应，晚报给的稿费最高。有天上午，肇编辑往他所在的维修店打电话，声调急切。"有人叫我写一篇悼词，今晚上就用。我下午要弄版面，忙不过来。小耿，你来救个场。"他也没有理由拒绝。当天中午，他拿到死者长达一万三千字的生平简述。他至今记得，第一个主顾姓梁，粮店的退休职工，此生最得意的事，是唱辰河戏串女角，有板有眼。有人称他"高腔梅兰芳"，耿多义看遗照上那张塌下的南瓜脸，心想这如何修成女人模样？心里有怀疑，手上的活照做，下午就将初稿写好。他此前没写过悼词，水泥厂的追悼会总是避不开,知道关键在于抓好以下三点:煽情,煽情,还是煽情。写毕他反复默念,念一遍改一遍,每改一遍,老梁仿佛就多有一分生动。据说,当晚死者的长子朗读悼词,现场哭了一大片。这些人原本等着追悼会一结束,去抢占麻将桌上的好方位,没想先吃一记催泪弹。

原本说好给五十,冲这一片壮观的哭声,死者家属主动加到六十八。老肇事后说,我还以为加到一百!这也让老肇临时起意,问死者家属要不要将悼文放次日的晚报上发一遍,版面价格给予优惠。家属还另买三百份报纸。后面老肇索性承包了这生意,邀耿多义和别的几个地方作者一起干,淡季每周有两三主顾,旺季时候版面不够。干一阵,死者家属纷纷指定耿多义。他们不知道是谁执笔,只指着已发表的某篇,说一定请这个作者。这生意很快操持得风生水起,别的两家报纸还抢不了:日报作为党报党刊,只能发国家领导人的讣告;视听报一周只一期,达不到时效性的要求。后来老肇和耿多义两人撑起这门生意,老肇负责接单,他只管干活,成了写悼词的专业户。白天他照样是个学徒工,晚上整理一个个死者的生平事迹。

"……那作为作家专门写这样的文章,死一个写一个,一写就两三年,你心里没有抵触?"

"确实。那时我当自己是在干殡葬行业,才坚持了下来。"

"那些悼词保存了不?"

"你想看?"

耿多义敝帚自珍,当年发在报纸的悼词都剪下来,贴满三个剪报簿。她读他当年写的那些悼词，一个个死去多年的人又活了回来，在她脑袋里具体而生动地浮现。她忽而有了感慨，人生天地间，忽如远行客，耿多义花两三年时间，记录了这么多生动的人，何不结集印？耿多义一听，有意思，且他这里机器和工具齐全，动动手就能弄成自印本。

书名耿多义打算叫作"人又少了一个"。柯燃冰不很喜欢，想到另一个名字"音容宛在"，两人各不相让。柯燃冰主动要求设计封面和书的装帧。

快到年底，柯以淳说："三十一号，你把小耿叫来，我在家里弄一桌，一起跨年也好。他在韦城逢年过节太冷清。"柯燃冰当然知道，父亲这就是表态。

次日柯燃冰再去杂货铺，桌面上却只留下一张便条。耿多义出门办事。她一想元旦还有几天，不急，等他回来便是。

很快，封面的样张弄出来，共两张，其一是《人又少了一个》，另一个是《音容宛在》。柯燃冰用信箱给耿多义发去两帧照片，并发短信，要他再斟酌一下要用哪个书名，好久没见他回复。当时是晚上，电话拨了几通，一如既往，全都不在服务区。她知道耿多义一到服务区就会回电话，迟不过明天。

又隔一日，柯燃冰仍不见耿多义回电话。到中午，电话骤响，她一看，却是父亲柯以淳，嗓音还意外地慈祥。"不要等到年底，"他说，"今天，我难得清闲，在家里弄一桌菜。"

她只能跟父亲说耿多义出差，要过几天回。

"他经营杂货铺子，出什么差呢？"

"他也写稿，经常出去采访，跟我一样。"

过了元旦，耿多义仍没回电话或信息，她打出去的电话，也无一接通。耿多义一直待在服务区之外。柯燃冰心里有了不安。她和他相处已有一年多，知道一连数日的意外，对于一个井井有条的人，无异于突发一场脑梗。捱到傍晚，她又去杂货铺子，在书架中间坐定，努力回忆耿多义离开韦城前，有什么异常。

那一夜柯燃冰甚至想，他会不会就此消失？这种预感并非没有根由。她听林鸣讲过，以前有个女友叫莫小陌，就是某一年雨季到来时，突然失踪不见。一个人就这样消失，再也不见，毫无道理。莫小陌跟耿多义也是很熟，读中学那阵，他们朝夕相处。

外面的天空仿佛比平时更黑，柯燃冰实在难捱，一个电话打给林鸣。

"……柯大小姐，有何吩咐？"

"耿多义好多天联系不上。他回了伻城，我有急事找他。"

"你再等等，说不定明天他就回你电话，说不定过一会就打来。"

"少讲没用的，你马上找到他，要他给我回电话过来。"

"给个最后时限。"

"越快越好！"

她躺在两人滚过多次的床单上，等待电话回过来。林鸣毕竟是跟耿多义从小认识，两人有太多共同的熟人，要找到耿多义，林鸣自会有更多手段。凌晨过后，她一岔神睡了过去。再醒来，还要拉开两层窗帘，她才发现时候已然不早。头脑稍微清醒一点,她就查看手机,没有未接来电,也无任何消息。她确定自己是在想那男人,如此一想,便如此清晰地意识到,她对他有多不了解。

她走出去,一眼又瞟见桌面上书封的样张。"人又少了一个"——这时,她怀疑这是一条谶语,是耿多义有意留给自己。刹那间,她决定去一趟佴城。"如果及时,这正在消失的人还可能被自己拽回人世;如果去晚一步,这人说不定永远消失。"最近,许多毫无理由的想法,都会在她头脑中倏忽出现。她知道自己不能再在这样的煎熬中等待下去,她柯大小姐从来就不是一个坐以待毙的人。

她又拨出电话打给林鸣。

"……问了好几个熟人,前不久他们还见到他,但现在,耿多义的电话谁都打不通。"

"我要去一趟佴城。"她说,"你陪我去。但就我俩同去,也不方便,你最好再找一个女的,我们三人行,费用我全出。"

"哪有女的陪我?再说你是老耿的女人,还用防着我啊?"

"少跟我装,这对你来说根本不是问题。"

第二章

凶案叙述

近三年春节，耿多义都不回佴城，但平时一个人悄无声息地去，又悄无声息地返回韦城——佴城已是"去"，而韦城是"回"。倏忽八年，故乡异乡，面目模糊。每到春节，在别人的城市，看烟花自窗外空洞绽放，喝自己的酒。家里来电话，通常是母亲，耿多义静默听她诉说。家里的事，无非那些。母亲问他怎么样，他说还好，就那样，忙。母亲没问他几时回来，这事用不着问，该回时自然会回。挂了电话，耿多义想，越是愧对，越要狠点，否则没完没了。到他这个年龄，已不愿理会情绪上的事情，重要的是怎么去做。

前不久，在他的杂货铺子里，柯燃冰问，你一个人，春节怎么过？要么，我陪你过年三十，两个人的除夕。说到这，她眉毛飞动，眼神泛起一丝向往。耿多义却想，她也许想到厮守、相濡以沫或者与此相关的意思。于是他问，那你家两老答应？她眨巴眼睛，你是说，忠孝不能两全是吧？他说，你那边是孝，没错，我这边不算尽忠职守，不是义务，你再想想。她就想了想，又说，要么你去我家里去。家里眼下就我和爸妈，没多余的人。他说,你爸愿不愿见我还没个准。她说,一定会的,我爸的心思我摸得准,再说他见过你一次。

他知道那次怎么见的面,往下不知说什么。

来韦城这些年,耿多义一直没找女人,再过几年,捱到四十,可能就懒得找。四十总归是人生一道坎,跨进跨出,一步之遥,况味大有不同。耿多义不急,有人替他急,林鸣摊上这事,谁叫当年他脑袋一热,叫耿多义跟自己过来混。当时,他把韦城讲成钱多人傻,遍地是机会的地方,其实这有个体差异。他本人待到任何地方都会风生水起,谁叫他是林鸣?耿多义不是这样,来韦城当了几年编辑,正值纸媒下滑,不死不活地混日子。他不嫖不赌,喝酒都是一个人闷屋子里搞事。这样的性情,行不畅通,混不起势。林鸣跟他总结,你应该去一个大学搞研究,可是偏偏你读书也垮了。你说你要怎么搞才好?说归说,林鸣照样要为耿多义操心,这么多年来,安排的相亲活动不下十趟,他手边优质资源都无偿亮给他,耿多义一次次放弃机会。林鸣便想,我又何必着急?难道我是太监?后面,林鸣打定主意,天要下雨,娘要嫁人,耿多义要打光棍,都顺其自然。

转机出现在两年前,他只是想让柯燃冰帮忙,给耿多义获奖发条消息,两人得以认识。不久后两个奇葩来劲了,据说还是柯大小姐主动。林鸣便想,怪事年年有,今年有点多。

两人见面时,林鸣问,你自己说说,柯大小姐怎么就看上你的?耿多义翻翻眼皮说,我也搞不清楚。林鸣又问,觉不觉得她跟小陌有点像?我不是说长得特别像,而是说身上那股小姐脾气。耿多义说,你看谁都像莫小陌。

耿多义初见柯燃冰,的确想起莫小陌。那张原本熟悉的面孔,像自幽深的水底一截一截押出水面,陡然清晰。这么多年他不碰女人,是摆不脱一种错觉:始终有女人的眼睛,自房间中不经意的角落,平缓而又专注地看着自己。

面对柯燃冰暧昧的示意,以及调换药品,他借梯下楼,将计就计。药力消失殆尽,该发生的发生。他问自己,这是怎么了?他已经不容许自己陷入无措的境地,一旦有这情况,便回一趟俚城。他又去那处洞屋住两晚。关了灯,他闭眼,张起耳朵,听洞内空荡回声,感觉她们依然不远。他在里面住两日,出来恍如隔世,一到洞外,两眼看向天空时泛起了昏花。洞中方一日,世上已千年,他觉得时间像橡皮筋一样弹性十足,人们给时间标以刻度,是最无趣的事情。

洞中的房间,令他一次次回复平静,且给他毫无来由的启悟。

再回韦城,他跟柯燃冰步入正常的恋爱。他回顾两人交往过程,从初见到频繁往来再到成为恋人,虽然比别人慢半拍,也算随了大流。就像走在城市的街道,总有被路人裹挟之感,不太自在,但有时候忽然觉着还省心。

年底,耿多义原本打算节前回俚城,突发事情让他提前。留一张纸条在房内,突如其来地写上"我走了",是多年积习。那时候有位法国作家的小说《我走了》热销一时,成为文艺青年很长时间内必谈的话题。其实晦涩的小说本身,未必有几人看懂,这书名却一时成为小资符号。文青们回归留便笺的老派，笺头一无例外写上"我走了"。现在，别人早忘了，耿多义改不了。

他买硬卧。这趟车，他已不知搭乘多少回。火车跑起来，耿多义看窗外的景。从韦州到佴城，平原渐渐消隐，山坡排排挞挞拱出。火车在平原上体态轻盈，一钻进隧洞就通体晃响，气息浊重。而隧洞一个连一个。

天黑下来，耿多义眼光收进来，对面应是一对恋爱中的男女，男人几乎可以当女孩父亲，便将老男人的关怀淋漓展现。女孩自顾摆弄手机，表情专注。在她看来，这地球就是用以制造各种事端，写成新闻，源源不断灌入那只有她脸大的手机。耿多义在看一本叫《故事》的书，其实不是讲故事，是讲怎么讲故事，却不得不听他俩念微信消息。女孩开口说，老宋听我念念这条，要点评。她声音一扬，节前莞城处女膜修复手术生意爆好。名叫老宋的评，辛苦他们了。女孩追问，你说是医生辛苦，还是那些女人？老宋说都有，这事情一个巴掌拍不响。女孩继续，下一条，某男子放屁被人抓拍，一股浓烟。老宋又评，这条谁念谁评。女孩一笑，不纠缠，又翻开一条微信，说这条听听，"大佴贼"公众号放出来的，你们佴城的事。老宋说，我是广林人，佴城在隔壁。女孩说，你自己分得清，我看都是一个地方。老宋说，当然，还不是你说了算？

往下，女孩说到一桩凶案，表情为之一凛，带出几分现场感。

一周前，有个小年轻刚转正，邀来小伙伴搞搞庆祝，吃饭唱K洗脚所谓一条龙，太老套。年轻人爱搞些新花式，决定去野营，开了车，带帐篷，吃喝一应俱全。还不够，顺便在路边店叫几个妹助兴。这里有细节，小伙伴三个，当时路边店妹子只两个挑剩的，年纪不算小。妈妈说去旁边的店借小姐。年前生意好做，各家都缺小姐，妈咪借来一个年纪更大的妇人。小伙伴一看这妇人模样凑合，一时又没选择，打包一同带走。野营烧起篝火，荒郊野外，风急火大，很快 High 至白热。白酒也喝得极猛，一仰脖起码三五指头。三个小伙伴二十出头，性子正野，酒劲再一纵，各自搂一个妹子，想怎样便怎样，几近癫狂。一不小心，弄死一个。小伙伴害怕归害怕，大学混几年出来，做事条理还在，先把另两个女的控制住。这事造大，三人一时吓得酒劲全无，凑头一商议，不是往控制事态的方向走，而是一不做二不休，又弄死下一个。那年纪稍大的妇女，不比年轻小妹，多有人生经验，先是装死，再趁夜色逃脱。

这女的真酷。女孩念完评一句。

这事情显然没完，"案子正在调查，更多信息警方拒绝透露，请关注'大佴贼'后续报道"。女孩跟老宋嘀咕，后续报道，一般都看不到。是那逃脱的女人报的案？几个凶手什么身份？竟然一样都没说。老宋说，拒绝透露嘛，会影响破案。女孩不满意这答复，警察破案嘛，又不是打斯诺克，那么娇气，看台上有声音就影响发挥。

耿多义听见自己说，凶手只抓到一个，那女的现在还找不见，当然不是她报的案，报案的是附近的农民。接着，耿多义发现女孩眼光移到自己脸上，免不了要问，人是怎么弄死的？

其实耿多义什么也没说。旅途枯寂，他倒想说些什么，却张不开口。作为资深宅男,他独自待的时间太久,跟人讲话有了一种障碍,何况陌生人。但他脑子里,分明是有声音在回响。

他说,没这么下作。本来,算是意外。

女孩问,看样子,你都知道?

他又说,知道一点。

其实女孩又翻看其他的新闻,杀人案也无法让她注意力更持久一些。老宋在削一个好看的橙,黄皮旋着削去,白皮露出。

窗外亮起一片暗黄灯火,车速放缓,进入一荒僻小站,车门不开,应是停车避道。灯火之外的黑色来得很沉,远看山影一概恍惚。

耿多义便进入一种冥想状态,听女孩还在催,那你说嘛。他遂开了口:提鸭子死的。女孩问,提鸭子死的?耿多义进一步解释,是俚城小孩瞎闹的把戏。小孩有时脚痒,要赛跑步,空地跑还嫌不来劲,大小孩就找小小孩帮忙,将小小孩拎起离地,再撒开跑。按此时情形,他又听见老宋插话说,我小时也这么玩。这提鸭子有技术,双手切忌环箍了小小孩脖颈,要命的事。正确方法,双掌托住小小孩下巴,双臂向上用力,小心端着。耿多义又说,小时候,我们都当过别人的鸭子,再大一点,也有自己的鸭子。女孩照例评点,你们那里的男人很出色,个个都能当鸭子。

那一晚,三个小伙伴里,一个小警察趁酒兴想到提鸭子。一人提议,两人来附和。两个年轻妹子体重又相当,脖颈顾长,提起来顺手。三人白酒喝够,篝火烤出些许人油,便将外衣一撩,各擒住一个妹子当鸭。妹子做鸡,本来辛苦,忽地又要跨界当鸭,自不乐意,但那时那地那种氛围,哪敢违拗这帮小年轻的意愿?乖乖当了鸭,下巴被托起,脖颈被提起。可以想象,那一晚火焰和冷风中,小伙伴放眼四望,群山合围,月黑风高,恨不能和着北风来几声狼嗥。那野地不缺柴禾,篝火堆得起尖,火苗一飙丈多高,烟灰四下泼散。火焰映亮周边一带,闪闪烁烁,是片缓坡。小警察划定约莫五十米跑道,和另一个师院啦啦球专业的小伙伴比起来。两人都有力气,小警察天天蓄体能,师院那个手上能托举一个小师妹。另有一个电厂子弟,体力稍逊,站一旁当裁判,鸭子双脚落地算输,惩罚是往死里灌酒。那两个妹子刚被拎起,还当是好玩,整个人悬空,仍大呼小叫。

五十米坡路,百十斤年轻妹子,进一步撩起小年轻的血性。一路跑下来,小警察得意扬扬,输家却不肯认账,还要再来。赢家说,送你一份心服口服,换换手,鸭子可以对调。妹子对调,三人又赛两局,三打两胜,输家出局,电厂子弟以逸待劳,换上来接着赛。胜出的小警察,体力毕竟落了下风,再要比赛,本该托举妹子下巴,换成环箍,才好用力。又是两局跑下来,还没到终点,小警察感觉手里妹子正在变软。终点恰在远离篝火一端,一片晦暗之中。他把妹子放下,妹子直挺挺躺倒在地。他知道某些事不可避免地发生了,腾出手试试妹子鼻息,又知道事态怕是比预想更严重。小警察性情沉稳,行事老练,招呼两个小伙伴过来。小伙伴拢过来,他说,有事情,先把那两个妹子制服。小伙伴没多问，明确了任务，各自制服一个。另一个当鸭的妹子基本原地不动就被擒住，年纪稍大的妇女当时在烤火，觉着不对劲，还拢过去看情况，正好撞人家手心。女人不经练，几乎没任何反抗，想叫喊，风把喊声回灌嘴里。

想象中，女孩听到此处，脸色应是微变，被站台的光晕染成暗黄，往下又问，知道那么详细？耿多义解释，到底在佴城待过，有熟人。女孩追着问，那几个女的，都是哪里人？耿多义说，死去的，贵州一个，佴城本地一个。逃跑的那个，不清楚。

……你也尝尝？老宋将半个剥好的橙递来，似乎想显示和蔼可亲，对谁都好，不只对女孩装得体贴入微。

耿多义这才从冥想的一番交谈中醒过神，脑子一闪，再次记起那个贵州妹叫毛娟，别人叫她幺妹。很多人都叫幺妹，她叫毛幺妹，按说也有二十大几。知道案情后，他还一直想不明白，既然留有这么多线索，如何查不出那女人是谁？警察纵是不顶用，毕竟现在的刑侦技术发达，好比一只猴捡着苹果手机，随意地摁，也能拍几帧高清片。他也暗自揣测那失踪的女人，是否被尚未归案的两个凶手追踪灭口，一想也是不对，灭不灭口，案情已是明了，那两人没必要干这脱裤子打屁的事。

本来他不会接陌生人的橙子，但恍惚中，嘴里一甜，竟已吃上。老宋在一瓣一瓣掰开喂那女孩，女孩这时玩起一款游戏手抽得厉害，老宋喂起来更吃力。耿多义眼光探向车窗外。在这山中小站，火车停了不短时间，站台空荡，只一个外勤工落窦地站在眼底。

失踪的女人

火车毫无悬念地晚点,马勃来接站,开一辆坦克一样壮实的越野车,开车的是他小弟。耿多义没想,以前学家电维修,个头最小的马勃,会当上警察,还带一票小弟。马勃也有感叹,修家电修出个作家,比嗑瓜子嗑出个屎壳郎还难。马勃又说,师兄弟们都在等你,还叫了你的曹师傅。他小弟捧哏地说,动静不小。马勃跟小弟说,等会多敬你师爷几杯。

不要搞得那么客气,我经常回来。

就拿你当成个借口,兄弟总要聚一聚。你不来,我们大半年没碰头。

曹师傅年纪大,说来,刚出门又觉身体不适,不来了。进到包厢,职专的师兄弟都是好久没见。套话说几圈,杯子碰几下,耿多义按计划,把话题扯到前阵子那件案子。这事情,早在俥城传开,在座都有耳闻。有个师弟说,我听人说,被那三个杂种弄死的,不止两个妓女,有四五个。有个师兄说,我也听说的,几个少爷公子哥,口味重得很,单挑不过瘾,个个挂双头,那就祸害了六个。马勃说,这事我清楚,说死两个,就死两个,不必隐瞒,也瞒不住。那师兄又说,好像市公安局一个姓蔡的局长,也被停职了?有一个犯事的,是他儿子。马勃说,你看,都是谣言。不是儿子,而是侄儿子;也不是停职,按规定要回避。案子牵涉公安亲属,就跨地区调人办案。现在的办案,已非常有规范。有人就笑,你调进公共关系处理科了?马勃说,香港警匪片看坏脑壳。耿多义说,现在有网络,是好事,要是以前,可能领导就只手遮天,把案子压在手里。马勃说,耿哥,你也是心歪看不到理正。别的事压得住,人命关天,蔡局一知道情况,主动往上汇报,自己请求回避。那师兄说,也是,既然已压不住,不如先讨个好态度。马勃不悦,我们警察,在你们眼里怎么里外不是人了?案子压手里,是黑幕重重;往上汇报,又是卖子求荣。这种鸟事,不要说了,喝酒喝酒。

眼看这事要翻过去。酒桌上,总是有无穷无尽话题,有师兄弟在揿手机,微信里找新话题。……听说那个女的,当时装死逃跑的那女的,一直没有露面。耿多义不失时机地说,刚在火车上,听外面的人传,说她可能是被在逃的那两个——杀人灭口了?马勃说,耿哥,你好歹也是写过小说,故事总要编圆。这样的话,你也肯信?耿多义说,只是听见,没去多想。马勃又说,那两个在逃的,证据确凿,只等着归案,再去杀人灭口,不是多此一举?杀人不是一件容易的事。马勃散一圈烟,痛心说,我都不好说,大家不要造谣,只是心里想,造谣的能不能稍微专业一点?造谣总是手撕鬼子这个级别,要把弱智暴露无遗才好?

耿多义听出来,马勃现在混出模样,早不是当年的那个小弟。十多年前,马勃跟他屁股后头跑,有那么点忠耿之气。他还记起马勃当年惶乱无助的样子,身边总要有个大哥,方始安心。耿多义又想，自己今天带着礼物，倒是懂事。

这帮闲汉，午饭造到三点过，有人还说晚上接着搞。马勃统观大局地说，不要喝得这么密，耿哥又不是明天走。之后众人散去，马勃拉他找个地方泡脚，耿多义说喝茶就行。马勃瞥他一眼，说我知道今天你是有事。耿多义找了僻静的一个卡座，一包东西推过去。马勃摁住，要他直接说。马勃当然摁不住，那是一包花花绿绿的，韦州特产海宝套装。成分很多，配起来好看，管用是几只大海马。耿多义说，这种大海马万里挑一，真有效果，拿去泡酒，不管滋阴，专管壮阳。这次回就带两套，一套给我亲老子，一套给你。亲老子其实用不着，是个意思，给你却是真心真意，助威助力。马勃嗯一声，摸一摸大海马身上的硬突说，享受待遇了。只要壮阳，顺带也就滋了阴。耿多义翘起一枚拇指夸他，结了婚，就是不一样。马勃说，耿哥你是骂我。耿多义就笑。这个马勃，一块学维修时，说他像猴还是夸他茁壮。他的裤头，也被师兄弟扒下来好多回，大家一起鉴赏研究，担心他日后造弄不出小孩。马勃掏出钱夹子让耿多义看看，他老婆基本算是美女，小家伙猴头猴脑，眉眼竟然像他。耿多义长舒一口气，说那我就放心了。这东西你用得着，快马要加鞭。马勃说，好的，你行贿成功，有什么指示直接讲。在我心里面，你一直是我大哥。

……不敢当，那我就讲。现在，我要知道那个女的的情况。

哪个女的？

两岔山杀人那件案子，失踪那个女的。

失踪了嘛,现在还没找到。

凭你们警察的刑侦能力,还查不出失踪的女人是谁?

马勃一想,倒也是,那女人即便一时找不到,但她姓甚名谁,打哪里来,起码也要有线索。马勃承认,我是个民警,你说这事,要问刑警才行。耿多义问,刑警队里你不认识人?马勃说认识好几个,关系都不错……耿多义说,一个管事的就够,不贪多。马勃说,明天要去市局办事,我帮你问。耿多义催着说,你日理万机,所以我怕夜长梦多。马勃说,在耿哥面前,杂种日理万机。耿多义往桌面一指,说你现在就打电话。

马勃翻出一个号码,要打,却又缩手。他问,耿哥,事情不急,我还云里雾里。你先跟我说清楚。耿多义说,什么事不明白?马勃说,那失踪的女人,跟你有毛关系?耿多义说,你们都查不了,我更不知道她是谁。马勃说,这就怪了,你还不知道她是谁,何事老远跑回来打听?耿多义说,正好碰见你,问个明白。马勃说,不对,你是专门来问这事。耿多义只有默认。马勃说,在我心目中,耿哥一向都是老成持重,不会搞一些莫名其妙的事。耿多义无奈地说,每个人都会有一些事,自己当是正常,别人一看,却是莫名其妙,所以不便讲出来。马勃说,现在你要讲明白,我才晓得怎么问话。耿多义面有难色,说我怎么跟你说呢?

他长期独自写作,长期被表义的准确性困扰,一俟开口说话,总觉言不及义,所以小有磕巴。

……我有一个朋友,住在佴城,也突然联系不上。耿多义说，就在两岔山案发前后，几乎同时。

除了时间点，你朋友联系不上，又跟这案子有什么联系？

她认识毛幺妹，就是这次死了的那个贵州妹。两人好多年交情。那个失踪的妇女，就是毛幺妹电话邀来的。

那你那个朋友，也是干……这个的？

……以前的事，现在不知道了。

一直都有联系，中断了？那你们怎么联系的。

网上，定期发一发邮件。

定期是多久？

每个月。

发案才一周……

案发正好是月初，她应该就那一两天回我一个邮件。

你就怀疑，失踪的就是你那朋友？

还有一个细节……耿多义习惯性佘佘嘴皮。

哦？以前我们在一起，倒是经常讲细节。马勃恍惚又想起以前。

不跟你扯白。听人说，当晚失踪那个女人，是后面拽来凑数，年纪较大。几个小年轻本是饥不择食，拉她凑数，一到两岔山，当警察的小伙认领这个妇女，一摸这女人的脸，摸到她一边耳朵有残……

你要找的那个女人，认识毛娟，以前干过小姐，一只耳朵也有残？

耿多义点点头，说是左边。

马勃眼睛一亮说，有三个相似点，可能性倒真是很大。你也别拐弯,把你朋友名字讲出来,倒是个线索。就算你朋友不是失踪的女人,她们可能都有交集。你看,耳朵都带残,是不是相互约好?

这怎么可能呢?我不想讲她的名字。耿多义叹口气,又说,你先帮问一问,失踪那女人哪边耳朵带残,到底残到什么情况,我心里就有数。

你只是搞搞排除法,知道她是不是那个失踪的女人?你并不是要找到她?

可以这样说。

耿哥长年写小说,脑袋毕竟是有点坏掉了。马勃叹一口气,把手机拿起正待拨号,扭头又问,你这朋友,我以前见没见过?

耿多义说,你打电话。

电话一接通,马勃习惯性往外走。再回来,手机已揣进兜里……现在我回答你两个问题,不要失望。第一,失踪的女人并不坐店,确实是死者毛娟临时打电话叫来,手机里存的称谓是二姐。已查二姐的手机号,身份证对不上,手机也只和毛娟一人单线联系——这种事,我想你也听人说过,其实就是暗娼,干别的事情谋生,有时找零星生意赚外快。第二,现在三个案犯,归案的只有电厂石孝银。他并不清楚失踪女人哪只耳朵带残。

耿多义无话。他心里念,二姐?

马勃又说,让你操心的女人还挺多,以前我总以为是莫大小姐。

只是帮她家干活。

是条好路,可惜后面武侠书卖不动,要不然我跟你一样,也是作家。从那时一直写到今天,马不停蹄,我们弄出来的书堆起来,都比得上身高。

著作等身。

对的,著作等身。我老想回到那时候,真的,我们一起写武侠,虽然是制造垃圾,但当时觉得自己挺像个人物。可惜当年人人看武侠,转眼又是琼瑶,再一不小心,又变成余秋雨。变化太快,想一直写都无法。

耿多义仿佛这才想起,自己也曾拉马勃一起干活。马勃干体力先天不行,当时成天泡在武侠小说里。别人论本交付租金,一本两角钱;他喜欢包月,因为他眼快,一天三大本,一月五块包圆。所以,有天他跟他说,要不你也试着写一写。反正情节大都差不多,就是一个小弟,先是活得很惨,后来找到一本秘笈、一个要死的家伙,最后武功变得最好,见谁灭谁。马勃来劲了说,要有奇遇,要泡几个妹子。耿多义一笑,说随你了。马勃以为开玩笑,耿多义当场塞他一张整百,说是定金。那时一百还是蓝钞,一月生活费都够。于是,马勃掺和进来,两人一起写武侠。马勃写得慢,三天打鱼两天晒网,一有钱就换了筹码,灌进苹果机,彩灯还没转停,他就拽着机壳拼老命一晃,经常被店主驱逐。耿多义还随时跟他讲,这事不要过脑子,首先要勤快,保证一定数量,一个月起码搞出一本。马勃说,我不像你那么有货,再说我对自己要求高,金古梁之外谁也看不上眼。

后面耿多义也变通了，按工头章二的要求，一本书里面肯定要有几个让人血脉贲张的段落。比如小师妹中了蛊毒，一定要用阴阳交合大法将她救回；比如少侠落入魔窟，被一帮妖女尽情凌辱，只好汇聚元神，不让自己精尽人亡；又或者少侠误入食人族地盘，一帮裸女围住他，要一块一块白切，少侠死到临头，计上心头，跟裸女打商量，只要你们不吃我，其实我有更好的用处……

耿多义写书，就怕写这些段落，现在正好交给马勃，专门完成此项标配。马勃写这样的段落，精神抖擞，与耿多义相反，除了这些艳遇，别的他都怕写。他说他一脑袋性幻想，正好掏出来兑现。

耿多义兀自沉入回忆，马勃忽而又说，你说的那女的，以前在"好再来"发廊干过的。

耿多义吓一跳，赶紧问，你怎么知道？

马勃说，那天你从外面回来，找我去路边宵夜。我们正撸串串，有辆摩托眼前开走，后座带一个女人。当时你就慌了神，开着摩托在后面跟。

你怎么知道，我是跟前面的摩托？又怎么知道，我在哪里停下来？

……我就是知道。

耿多好

黄昏时分回家，感觉正是时候。家在水泥厂宿舍，耿多义自小生活在这。他觉得故乡和老家就是这样，以为远离，其实是不断回到那里。

若干年前，父母也想自建一幢楼房，过有天有地的生活。宅基地是爷爷留下的，马路边，整四分地，地形也好，若建成楼房，临街有六个卷闸门。到时候，收收租金，日子过起来不用想事。有一年，家里把这块地皮卖了，钱投到别处，想有分红，却打了水漂。所以，父母一直住单位宿舍。父母永远住在从前的房子里，而隔壁林鸣家搬离后，已换了不知多少住户。母亲像出土文物一般，出门迎接，皱褶深密，勾勒出一个生动的笑。屋里面，父亲坐椅子上，暗自摆好姿态。

每次回家，他总要想到若干年前那个夏天，林鸣、莫小陌和欧繁一同来过。是莫小陌提议，跟林鸣说，你小时候，跟耿多义做邻居，那去看看你俩小时候待的地方。耿多义说，我家还在那里。莫小陌说，那正好，给你父母买点什么东西？苹果梨子这些？耿多义说，老人家不爱吃水果，要买，买一包方便面。莫小陌问，为什么？耿多义说，软。

四人到了家里，耿多义把小伙伴向父母一一介绍，并说，这是我妈。母亲说，欢迎欢迎。走进屋，父亲说，你们好，我不能站起来欢迎你们。莫小陌一脸感同身受的苦态，走近了问,老伯你腿怎么了?耿多义说,很多年以前的事。父亲说,自己不小心。这样,父亲讲起自己的事,当年是水泥厂爆破工,每天打岩眼,填火药,装雷管,扯导火索,用汽油打火机燃起,嗞啦嗞啦一路响。点炮之前,厂办楼顶上,一根竹竿将高音喇叭顶起,播音员操本地口音,向城北一带居民喊话:各位同志请注意,广林水泥厂今天第二次爆破作业,即将开始,请看好各家小孩……干这工作都没好结果,父亲只是奇怪,别人大多断手,自己偏偏断腿。他总是埋怨,断手好,可以到处走。母亲就劝,那你要练用脚擦屁股,练不好,就是我来帮你擦。父亲一想也是,心态遂得以平衡。

父亲喜欢讲自己的事,莫小陌听得认真,欧繁一旁站着,看框在木框里的照片。耿多义则在院里坐着,想以前的事,头上仍有树荫。以前整块的院子,现已被各家用围墙破开,幸好核桃树是在自家院里。以前,他常在这棵树下挨哥哥打,同样,也是借助这棵树,躲避他的拳头。

哥哥耿多好,倒不见好,一早就是社会青皮,不干活,回家只会要钱。父母不是海绵,一拧就能出水,多好将气撒在多义身上,没拿到钱就揍他。动手时,耿多好跟耿多义说,到核桃树下去。他意思是,不要让血溅在屋子里。耿多义乖乖往外走。父亲瘫椅子上瞎哼哼,母亲冲过来,却不顶事。多好踩起篮球步,用身背隔开母亲,两只手照揍不误。而多义,早被打得皮实,不晓得躲,也不敢躲,天生一个移动靶,有时还用身体迎合多好的拳路。一天,林鸣撞上耿多好动手,一旁看得血涌,冲到核桃树下,把耿多义往自己家拽,房门关紧。多好就在外面号叫，有小兄弟救命是吧？耿二，你马上出来我不计较。耿多义吓得哆嗦，想开门出去，挨完这顿打，反倒省心。林鸣拦住，在他胸口杵一拳，说你这是讨打。又一拳挥舞自己胸前，悲愤地说，耿多义，人要有志气！多好还在外面吼叫，林鸣朝他喊，滚蛋！多好细瘦身体，站在核桃树下，连抽几支烟，多义没出来，钱也注定要不到，转身走人。耿多义这才有了经验，哥哥的王八拳头，可以躲。

他想起哥哥的拳头，仰头看看核桃树巨大的树冠。

有一天，他在邻居家木壳电视里，头回看到走钢丝的马戏。两个鼻头贴花，穿大裆裤的小丑，走在细细钢丝上，把裤裆一扯，把阴茎以外的东西掏出来，朝天上扔，又接回。邻居们看到这马戏，时不时惊叫、赞叹，而耿多义，眼睛瞪大，脚板心却在发痒。阁楼和院心那株核桃树之间，绑一根铁线，用来晾衣。第二天，耿多义上到阁楼，从气窗爬出去，伸出一只脚踩住铁线，试试承重。他往前踩几步，细瘦的身体一阵小晃，双臂伸直，立马稳住。他又走几步，离核桃树很近，树皮皲裂清晰可见。这时，耿多好从下面走过，抬头一看，又一声爆吼，要死啊你，快给老子下来！耿多义一看耿多好，脸皮抽搐，等着动手。他定了定神，往前再走几步，一弓腰蹿到核桃树上。耿多好在下面空自吼叫，却爬不上去，瞎叫一通，自觉没趣走开了。

那以后，耿多好要拿他开练，他就往阁楼上蹿，循着一根铁丝，扑向核桃树浓密的树冠。

陪父母吃了些宵夜，讲到耿多好的事。母亲讲耿多好找了个女人，看样子是打算结婚。父亲说，但愿这回是真的。母亲说，什么话嘛。又对耿多义说，这次你哥找这个女人，是过日子的人，不乱来。有空，你也去见见面。你哥回来老是提到你，说你电话不好打。耿多义说，我去见他。

两兄弟在夜市相逢，拥抱，仿佛感情很深。耿多好鼻头有圈，耳廓像鬼头刀似的，镶了一溜金属环。跟他一起的女人，名叫舒欣，低眉顺眼。吃过饭，耿多好硬拉两人去唱K，有什么话，一边唱，一边喝，一边说。耿多好帮人看场子，赚钱不多，唱K却不要钱。耿多义就感慨，你享受的是低收入、高福利。耿多好说，天天喝酒夜夜唱K，虽然无聊，却是我的命，只好认。

事已如此，耿多义打算黑白两道都走一走，而且，耿多好这些街面上混的家伙，找人的本事不输警察，特别是替人收账铲仇，掘地三尺也能把人刨出来。耿多好一听，说不是难事，现在就帮你找人。他一个电话打去，稍后进来一个白胖子，三十多岁，冲耿多好点头哈腰，叫他好大。耿多好一指多义，跟那人说，马拐，这是我亲弟弟。马拐就说，亲弟弟好。耿多好说，我的亲弟弟，比你年纪大。马拐赶紧改口，亲哥哥好。接下来，耿多好问，前几天，两岔山杀人那事情，你还记得？马拐说，死了两个妹子，毛娟，大家都叫她毛幺妹，还有冷水萍，是丹姐店上的人，我认得。

……还跑了一个。耿多好说，我重点要和你讨论，跑了那个。马拐说，是跑了一个，我知道。耿多好说，好，知道叫什么名字？现在在哪里？马拐说，我只知道跑了一个，叫什么名字不知道。耿多好便失望,那你有个屁用?稍后,他又接着问,这女的,是跟毛幺妹有联系,做关门生意。你找认识毛幺妹的姐妹,帮我打听打听。她俩又不是地下党,只搞单线联系。马拐说,好的,我去打听,但有点玄。这么长时间,没听哪个姊妹提到失踪那妹子的情况,对她都没印象。毛幺妹的情况我倒摸清楚……耿多好打断他说,不要讲没有用的,我又没问毛幺妹。你可以走了。马拐说,好的,既然亲哥哥来了,好大,你就让我献歌一首。马拐唱完,耿多好叫他走,很快换一个皮肤紫黑,身材瘦高的女人。

耿多好冲女人说,七妹,前一阵丹姐店上死了人,你不会不知道?七妹说,好大,你几时当警察了?耿多好脸一沉并说,七妹,你要严肃点,我在问你话。七妹说,你今天要问我这些屁事?

……你只管好好答。耿多好又问,两岔山杀人那晚,有个女人跑了,一直失踪,你应该知道。七妹说,毛幺妹死了,我不好讲她坏话,但这妹子实在不地道。在团坳一带,做关门生意,也是要跟我打打招呼。我七妹,在你好大面前,不敢说自己是一号人物,但身上有衣,脸上有皮。她一个贵州妹,才来几年?我点了头,她才安顿下来,但是你也看到,让她稍微喘口气,就翻江倒海,偷偷拉起队伍。好大,难得你在,给我评评理……

耿多好打断她说,死都死了,评个妈逼理。今天不闲扯,我问什么,你答什么,OK?毛幺妹私底下控制的那女人,失踪那个,你知道什么情况?七妹说,我也一直在打听。这事有点邪门，毛幺妹心计深，没一个姊妹见过那女人。杀了毛幺妹的警察，是不是判了？

这个你不操心，判下来要一段时间。你没有用了，可以走。

七妹快走到门口，耿多好又叫住她，告诉她，一有消息，马上向我汇报。门一开一阖，门外的黑将七妹抹掉。耿多好手一抽，再次将金灿灿的手机擎出，安慰说，你不要急，我再找人问。这些货色，我一叫就有一大堆，但他们总是答非所问——没文化嘛。

那金色手机，有报数功能，号已揿满十一位，耿多好却没拨出去。他又说，耿二，我看方式有些不对。你跟我讲，你要找的女人叫什么名字，有哪些特征。万一不是失踪那个女人呢？我再放线，找人打听。现在没找对人，瞎忙，只要找对人了，一清二楚，说不定马上带来见你。

这夜，耿多义看了哥哥的阵势，城南一带，他熟门熟路，是好事；但把名字讲出来，准保被他搞得沸沸扬扬。耿多义断然不想有这么大动静，只说，名字不好提，你要理解。现在我也不急，你放线，就找失踪那女人，问清她的情况，我们搞一搞排除法。耿多好说，兜那么大个圈？耿多义说，我也就想知道，不是我要找的那个女人。

第三章

耿多义

"……我自小打算揪着耿多义当神来崇拜,他几乎无所不能。可惜他那个哥哥手黑,见天打他。我想出手相救,但他哥打得他胆寒,躲都不敢躲。"

火车驶入黑夜,柯燃冰林鸣坐软卧下铺,靠着窗。林鸣拉来同游俚城的妹子,叫小代,蜷在一旁。耳机巨大,她一直听歌,到高潮处身体一阵阵抖。餐桌上堆一堆吃食,林鸣惯于将夜火车当成夜宵摊。柯燃冰皱着眉头,叫他讲耿多义过去的事,尽量详细。她预感他这次突然失联,原因就藏在他过往经历中。作为推理控,她知道自己的恋爱只能这样,若无刨根究底的奔走,她无法让自己相信爱上了那个男人。

林鸣又说:"耿多义肯定是被他哥打坏脑袋,挨打太多,所以只想往阴暗的地方钻。他喜欢山洞,喜欢在洞里写东西,电话打不通不奇怪。"

"我听你们这一代人说话都这腔调,小时候个个都天才,遭别人迫害毁掉的。自己不行,偏要把童年讲成暗黑时代,还摆出很怀念的样子。"小代说着摘下了耳机,"天才是毁不了的，被毁的都不是天才。"

林鸣没想雇来一个陪游小妹，却是喷火女郎。他问："我们这一代人？我们这一代人除了叔叔我，你还跟谁关系紧密？"

"我爸我妈。"

"你爸妈好歹大我十来岁，算是上代人好吧？大人说话少插嘴！"

柯燃冰不知道他俩什么关系，显然滚过床单，当然这并不重要。据说小代这样年龄的小妹，眼下流行援交，挣猥琐大叔的钱，给小男友打电游，仿佛这才真爱。眼下，年龄差几岁，看待对方的生活，都像是魔幻的存在。

林鸣又下了指示，小代爬去上铺。下铺两人接着聊耿多义，这晚上就只这一个话题。林鸣记得，小时候两家差不多，隔墙为邻。父亲都在水泥厂干点炮，母亲作为家属待在食堂。隔一堵墙，两家来往特别稠密，哪家餐桌有肉，另一家的小孩循味赶来。两家的父亲还商量，点炮着实危险，秒秒钟能飞上天，落地变一摊血肉。两人跟领导要求错开班，要死死一个，活下来的照应两家。那年月，穷得有滋有味，处处是相依为命的患难真情。

当然，现在怀念过去，不见得有谁真想回去。

林鸣有一个姐姐林仪，耿多义有个哥，年龄差不多。林仪漂亮，自不用说，十五六岁，街面上的青皮一路跟随，吹起尖锐的呼哨。林父每天接送，严防死守，加之天天放炮练出的火暴脾性，跟青皮干过几架。林仪倒是乖乖女，一心学习，根本不让任何男孩搭话。街面上混混好打发，林父心底惴惴不安的，其实只有一人：耿多好。耿多好跟林仪一起捏泥巴长大，现在成年，不好多有防备。所以，只要耿多好跟林仪在院里讲话，林父便头皮爆裂。冲着两家多年深交，这又如何开口？一个厂里混事，最忌讳便是"狗眼看人低"。

林母说："招娣（林仪的乳名）跟多好不是一路人，怎么都不会走到一起。"林父说："这事你一口说得死？养女十八年，被人祸害分分钟。当年你爸也想不到，你竟愿意跟我过。"

后面林家就搬到城中心一带，先是租房，很快买了房。林父是水泥厂最早离职的，转行开大卡，全国到处跑。赚来工钱比以前翻几倍不讲，更重要是长起见识，比别人早点看到财路。

小升初，林鸣和耿多义分开。林鸣考进俚城一中，耿多义就近读松溪庙中学。林父手头多赚，林鸣便有稳定的零花，在一中混得开，很快聚起一票兄弟，经常去看午夜场。各种光怪陆离的影片（都叫成录像）让他们对日后生活既有憧憬，又有一点恐惧。沙发的皮臭里，有想象中大城市那种冷冰冰的感觉。半夜有加演，不敢全裸，香港骚货们极尽撩拨挑逗之能事。那时他们身体正抽条，老二挣扎着翘起来，回过血以后，只剩肚皮饿得响。场子里有人卖盒饭，三块一盒，再加两块五，添一只硕大的腌鸡腿。林鸣主动请几回盒饭，鸡腿一起啃，一人撕一口，味道好得终生难忘。吃人家的嘴软，这帮兄弟随他使唤。

林鸣有时会想，耿多义现在不晓得搞些什么，若没看过午夜场，实在可惜。林鸣回水泥厂宿舍找耿多义，每一次，耿多义都好好地待在家里，看武侠小说。厂门口摆书摊的，是耿父一个断了腿的兄弟,他给耿多义免费,但不能抢最新上架的品种。所以,耿多义只能看翻得稀烂的书,桌上摆着糨糊剪刀窗户纸,边看边补书页,算是一点回报。林鸣走进耿家,走到最里一间看到耿多义,像是走进一眼漆黑的洞。林鸣知道,依耿家状况,还将继续破败下去。他拉耿多义去看午夜场,耿多义终于赏脸,踩着单车与他在夜色中会合。耿多义只跟林鸣看了一次,再不想去,除非是武侠连续剧通宵连播。耿多义喜欢看人打架,林鸣觉得他幼稚。

"……后来你姐怎么样?"柯燃冰插问。

"读大学,参加工作,再留学,去了加拿大,结婚也在那里。"

"你父亲每一分努力都没有白费。"

"我姐根本不会看上耿多好,她跟我说过。她说老家伙就是个点炮的,在他眼里就这么几个人,必然发生点关系。其实不是这样,离开伻城,出去一走,世界就大了起来。"

"你姐不走出伻城,也看不到这些事,都是后话。"

"天晓得。"

耿父断腿以后,家里日子更不好过。耿多义读到高中,学生月生活费多在一百二以上,耿多义母亲给他八十,问够不够,回答都是够。林鸣一月有两百。林仪当年正好大学毕业,先不考研,去了贵州一家秘密军工厂,据说是生产飞机引擎。林仪时而也给弟弟寄钱,两三百都有。所以,林鸣在同学当中算是有钱人。读到高中,耿多义又跟林鸣同班。林鸣主动提议:"耿多义,我俩的钱合在一起用。"于是两人的钱合一起用。为此,林鸣还吃了班主任一记表扬,是在班会上,老师夸林鸣长期帮扶班上的贫困同学。到下月,耿多义说我自己钱够用。林鸣也不坚持。高二开始,耿多义已能赚钱,门路还是林鸣帮着找来。

莫小陌还没到俥城一中,林鸣刚读到初三,就听同学在传,她高一会过来读书。莫小陌读的俥城师专附中,只有初中部。他听过莫小陌的名字,颇有些名气,十岁就发表作文,初中成为市作协最年轻的会员。当时市台还发一条电视新闻,莫小陌面对镜头应付自如。林鸣没想到,高中能跟她读一个班。班上其他男生都自惭形秽,不敢靠近这女孩,只有他敢。那时漂亮女孩在小城中极度稀缺,不像现在美女满街走,物以稀为贵,美女往往生活在一种真空状态。何况,莫小陌还小有名气,让男孩更多一层障碍。曾有同级的家伙不自量力,过来凑热闹,林鸣当初在午夜场靠鸡腿聚起的一票兄弟,这时纷纷用上,围城打援,十面埋伏。

莫小陌似乎也没得选择,只有一个男生围着她转,久而久之,别人看来他俩关系就不一般。

当然,闲话少说,言归正传,这晚上要说耿多义。

林鸣和莫小陌来往密切,他总是挖空心思,见缝插针地帮她。当时还没电脑,写稿子全是手写,林鸣跟莫小陌讲,耿多义字写得好,让他免费当你秘书,帮你誊写稿子。莫小陌也想自己的事自己做,但字如其人在她是反例。耿多义帮她誊抄几次,四百格的稿纸,字一枚一枚写上去,通页没有一处涂抹。他的字乍看有点呆,成版以后看上去舒服妥帖,这叫行气。莫小陌再写稿子,试探地问林鸣:"老叫他帮忙,他愿不愿意?"林鸣说:"养兵千日用兵一时。"

莫小陌出手快,每个星期日必写一篇,下一星期耿多义用复写纸誊写三份,再往外寄。初中以后,莫小陌开始冲成人的刊物去,《读者文摘》《辽宁青年》《黄金时代》……当然还有《知音》。虽然很难再有正式发表,但因有人帮自己抄稿子,莫小陌感觉自己离真正的作家又近了一步。

莫小陌的母亲明芳林,人人称她明总,是开印刷厂。当时武侠小说卖得火,她也和地下书商勾结搞一搞盗版,盗多了,门路摸得一清二楚,明总想自己单搞,不但扒港台版,还收原创书稿,随便臆造出版社的名称,安上并不存在的书号,印成册往外卖,只是不能上新华书店。耿多义高二时搭帮明总的地下出版事业,试手写武侠。初中三年他拿着武侠看过来的,有什么套路他了然于心。这种盗版小册印得薄,七八个印张两百来页,段落学古龙分行勤快,字再排稀,十来万字弄成一本。耿多义自己讲,有时整晚不睡,天亮点一点四百格的稿纸足足写够半本。那时候真是不知道累,偶尔累,一想多写一万字多挣一二十块,精神重又抖擞。写这小说基本不走脑,一句一句一段一段顺延而出,写完改都不用改,就能换钱,几乎一手交稿一手付费。他心生感叹,生活真是太奇妙。到后面,章二还让他拥有自己的名号"隆宇烈"。

柯燃冰这时记起,耿多义杂货铺里有几本"隆宇烈",自粘胶袋密封,书品簇新,板板正正——原是他个人文集。

既有赚钱门路,耿多义读书更没心思。高考离本科线差了近一百分，所以连懊悔的资格都没有，去职专学家电维修。他小时的天分又捡回来，物理虽然学得不扎实，电器电路图他一看就会，零件配件一摸就知道怎么安装。他继续写武侠，但那几年，武侠小说迅速式微，很少人看，他便给地方报纸投稿，感觉那才是一个正经作家干的事。

林鸣说："我读到大学，耿多义已经工作，不停给我寄钱。"

"你怎么要他寄钱？"

"他主动，我也没办法。再说我这样的货，读大学成绩一般，艳遇不断，手头随时都紧。"

"你不是有女朋友嘛。"

"远水总是解不了近渴。"他还一声叹息。

虽然耿多义知道，写武侠长久不了，但只要赚到钱，就坚持写。与此同时，电器维修行业也变得奄奄一息。耿多义感觉自己跟父亲一样，两条腿都瘸。当时他的主要收入，是靠帮人写悼词，但这事他不想任何人知道，做贼似的。

林鸣看在眼里，劝他尽早改行。林鸣家一个表舅，拉起一队人马到处找矿挖矿，眼下急需浮选工。林鸣劝耿多义去试试，耿多义便去。起初以为要懂化学，其实只是按类定量，往浮选槽中投放对应的药物，长点记性，下笨功夫就能一一记牢。有师傅带着操作，上手很快。这营生好歹强过家电维修，耿多义赚钱比以前翻几番。钱大都寄回家里，母亲一点数，以为好日子要来，催他找个女朋友。他总说，让哥哥先。母亲说，你是要气我。当时耿多好蹲了监狱，持刀抢劫罪，判十二年。

　　林鸣表舅钟老板，原有的矿洞出了效益，胆子搞大，在朋友中间集资，要拿下一处大矿。有次通过熟人介绍，国有地勘队提供一片矿区地勘图，一百米一个钻孔，足够详细，绝对权威。光买这资料图，就费几百万。钟老板展开地图，心潮澎湃，跟手下人说，老电影里那些开国将领，就跟我现在一样，只要手指在地图上戳几戳，敌人摧枯拉巧，旧世界打个落花流水。钟老板到处集资，许诺分红之前有利息，月息三分。耿多义回到家中，跟父母说起这事，当是话题。过不久，母亲主动跟他说："我和你爸把老宅基卖掉，这里有二十万。钟老板既然有这么好的事，你拿去投他那里。"耿多义不答应，说我吃技术饭，何必投钱。母亲说："你那技术，几天就能学会，随便来个人就能替你，哪是安稳饭？二十万放进去，不说分红，至少一月利息六千，这机会也不是天天有。"耿多义说："这事不是闹着玩。"母亲说："钟老板我也熟，是个好人，生意一路做得稳当。"耿多义说："投资就有风险。"母亲说："钟老板那么大的资产，走下坡路也有一个过程，不会是山体滑坡突然崩塌。你在他那里做事，掌握内部情况，一旦不行赶紧取钱，总比外面人稳妥。"

　　耿多义把钱投进去，起初数月还按月拿息，翻过年头突然不行，铅锌锰价格全线下跌，一开工就要倒贴。钟老板融资上亿，停产数月，利息照滚，投资人全变成债主。想抽取本金的人太多，个个都熟悉，都难以割舍。钟老板一一作揖，说我这只是一时困难，大家共渡难关。现在抽钱，也抽不出多少，我一塌台，一分钱也还不上，到时怪不得我了。他还专门跟耿多义说："小耿放心好了，我一个多亿都不愁，你那也就二十万。年轻人，要有承受能力，日后干大事业。"

耿多义面嫩，不好追着讨要。回头想想，那当口狠狠心，穷追猛打，钟老板手头百十万还是挤得出。所谓总结经验，又是吃了亏，后悔已来不及。再过几月，钟老板发不出工资，耿多义也不走，想着父母那二十万。转眼又过去两年，本金仍未取到，工资每月一张白条，捏起来已有厚度，钟老板破产已成定局。

林鸣一想，人是自己介绍过去的，心里毕竟有愧，劝耿多义不要再坚守矿区。还说："我在韦州混得不错，认识一些能耐朋友。要不然你先过来，跟我一起混，有我一碗饭，也不少你一碗。表舅那边，我帮你盯着。"林鸣想得周全，耿多义也不好再在俫城待，面对血本无归的父母，心里总也不是滋味。耿多义这就去了韦州，找一份编辑的工作，起初晚上住林鸣家。

对耿多义的回忆，林鸣拉拉杂杂讲了两小时。火车还在卿哐卿哐往前走，柯燃冰盯着窗外，好一阵才回过神，林鸣已经安静了半晌。当然，林鸣只是拣他想说的说。他印象很深的，是耿多义刚到韦州的时候。当时，他住处只一铺大床，不带妹子时，两兄弟可以同床共枕，话忆当年，时有感叹，悄然入梦。林鸣偶尔带妹子回家，耿多义也知趣，沙发上一卧，戴起耳机，不该听的不听。

天才少女莫小陌

　　柯燃冰跟林鸣打听欧繁的事，林鸣几分钟搞定。大概所有接触过欧繁的人，都得来这种印象：她不声不响，频繁转学，来去无踪。

　　柯燃冰只好和林鸣聊起莫小陌。"……后来怎么就失踪了？"一俟开口竟发现，"失踪"是让人最好奇的地方。一个天才少女，冉冉升起的文学新星，二十多岁突然失踪……而且，这一切都和林鸣发生了关系。用他本人话说，他是她"生前唯一的男友"。虽然没有警方确认死亡，大家心里清楚，这么漫长的失踪意味着什么。说起莫小陌，林鸣脸色变得凝滞，仿佛事难启齿。但柯燃冰对他信不过，认为他只是习惯性做出这样的表情。她知道，天才少女莫小陌的故事，林鸣泡女孩时经常讲。这些把妹高手，都爱讲自己不堪回首的往昔，回回不同。

　　莫小陌当年在佴城确乎有些名气，倒不是林鸣瞎说，但一晃这么多年过去，若不是林鸣时常提起，已没人记起这天才少女。

　　林鸣正待开口，柯燃冰还有交代："别把你平时泡妹子编的故事讲给我听，我要听真实的东西。我明察秋毫。"

　　"耿多义那个版本又是怎么讲？"

　　"别想串供，你照事实讲就可以。"其实耿多义从没跟她讲过莫小陌。

他们读小学时，K歌比赛还没有作文大赛多。那时文学极繁盛，小城中的各色人等若想出人头地，除了摸彩中大奖似地考上名牌院校，当作家几乎是唯一的出路。莫小陌当年在小城中闹出名气，靠着层出不穷的作文大赛，每年拿几个奖次。作文在杂志发表，稿费从未超过十块钱，却挣来名气。初中她进入俰城师专附中就读，学校专门为她聘了市作协一个副主席当辅导老师，但她初三那年加入市作协，导师功不可没。这事上了市台新闻，连播三天。当时林鸣追着看地方新闻，三天都见到莫小陌，脑袋蹭出一首诗的名字：一把好乳。他心底漾起一股莫名的悸动。

他承认对于莫小陌的追逐，始于某种虚荣。高一开学前半月，学校就贴出分班名单。名字按考入分排列，他是班上头一名，莫小陌纵是名人，只能排十几名。耿多义的名字几乎在最后头。当时，林鸣还来不及对莫小陌的名字感到惊喜，就对耿多义的出现有了意外。他以为耿多义去混中专，后面才知道他考不起中专，不包分配的他又不去，只好读高中。那一年，俰城高中招不满额，想读便读。

林鸣靠近传说中的莫小陌，比想象中容易。机会总是留给有准备的人，刚开学，同一间教室里，他间不容发向她靠拢。她起初不冷不热，时间一长，别的男生也不见来，她便对他爱理不理搭几句。只要她表情有一丝松动，他就回报以十二分热情。那时候，男生总是具有现已不可想象的耐心，把女孩当成一块水豆腐端在手心。高二他俩已是出双入对。

毕竟，早恋尚是禁忌。虽然莫小陌心里不以为意，甚至认为对高中生而言，恋爱比学英文重要，但作为本地名人，她只得收敛，要掩人耳目。跟林鸣出去轧马路，莫小陌带个闺蜜同行。女孩叫欧繁，是莫小陌小学同学，同了一年，欧繁就转校走人，但两人联系紧密。依林鸣看来，她俩性情都有孤僻的一面，彼此几乎是对方唯一闺蜜。他们读佴城一中，欧繁读的是建校，不要考分的中专，当然不包分配。两所学校挨得近，山前山后，且那座山还不大，适合碰头。三人同行，闺蜜总是把林鸣晾在一边，成为拎包的跟班。后面林鸣把耿多义叫上，拎包的事要他干。反正，在同学看来，耿多义早就是林鸣的跟班。

更意想不到的，耿多义跟欧繁初中时也曾同学一年。欧繁不停转校，认识人太多。所以，小陌只有感叹，欧繁能把所有人变成表同学。

转眼高三，林鸣个头已经长到现在这样，莫小陌又是出奇地丰满（她自认为是作家的职业病，坐得太多，肉都横长），胸脯硕大得仿佛一用力就可捏爆。他只在想象中，每天捏爆她N次。他俩并肩走在街上，在这老少边山穷地区的小城，在一堆堆发育不良的成年人当中，不免会有睥睨众生的情绪。两人单独相处，荷尔蒙暗中交织，男的必须主动，要不然是对女方不礼貌。他知道那些悄悄恋爱的校园情人，都这样，某一天牵了手，某一天又接了吻，然后某一天将女的身体打开，有点像揿彩票，看两只乳房什么型号。女的会有矜持，没关系，那都形同虚设，欲拒还迎，半推半就……他等到机会，试着搂她。头两次，她坚决地扔开他的手，仿佛扔开一张用废的卫生巾。

第三次,她果断地在他左脸刮出尖锐的响声,并厉声警告:"没我同意,你再敢动手动脚,就给我滚!"

"那你几时才会同意?"

"你是不是以为,到一起的时间一久,我他妈就欠你的?"

他发现,她过早成为名人,带来一种副作用,就是失去了少女应有的羞涩,习惯于居高临下处理问题,包括恋爱。在他面前,她没有丝毫被动。高中时候,她已完全将自己当成一个作家,写作要找"有气场的地方",会带一些私爱的物品,比如一盒香烟,几本经常翻动却从未读完的书,一框杜拉斯抽烟的照片。一个人孤独地待在房间,一写一整天,她偶尔就抽起了烟,和相框里的老女人对喷。他劝她不要抽烟,这样会老得快。她冷笑,说我就是要老得快。他有时觉得,莫小陌为写作,已出现某种走火入魔的迹象。

两人一直恋爱,高中时期一直当了老实孩子,从没做爱。现在回忆,有些不可思议,当年倒也没有为此抓狂。

高三毕业那个夏天,带着一丝疲惫和漫无边际的轻松,四个人大都泡在溶江化工厂。小陌的父亲莫家潭,将逼仄的宿舍打理得井井有条,作为一头老文青,屋内存放巨量的杂志图书以及流行过的磁带,对他们都有吸引力。何况他还弄一手好菜,天天换着花式。偶尔,他开一辆轻度散架的柳微,带他们去河湾洗澡。

八月的一天,午后,老莫鼓励他们喝几杯酒,脑袋有了令人舒畅的晕眩,又开车去那处河湾。河湾并不深,水是豆绿色,却被本地人叫成黑潭。莫小陌只是懂得如何浮在水面,林鸣的水性不错，可以任意凫水。大家游开以后，莫家潭继续教欧繁在浅水处拍水。耿多义游一会上岸，坐树荫下抽烟。林鸣围绕莫小陌周围，不敢离她太远。他钻进水底，向上仰望她有点笨拙的身姿，她的两条腿被水波的浣潆放大放粗，一下一下夯砸而来，他要时不时避开。很快，她有点累，动作放慢，感觉要下沉时又加快频率。他在水下看着她迈开的双腿，那片神秘的区域，逆着光，是一片令人神往的暗黑。光忽然又强烈，晃他的眼，忽然他想起来，她老早就是自己女朋友，他却还没碰过她。他得来一阵委屈，便问自己，你还是不是男人？那么，好的，现在你敢不敢动她？

他不容自己多想，飞快向她游去，到合适的位置手一伸，正好触摸到那片神秘区域。他摸了几把，她才意识到有什么不对劲，怪叫一声，就呛了水。他赶紧抱住她，往岸边去，同时一只手狠狠抓住她左胸，弹性十足，看样子并不容易捏爆。他就放心了。

那边在问："怎么了？"

"没事，呛两口水。"

老莫还笑："总要呛两口水。"

两人默默坐了一阵，后面是她先开口："你躺下去。"她指了指不远处，有一堆河沙，被太阳晒得很热。他挖一个坑躺下去。莫小陌将滚烫的沙一点点浇在他身上，等他浑身都覆盖了沙粒，她弯下腰，左右瞥无人，忽然把一只乳房掏出来。一只净白乳房，晃得他两眼生疼。当然，他立时翘了起来，没想她正是引蛇出洞，精准地朝他裆部踩一脚。他记得那一刻，那些沙粒猛然揉搓、刮擦皮肤带来的痛。痛过之后,他知道,自己离她身体不远了。

果然,再过几天,莫小陌就约他去了她用于写作的洞屋。她喜欢在洞屋里写作,一钻进洞屋全都是夜晚。作家是种昼伏夜出的动物,夜晚越长,创作时间与创作生命就越长。

他走进那间洞屋,闻见刺鼻烟味。她自顾地写,根本不理会他的到来。她仍是手写,桌上很厚的一沓复印纸。他看着她写,一会儿就揉皱一张,捏成纸蛋扔进垃圾篓。他耐心地等,估计今晚可以在这过夜。屋里有电视,他不敢打开看,一直枯寂地等。后面她抽烟时,他也过去拿来一支。他第一次吸烟,叫自己千万不要呛。

那天他熬到凌晨一点。她忽然冲他说:"可以开始了。"

他俩的第一次,就这样被宣告。他走过去。她脱上衣,盯着他看。于是他也脱去上衣。两人轮流脱衣,脱裤,脱内裤,这让他想起一部美国电影里"轮盘赌"的游戏。她身上的附着物比他多出两件(乳罩,还有黑色抹胸),所以是他先脱了个精光。她暂时不脱了,又抽起烟打量着他,要他转身,做几个怪动作,然后开心地笑。所以,那一晚在洞屋,林鸣感觉自己是被莫小陌叫来的鸭。

"……往下是要忽略还是要详细?"说到这,林鸣停下来问。

柯燃冰评价说:"味同嚼蜡。"

"这个版本和以前的不一样,可信度高。"

"……你再跟我讲一讲洞屋的事。"

火车进入山区，时而钻进隧洞。林鸣讲莫小陌，远离了耿多义，柯燃冰便不想听。林鸣说到钻山洞写作的莫小陌，柯燃冰记起，耿多义也有同样爱好。最近他一直不在服务区，那么，是否会待在一处山洞？此前，在他的小说里，她多次读到对洞以及洞屋的描写。

洞 屋

遍布伴城的山洞，以及建在洞内的旅社，是林鸣爱跟女人讲的内容。他泡妹子有若干惯用伎俩，比如手机不知从哪荡下手工着色的老照片，一看就有年份，上面一男一女，一概穿"红旗两边飘"的老军装，脸上擦有腮红。"呶，我家老爷子，我家老太太。"刚认识的嫩妹子一看："呀，激情燃烧的岁月。"

"都是军队文工团，很难进去。现在一般的小明星不够这个级别。"

妹子便要追问："为什么？"

"处男处女，严格政审。"

"你还是处男处女生的。"

"我是我妈坐的头胎，前面没一个流产，质量不是一般好。"

往下再翻下，一个胖小孩露肚露臀，小鸡鸡随意翻卷在肚皮外面，倒是他本人。手段不见得高明，但往往奏效，转眼就和妹子有了亲近感，妹子还不知自己上套。他跟妹子们讲起伴城的洞,讲建在洞里那些甜蜜小屋,接下来,林鸣顺势怀念自己在洞屋的初夜,永生难忘的那一夜,黯然销魂。虽然,他分明记得,那次自己几乎就是莫小陌叫去的鸭。林鸣一番开导,年轻妹子突然醒悟,原来做爱也是老派的好呀。这些妹子,正是林鸣的目标听众。

以前,林鸣去泡妹子,耿多义若在场,林鸣也毫不避讳。他跟妹子说到洞屋,拉耿多义旁证。林鸣说:"洞口有那么大好不?"耿多义说:"有的有的。"林鸣又说:"洞屋冬暖夏凉能省空调。"耿多义回应:"夏天除湿冬天加湿,挂自动挡。"

柯燃冰也跟耿多义聊过洞屋,她在他几篇小说里都看到洞屋,不免有了好奇。她问那些洞屋有多大。耿多义回答说正常大小。小柯仍是一头雾水。在她主观想象中,所谓山洞,都跟猫耳洞一般,屈体进入,只能存身。耿多义说:"不是这样,有的洞口巨大,轻易咬住十几米高,飞檐斗拱的木楼。"小柯又问:"洞里建屋子,为的什么?"耿多义说:"是不好讲,我们读书那时,洞屋这种地方,正经人是不去的。"她当然又问:"这又是为什么?"耿多义就说问得好,但仍然不讲原因。柯燃冰在平原生长,对于山地,总有一份神秘向往。别说洞,就连山,她爬得也不多,在韦城偶尔去爬的几座山,其实都是公园。一听说俥城地区几乎全是山,少有平地,以为这山单个掐下来,体量肯定不大。她问:"你们小时候捉迷藏,是不是撒开一跑,就穿过几个山头?"耿多义说:"你说的那是坟。"她又问:"那有多高?"耿多义想想,不好做比。她指示:"就拿香山做比。"北京香山,她去爬过几次。在她心目中,这山也不含糊。耿多义就笑。香山半小时到顶,主峰竟然叫鬼见愁,想这北京的鬼,未免大惊小怪。

这夜,在火车上,林鸣跟她讲了明白。那时空调极少见到,而俚城冬天不冷,夏天酷热。男女要找肚皮下面的快乐,冬天当季,夏天发愁,做爱犹如抱一个火炉,稍一动弹,虚汗淋漓,终究不爽。因此,洞屋应运而生,住进去,洞里吹来凉风习习。男女来这找开心,不用流大汗。所以,洞屋出现,正经人往往不屑一顾,教训自家小孩,洞屋都是臭流氓去的,离那地方远点。有的小孩,偏要问一句为什么。大人就说,不为什么,敢去打死你。但这生意,毕竟对提高人民的生活质量有所补益,那年月,洞屋赶脚似地开张,一家连着一家。俚城和周边多个县份,同属喀斯特地形区,一个地方出现洞屋生意,立即被周边各县效仿,越是禁忌,越有人气,适龄的男女,不去洞屋里搞一搞,就跟不上潮流。

柯燃冰又问:"那你第一次去,是什么情况?"

"是莫小陌叫我去,但她把欧繁也叫上。所以,我也叫耿多义一起去。"

"有点意思,你当是钥匙俱乐部,半夜可以随意换房?"

"既然去,心里面是怀有这种期待。你知道,那种年龄的男孩胆子不大,脑子里随时幻想,女孩能主动一点。所以她叫我去洞屋,我难免浮想联翩,踩着单车去,脑袋很轻飘,腿脚却很沉重。"

"这又是什么情况?"

"这个,男人都懂的。"

"他是说第三条腿。"铺上面,小代已经摘了耳机,正待要睡。

"结果怎么样?"

"什么也没发生,两个女的一间,两个男的一间,敲墙板的声音都没有。"

那一晚,四人踩两辆单车,去到最隐晦的一处洞屋,还取了名字:云水雅集。灯箱打出蓝荧荧的字体,在夜色中不动声色地闪烁。一路还有说笑,踏进洞屋,四个少年男女,口舌忽然滞重,说话都不利索,打牌也总是闪神,于是早早分了房,两男一间,两女一间,隔着单薄的板壁。那时候,林鸣和小陌俨然已是恋人。分了房,林鸣不免猜想,既然来这里,莫小陌肯定是有安排。她脑袋里经常有古怪想法,今晚就算有人陪着,也不怕,大不了,我过去,把欧繁换过来,大家都没话可说。当时,耿多义和欧繁已经显出亲密的迹象。没想一夜无事,一早四人踏向返程,洞口在身后变小,洞屋融进雾霭。莫小陌双手环着林鸣的腰,贴他很紧。他感受到她的存在,忽然感叹,折磨人不带这么不着痕迹的。

柯燃冰便作决定,一到俰城,先去洞屋看看,最好是当年他们住过的洞屋,比如说云水雅集。

一行人到俰城,时间还早,林鸣说要去找宾馆,柯燃冰说:"不找宾馆,就找一家洞屋住宿。"林鸣说冬天洞屋一般都关门歇业。柯燃冰仍是要碰碰运气,她相信一切皆有意外。打到车以后,林鸣跟司机说去樱桃坳。车顺着曲塘河走势,往记忆中的云水雅集去,其实林鸣这些年再没去过那里。车随马路拐个大弯，前面突兀横起一道百十米水坝。林鸣问司机："怎么有水坝？"司机说："建起好几年了。"林鸣说："刚才你怎么不说。"司机说："我哪知道你不知道。你说来樱桃坳，我以为你就是来水库。"林鸣只有感叹，几年没来，完全变了一番景象。不用说，那些洞及洞屋，都泡在了水底。柯燃冰不甘心，叫出租车往坝顶走。马路没有中断，弯折反复，有如弹簧，几个回合将车弹到坝顶。一汪水面。天光阴蓝，水色阴蓝，水天浑然一色，寒意透彻。有几个本地人拢过来，问两个女孩要不要坐船。好几条有篷的梭子船，都在水库边候着。柯燃冰和小代都有兴致，跟了一个络腮胡上船去。林鸣无奈，后面跟上。船尾一个老汉把持机舵，是老子，船头络腮胡无所事事，是儿子。马达发动，突突地响，梭子船往前直蹿。

　　船篷上有帘子，河风照灌进来，冷得脸皮一个劲细跳。小代独自走到船头看风景。她心情不错，看什么都是风景。景倒不说，风是管够的，风声遒劲，擦在耳畔一阵阵锐响。小代迎风张臂，闭目冥思。划船络腮胡一看这粉嫩妹子，一脸表情似有所期待，而这动作，又让人想起一部美国片，是讲沉船，女主角迎风张臂，是一段著名的狗血。同来那男人却不知回应，络腮胡暗自可惜，问妹妹哪里来。小代说："韦州。"络腮胡问："韦州有没有黑毛猪吃？"小代说有。络腮胡又问："韦州的狗子，尾巴翘得高不？"小代已有觉察，这人说话像是下套，不忙回答。老汉在后面骂："李李，日你妈哟，不要乱调舌子，一桨片劈翻你。"

　　一处水湾，有闲人搞起农家饭庄，进去一坐，屋顶是油毛毡打底杉皮苫顶,脚下是杉木板子,夏天的霉苔结了痂。林鸣邀船家父子一块喝酒。酒一喝,问他们樱桃坳一带哪里还找得着洞屋。老汉说:"水坝一百米,山脚那些好洞都淹了。"络腮胡说:"往上去,桂子溪有老板开了酒店,有总统套房,蛮贵,一百多一夜,等你们有钱人住。"林鸣大气地说:"总统套房,要住就是全价。"络腮胡就赞,有钱人是这口气。天冷,几个男人喝起米酒,当是喝水。

既已找不到洞屋,三个人晚上就住桂子溪,要了两间总统套房,竟然装有抽水马桶,下端却直通溪流,污水下渗,自然消解。条件简陋,这环境十足五星级。酒店建在峡谷,抬头往上看,天呈一线,月光渗进来丝丝缕缕,斑斑驳驳。峡谷之夜过于宁静,待在其中,和记忆中的洞屋,也没太多区别。

柯燃冰在山谷中睡一夜好觉,早起时,认为林鸣不再用得着。她要林鸣提供给她耿多义可能联系的熟人,尽量地多。此外,她想弄清楚,俚城眼下还有多少处对外营业的洞屋。林鸣忽然想起,耿多义他哥好像在经营洞屋旅馆。

第四章

你有夜晚的心情

读高中时，耿多义搭帮莫小陌，重又见到欧繁。莫小陌自然不知，欧繁在耿多义记忆里是怎样的存在。林鸣和莫小陌本是掩人耳目，拉他俩作陪，就像戏文里的梁山伯祝英台，身边还有四九银心。

耿多义在松溪庙读到初二，欧繁转学过来，老师安排位置，正好坐在耿多义身边。甫一落座，后面就有体育生吹起呼哨，班主任大怒，问是谁，答复是一片鸦寂。欧繁一来就惹眼。

同桌的你，原本是不错的开篇，记忆中，她身上有股体香。她那一身发育，在同龄人中显早，才读初二，线条不只是婀娜，已经有了虬曲。她身体分泌出的气味，像是下蒙汗药，令他好多节课都恍惚捱过去，脑子钝白，记不下老师讲的任何一句。这等好事，别人一样看在眼里。一天中午，教室里人不多，体育委员皮小伟过来，反骑一张椅子，盯着耿多义。他问，你那个同桌，身上的气味，是桂花香还是栀子花香？耿多义认真想想，说都不是。又问到底是什么香，到底没答上来。

皮小伟又说，晚自习我们换换桌，你坐我那里。晚自习可以自由换桌，但耿多义偏要说，不好换的，违反纪律。皮小伟说，晚上我再来，看你怎么遵守纪律。吃过晚饭，耿多义比平时提前去到班上，把自己座位稳稳坐牢，不让皮小伟有换椅子的机会。下晚自习步出校门，不出所料，挨一顿打，眼圈是肿的，下巴有血印，但心里蛮高兴。他想，要是欧繁问起，自己满不在乎地说，不小心撞的。但欧繁没有发觉，她大咧咧。

欧繁转到班上，不几日得一外号，叫"小俏货"。待她某天悄然转走，男生为纪念她，又叫她作"倩女幽魂"。倒不是长相如何出众，与班上一帮女孩相比，她是一个分量十足的女人。欧繁过早发育，还有她性格大咧咧，常跟班上体育生搅在一起，她不经意的某些动作，都撩在小男孩心坎。她甚至很有一把力气，掰腕子能赢下好几个男生。有时候，跟着班上坏男孩，找个角落抽抽烟，她能往肺里吸，喷出的烟都变得澄澈。她以此嗤笑那些只会小循环的男生，说你你这是浪费粮食。她还不系乳罩，穿了紧身内衣。教室后面有搪瓷大水缸，取水要弯下腰。欧繁拿着水杯往后面走，那些体育生就端杯子跟上。欧繁一弯腰，他们就搞视力测验，看着的，就像抽中头奖，心里有一整天喜悦。

有次是上英语课，耿多义递给欧繁一张纸条。纸条上的话，他斟酌了半天：你有必要把小衣服弄得紧凑一点。她看一看，笑一笑，直接凑嘴过来问，怎么回事？他硬起头皮，又递另一张纸条：你去打水，弯下腰，他们就会往里面看。这几个字写得用力，像是刻写蜡纸。她仔细看了两遍，噗嗤笑出来。

第二天再见她，脸上竟有两块红晕，情况反常。再一看，她的肩头现出襻带，细细的，近乎透明。耿多义舒一口气，一颗悬心落地。

第一次借钱，也是和她有关。那一年，有种小玩意，叫随身听，忽然卖得火爆，说是练英语听力神器。家长不敢怠慢，掏钱帮小孩买，生怕少这玩意，自己小孩再次输在起跑线。最便宜的随身听，二十五块的邵东货，对耿多义而言，不可想象的一笔钱。欧繁也没买随身听，但那些男生抢着借她。她手里有时是只红色随身听，有时变成黑色，有时还是全金属外壳，像在一堆桑塔纳里夹杂一辆法拉利。

碰上林鸣，耿多义问他借五十。林鸣爽快掏钱，并问，同班的？叫什么名？借不借我看一眼？

耿多义不答，林鸣也不多问。

耿多义买一只三十八块的随身听，亮黄颜色，再用八块五角买一盘磁带。磁带店里，歌带用来码墙，多到让人犯眼晕，他完全没有主意，最后挑中一盘个人专辑，名叫《你有夜晚的心情》。原因说来简单，唱歌的人叫欧恒升。他想，姓欧的本来不多，她是否对同姓歌手有亲近感？既然耿多义有随身听，欧繁乐意问他借，同时也借去那盘磁带。借去时，封上面的胶纸还没扯开，欧繁很熟练，这跟硬盒香烟一样，找到金属拉线，一拉就开。看看封皮上那个大脑袋，马桶盖发型，大墨镜压塌鼻梁的男人，欧繁就说，你长大可能也这样。耿多义说，不敢，我打扮这样子，我妈赶我出门。

过几天，耿多义问，那盘磁带还喜欢不？欧繁说，这个人以前没听说，但里面的歌，真是不错，特别是主打歌。

哪有猪大哥？他发懵，不记得里面有这么一首。

就是《你有夜晚的心情》。

那为什么说是猪大哥？

是主打歌，主——打——歌。欧繁看看耿多义，也是奇怪，这样一个人，怎么会买歌带。

一天晚自习，遭遇意外停电，坏小子们敲桌子打板凳，等着提前放学。黑暗中，欧繁把一只耳机塞来，塞进耿多义左边耳朵眼。一只耳里是嘈杂，一只耳里，倾泻而入一个男人有些滥情，有些跑调但更显奔放的嗓音。鼻子一吸，她的气味，在黑暗中也变得具体，不一定是哪种花香，倒一定是和夜晚关系紧密。

你有夜晚的心情，
等待有人拥抱你，
等待天荒地老的命运，
有谁与你一同向往。
…………

一次班干会，耿多义也要去。他成绩并不突出，但被同学票选为生活委员，管班费，管贫困补助发放，管电影票。会上有自由发言，班上同学近期的各种优异表现，以及不良倾向，都在讨论之列。班长是个女的，姓向，成绩好，在校运会上推铅球，只消一出手，就破校运会纪录。她不是来读书的，是来破纪录和当班长用的，同学都亲昵地叫她老向。轮到老向发言，客套几句，突然一声轻咳，且声调一扬，说今年转来的那个欧繁，作风方面要引起注意。大家张起了耳朵。老向又说，她就喜欢和男生混在一起，行为举止都不像是学生。听人说，她以前惹了不少事情，一个地方待不下，再转到别的地方，继续兴风作浪。一个副班长，专管收取信件，也附和老向，是哦是哦，班上就她的信最多，好多信封上不写地址，只写"内详"。耿多义乍一听见这论调，还没反应过来，心里疑惑，这竟是讨论班上一个女同学？他忍了忍，没忍住，小声说，我们都还是学生，讲这些，讲作风，似乎不好。老向一愣，稍微缓缓，脸上浮起暧昧的笑，往旁边的班干递送眼神，仿佛洞悉一切。耿多义则像被扒光衣服，低头不语，别的同学再有发言，认真记录。

班干会上，他那点小心思，已昭然若揭。但此后，欧繁经常搭皮小伟的单车，同进同出，毫不避讳。那次全班郊游，欧繁听着耿多义的随身听，劈开双腿，倒骑在皮小伟的椅架上，闭目养神。耿多义木然地踩动脚踏板，鬼使神差，跟在她后头，看她紧闭的双眼，以及脸。跟得紧了，欧繁忽然睁开眼，直勾勾看向他，嘴角挂起若有若无的笑。皮小伟扭头看他，胜利者的姿态彰显无遗。耿多义脚上用了力，赶到队伍前头。说是眼不见为净，耿多义心尖子还颤一阵。他一直记着那种颤动，很长时间内，随时从记忆里扒出来，再一次地，颤一颤。

陪 恋

谈恋爱，两个人的事，但在当年，身为高中生，林鸣和莫小陌羞于出双入对，总要凑齐四个人，群策群力，群胆群威。每到周日，林鸣小陌凑一块，而耿多义和欧繁也得以一再见面。城南多山，基本爬个遍，爬得多的还是马颈坳。朝天空大喊，山鸣谷应，回响不绝于耳，竟是一个人所为，想来有些不可思议。

"马颈"之上，有大片松林，树下是连成片的草坪。天气晴朗，四人常去那里，铺一块塑料桌布，印有西式大餐，烧鹅牛排红酒面包，用瓜子花生猫耳朵糖一浇，全不见了。太阳一晒，身上煦暖，年轻人就忍不住动弹。林鸣和小陌想去松林深处，捉对单聊，但还不好意思勾肩搭背，径直往那边走，拐弯抹角玩起跳羊。林鸣弯腰拱背，当成鞍，小陌一路小跑，尖叫一声，双手一撑林鸣的腰背，两腿擦着林鸣脑壳皮和屁股跳过去。接下来轮上小陌当鞍马，林鸣变小羊，你一跳我一跳，按同一方向移动，渐渐逼近树林深处。进到那里面，或者林鸣将背拱高，小陌跳不过去，两人就一块滚地上。或者，小陌存心支撑不住，身体一软倒地上，林鸣也会顺势滚在她身畔。那时的电影，演到年轻人恋爱，不是滚床单，而是滚草皮。

在耿多义旁边，欧繁喜欢往桌布上一躺，古怪地看他。

林鸣和小陌也想他俩碰撞出些火花，四人凑两对，恋爱也省力。耿多义倒是有心，而欧繁心不在焉。林鸣小陌在跳羊，欧繁要看，就用一只肘子顶着桌布，把头抻长，往那边看。有一次，那两人隐入松林，欧繁就说，每一次都跳羊，也不换个别的。她放下支肘，躺平身体，又说，也是，越搞得麻烦，越有快感。小陌就喜欢这样，天生一对大胸，心里得意，偏要跟我说，丑死了，不好意思出门。她真不好意思出门？你看她哪天不出门？耿多义默默盯着身边的她，她又幽幽地说，你盯着我没有用，我俩说白了就是陪恋，恋爱的恋。

又一天，同样是在马颈坳的草坪，话头还是欧繁挑起。她说，不过你这个人还仗义，班干会上，敢顶老向的嘴。耿多义说，谁跟你说的？欧繁说，皮小伟，还有谁？皮小伟想摆你的丑态，但这一点，我觉得你比他强。他看似大个，很凶，却不敢顶老向。耿多义说，我以为当天他在场，会打起来。欧繁说，这也是你讨人喜欢的地方，有点刻薄，隐藏得很好。耿多义只好闭嘴，心里说，这个欧繁，最适合她的职业，大概是女巫。

欧繁停一停，又说，那天，皮小伟跟我讲起这事，我忽然发现，你这人挺好。耿多义说，你觉得谁好，别人没看出来。欧繁说，有人看得出来。所以我对你的评价，六个字，人不错，不开窍。

耿多义好半天琢磨出来，她是指那封信。于是，他不得不认为，自己是有些不开窍。

那盘磁带，《你有夜晚的心情》，借到欧繁手里，一直没见还。初中还没毕业，她又转学离开俌城，倒不是她在班上惹出事端，而是她妈又生一个妹妹，只好挪地方。她父亲能赚钱，母亲能生女儿。落生这个家庭，她注定要当游击队员，跟着父母，打一枪换个地方。当年有个小品《超生游击队》，人家看得捧腹，她一家人看得流泪。

耿多义想起她，脑袋里会浮现一只动物形象，一匹奔突的牝鹿或是羚羊，扭头看看自己，瞬忽跑不见。而自己，实在是一株植物，长在佴城，就不能动弹，和这小兽，有过惊鸿一瞥。他羡慕那些漂泊不定，四处转学的同学，但也知道，人家的苦处，自己未必体会。欧繁在他身畔乍然出现，他有种紧迫感：她会随时消失不见。

初中毕业，耿多义取毕业证那天，班主任还通知他，收发室有信。是挂号寄来，里面一盘磁带，还没有拆胶皮，《你有夜晚的心情》。此外，没有片纸只字。这只能是欧繁寄来，耿多义知道，她那性格，不会事事周到，像共产党一样，借东西一定要还。这里面一定有含意。有什么含意？耿多义挖空心思，以求破解。当时的确又有这股风气，男女之间，写情书已不稀罕，要搞搞密码，暗通款曲。据说有个白痴，也玩时髦，送心上人一本厚书。第一页一个"我"字，下面用铅笔轻轻一点，很好找。翻五十页，点了个"爱"字。还有一个"你"字，不知点在哪里。那本书九百多页。送书人后来解释，这么搞有深意，我是在茫茫人海找到的你。据说这份密码效果并不好，深意可以有，书名却叫《卡拉马佐夫兄弟》。对方误以为：我爱不是你，咱俩是兄弟。

耿多义下狠地寻找密码，虽然磁带没拆封，难道不可以是伪装？他在歌词里找，没有任何标记。他把磁带来回放了很多遍，看有没有她录进的声音。他把磁带封皮用盐水浸，用显影液泡。他用小螺丝刀打开磁带，看里面是否夹带异物，异物没找着，磁带条却成一堆乱麻。他失望地发现，自己想得太多，欧繁没有给自己任何暗示。又翻过一年，他把信封找来，这才想到，上面写有地址，是朗山县坡后街仓斗南巷六号。

他赶去那里，找见一幢出租屋。一年时间，客去客来，后脚赶着前脚，同一房间不知混杂了多少人的气味。

现在重逢，耿多义要向欧繁求证，当年寄来磁带，是不是把地址漏给他。欧繁还下力气回忆一番，终于想起，眼仁眼白陡然分明。她说，那是的，我还真要还你一盘磁带？再说那磁带，还真难找，没几个人听。那唱歌的，叫什么我都不记得。耿多义说，欧恒升。欧繁说，叫这么个怪名，当然红不起来。歌我还记得，《你有夜晚的心情》。

欧繁嗑起瓜子，也和别人不一样，一枚一枚塞进去，不间断。过一会，拿手搁嘴边，一吐，所有的瓜子壳都在手里，所有瓜子仁都在嘴里。耿多义想，她的嘴里，装着一条生产线。她又说，既然你想到那个地址，来找过我？耿多义点头，说了个时间，是那年十二月底，天已很冷。他记得清楚。欧繁想了想，说晚了，那年十月离开朗山。耿多义说，没关系，总能见面。欧繁说，有关系。信寄出去之后，有几个月，我好像是在等你找我。耿多义窝心一紧，刚要怅然若失，旋即又变得轻松。他想，既然又见着面，就是还有机会。

如父如女

  天才少女作家莫小陌，随时一脸灿烂，家庭却如电视剧《孽债》那样，爸爸一个家，妈妈一个家。但她父母并未离婚，长期分居。她也并不多余，想住哪边住哪边。事实上，她频繁往来于两个家，起监督作用，防止父母另有新欢，心里盼着一家团圆。她父亲莫家潭是溶化工人，厂区有宿舍，小陌乐意将他们三人一同往那里带，叫父亲展示厨艺。莫家潭做的椒盐酥鹅、酱爆打骨牛肉，还有白汤鱼，都给耿多义很深印象。莫家潭做一手好菜，不当工人可以开饭馆，生意火爆应是必然。但小陌时常批评父亲，不知上进，只要不饿死，就宁愿窝在化工厂，下下棋，喝喝酒，一天一天，得过且过。说是批评，也不无炫耀，人家父亲，活到四十上下年纪，变成一家顶梁，谁不一天忙到黑？耿多义想起自己父亲，以前还没瘫在椅子上，到水泥厂放一天炮，晚上回家喝着壶子酒，嘴里还要哼一哼，用文茶灯的调调，唱自编的词：

  隔壁杂种有酒喝，
  老子累得卵都耷。
  有酒喝，有酒喝，
  一天到夜有酒喝。
  卵都耷，卵都耷，

一天到夜卵都驮。

和自己父亲一比，莫家潭这活法，跟隔壁杂种一样舒服。

老莫经常离开，把房间让给年轻人。四人凑一块，讲话最多的只能是小陌。她喜欢讲父母。纵然父母分居，但双方各自都有许多精彩故事。耿多义知道，愿意讲父母的故事，固然是孝顺，也是得意。把父母当成故事主角，别人都应该听听，这种心态，世家子弟才有。林鸣何尝不是这样？以往就他俩在一起，从来都是林鸣滔滔不绝，耿多义专职当听众。跟小陌在一起，林鸣的话语权就拱手相让，沦为忠实观众，不但听得认真，适时还搭一搭下茬，胜过许多肉麻的情话。相比他俩，耿多义和欧繁就不会说起父母。有什么好说？耿多义心想，难道我讲父亲瘫倒在床，欧繁讲她母亲怎么生儿？有些人家事翻出来讲，是家族史诗，有些人讲，只能是诉苦。

小陌嘴上常挂着的，还是她父亲莫家潭。虽然她母亲在俾城算一号人物，但莫家潭在女儿心中，有更重的地位。

接触不多，莫家潭却给耿多义留下很深印象。溶江化工厂的厂区，他在认识莫家潭之前就已熟悉，比如大锅炉旁的澡堂，高一冬天他就常来。那时候，学校澡堂没有淋浴，一角钱买两桶热水，进到澡堂再兑冷水，往身上浇。在那里，他就喜欢看同学洗屁股，个个猴一样蹲着，一手拿缸，将水浇往后背，水顺脊骨下淌，另一只手掏过股沟，接住流水往屁股上擦。轮到他，也只好这样。加一角钱，可以来这溶化热水淋浴。这里用冷却锅炉的工业热水，供应充足，两角钱管够。要洗屁股，朝天一撅，水流拍打股沟两岸，有欢悦的声音。这要搭帮小陌介绍，要不然，哪里知道学校附近还有这好去处。

那次耿多义又去溶化洗澡，进到换衣间，正脱衣，忽然凉风一灌，换衣间变得热闹，纷纷打招呼，老莫，老莫。扭头一看，莫家潭拎着一个桶，就站自己旁边。莫家潭也认出来，说小兄弟，你来我家吃过饭。耿多义说，是小陌的同学。莫家潭说，知道，一个你，一个姓耿。耿多义说，我姓耿。莫家潭说，哦搞混了。那个姓什么？怎么不一块来？耿多义说，姓林，也住伾城，回家洗。莫家潭脱下衣服，从里口袋掏出一把澡票，递过来说，好的，小兄弟，今年发的澡票用不完，你帮我用用。耿多义说，谢谢叔叔。莫家潭就笑，好的，是叫叔叔。

莫家潭在脱衣，更衣室本有几个脱光的人，不急着进去，要等他。军绿色布帘时而掀开，冷风一阵阵蹿入，那几个光人冷得细跳，仍是要等。后面，莫家潭也脱成光人，往里走，别的光人就前后簇拥，有如电视里职业拳赛拳王出场。

原来，莫家潭身上自带绝活，一边淋浴，一边抽纸烟。走进澡堂，早有人选好一处喷头，递来一支烟。那人招呼，老莫，今天抽我的王芙。莫家潭说，今天，我的心情是大鸡。就有人递来一支大鸡。莫家潭叼起烟杆，有人等着点烟，燃上后，却将烟杆从他嘴边抽走。莫家潭将水流调成一线，脑袋慢慢伸过去，下巴微微翘起。耿多义站一边看得仔细，莫家潭鼻头又大又挺，棱角给人一种锐感。喷头挂下那一线水柱，被他鼻梁上端破开，分割为两股，就像竹刀破篾。破开的水线，顺从地从他两颊流过，从嘴角绕过。这时，旁边那人，再将烟杆插回莫家潭嘴里。他一直闭目养神，两手该做什么就做什么，打肥皂搓腻垢抓油皮，一丝不乱。因身体不能晃动，递东西有专人侍候，手一伸就有肥皂，再一伸又有毛巾。那一支烟反正滴水不沾，挺立在莫家潭嘴上，从头燃到尾。烟灰蓄长了，自动掉落在肚皮上，马上被纷乱的流水冲走。

莫家潭这一手，已是保留节目，毫不顾忌被人紧盯，上下打量。他旁若无人，那胯下之物，也怡然低垂。抽完一支烟，身体没搓透，有人想往他嘴上插第二支大鸡。

自后耿多义频繁去溶化洗澡，一是有澡票，二是在他心目中，溶化变成一个有趣的地方。他还想在澡堂碰到老莫，倒不是那绝活有多绝。耿多义喜欢那种气场，老莫一个人，就带出一块气场，所有人愿意围观他，呼应他，不管他干什么，不管精彩或者沉闷，都当成节目，鼓掌，吹呼哨，或者嚷嚷。再去溶化，耿多义没撞见老莫洗澡，倒是发现，他跟别的工人也没区别，一有机会，就跟厂里女工嬉闹。工人们的嬉闹，来得猛，出手狠，吓跑胆小的，留下来的才算纯种工人。一天，耿多义亲眼看见，老莫和一群工友或斜靠行道树，或者蹲在路边。一个女人看着像会计，夹着文件盒一扭一扭地走路，高跟鞋像枷具，搞得她走路带小跳，每一步都在受刑。所以，她没注意老莫忽然贴近她，一只手一把伸向她胸脯。会计模样的女人，可怜巴巴的胸部，眼看难逃一劫。女人躲避不及，只好尖叫一声。老莫一脸坏笑，手一扬，是一支笔。笔本来插在女人左胸口的衣袋，她插有两支笔，老莫取下一支。女人回过神，要叱骂，老莫的手又是一伸。女会计赶紧回退，护住胸部，身体随之一扭。笔又插进她的裤袋。

老莫说，何必要这么多口袋，还都贴在重点部位。

女人指他鼻子说，莫家潭，你会死的。

亲爱的，老莫说，到时请你不要哭。

老莫也不是回回游刃有余。另一次，他和一个长像赵本山，身材像熊的女工闹起来。耿多义站在四五丈开外，按说看得清晰，却没搞清怎么就激烈了，体壮如熊的女工本来还笑，转眼动起真火，牙关紧咬，脑门暴起青筋。此时，熊女工一定要在老莫裆里掏一把，不掏就亏下血本，掏着了就一笔勾销。老莫摁住熊女工双肩，让她手指尖离目标两尺或两寸。熊女工持续发力，不断折腾，两人形成角力的局面。有那么几次，她指尖逼近目标，围观的人便鼓掌，吹呼哨。老莫一开始满不在乎，两支烟工夫过去，僵持继续，他有些吃受不住。耿多义走近几步，他朝耿多义瞟来一眼，眼神里写有无奈。耿多义琢磨着老莫的眼神，便想，如果他在一个大学，会把自己修饬得很体面，跟谁都讲客气。既然命运安排他当工人，老莫认为自己应该是另一个形象，就努力把自己变成那样。他掩饰得好，但他掩不住一丝疲惫。

这种理解，并非空穴来风。耿多义去到老莫的房里，不单吃到好菜，还有书看。老莫家里堆有不少书，窗台上，桌椅上，蔓延到床底下。莫家潭年轻时候也混文青队伍，这形象气质，最被看好，也吸引那些二逼女文青，纷纷叫他大师。但是他发表不畅，小说写得几多晦涩。莫小陌小时候写作文，都是老莫当指导。莫小陌获了很多奖,老莫都有一半功劳。他没把自己写成一个作家,但用在女儿作文上面,当是绰绰有余。初中时莫小陌的作文辑成一册,叫《幼苗与森林》,由此成为最小的市作协会员。到了高中,她不想往作文杂志投稿,想发全国有名的杂志,来得就慢。她母亲明总看在眼里,急在心里,想通过自己的能耐,尽快地把女儿搞成国协会员,成为全国有名的作家。成为国协会员有硬指标,一定要出多少本个人著作。和明总合作的书商章二献策,要莫小陌也写武侠,只要笔头勤快,吃苦耐劳,一年弄出个几本都不是问题。出版更不是问题,明总自己的印刷厂,几台机器一年到头哐哐地响,把白纸印出了字,再裁订成书,大都是武侠,金古梁都有,没一本真货,盗版都谈不上,要叫成伪版,坊间又叫黑书。当然,莫小陌若是愿意写,她可以享有自己的笔名。老莫不赞成这样的搞法,说那档次很低,当时金庸正火得一塌糊涂,有的租书摊据说有一千多部金庸写的小说,都被翻烂。明总就冷笑,冲老莫说,有本事,你降低档次写几本金庸。老莫无法,任由女儿朝着武侠作家的道路发展,但不再为她辅导。他的能力也不在这块。没了辅导老师,莫小陌下笔艰涩,好在耿多义及时出现,他写武侠"比很多金庸都好"(章二的原话)。

耿多义成了莫小陌的辅导老师,为她保驾护航,但他本人,倒是喜欢来老莫家里找书看,也在乎老莫如何推荐,如何讲解。老莫说,你这家伙上道。你想看什么,尽管找我,有看不明白的,我给你细细地讲,算是还你人情。

转眼要考大学,录取率太低,耿多义成绩上不去,反倒不愁。他打定主意，去职专学家电维修。拆装电器查看电路一直是他爱好，再说，职校和建校只隔一堵墙，欧繁还要在建校读一年。林鸣也轻松，本来成绩好，又是临场发挥型人才。那一段时间，林鸣力气全用在小陌身上，帮她指导。

进入六月，高考之前，学生都放回家里自习。小陌放弃作家梦想，专心复习，每天看足十二小时，多捡一分算一分。还有个把月，多捡三十分，本科说不定就变了重点。

有天四人在溶化集合，准备一起看书复习，老莫就说，不要复习了，我带你们几个出去走走，下午可以游泳。小陌说，没心思。老莫说，人家都有心思，就你没心思。大学摆在那里，该谁进去谁进去。小陌说，一天捡一分都好。老莫说，心情放松，一天捡三分。

吃过晚饭，太阳开始下坠，老莫借单位的柳微载他们四人，沿江往上游走，去到黑潭。黑潭没别的人，空空的一潭水，五个人扑进去，闹出一点声音，转眼被什么吸走。太阳还在山顶，阳光阴影分割着水面。耿多义记得，那一天，小陌的泳衣红白条纹，欧繁的泳衣，有一圈一圈泡泡褶。老莫肚皮稍稍外凸，游得极好，自由式。耿多义每游五十米，就被老莫甩开四五米。小陌就说，专业和业余的，怎么比？老莫自顾游，嘴上还说，小耿不错的。耿多义耳朵在水里，隐约听见声音，像是很远地方传来。抬头一看，老莫游到两个女孩中间，和自己就换一口气的距离。

欧繁不会游泳，老莫说，那不行，我来教你。欧繁抿一抿嘴，说我很笨的。老莫说，你生下来就会游泳，后来忘记了。

现在准备好，我帮你记起来。在水深两尺的地方，老莫把着欧繁的腰，说你要放轻松。欧繁试了试，说我放松了。老莫说，还没有放松，屁股翘得高，身子团得紧。欧繁抻开四肢，说这下放松了。老莫严肃地说，你爱走极端，现在一放松，又垮了下去。你要想象自己是一只鱼。欧繁说，鲤鱼还是团鱼？老莫似乎要想一想。耿多义以为他会说，美人鱼。说不定，欧繁就是这个意思。但老莫想了一阵，得来的回答，却是娃娃鱼。欧繁就笑。小陌也笑，说这么大一条娃娃鱼。老莫说，你那条也不小。林鸣从水底准确地钻到小陌身侧，看着老莫和欧繁。在他脸上，不知几时，架起一框墨镜，刚才来时，是架在老莫鼻梁。

老莫在说，抖得好，抖得好。

欧繁呛一口，说，你妈呀，不行了，不行了。

好的，接着来，要接着来。老莫又说，尾巴摆起来。

林鸣和莫小陌早就离了众人，找僻静之处单独相处。这边剩下三人，老莫调教着欧繁，耿多义便觉得，自己有点多余。他一头扎进水中，往深里扎，柔若无骨的水，无边无际地接纳他，水里很多气泡，往他脸上扑，汩汩作响。换了几口气，上到卵石滩，前面是大伙摆衣服的地方。他翻了翻老莫的衣兜，找出火机和香烟。烟是大鸡，火机上有三点式美女。卵石将屁股硌一下，才坐稳。往那边看，欧繁真就变成一条鱼，在老莫摆弄下，泼洒出大片水花。

何日君再来

几人约定，今后如果天各一方，仍要时常联系。那时候，一旦考了大学，仿佛就是天各一方。那年高考，林鸣发挥一般，只考上韦州大学，好歹是重点，但去了更偏的省份。小陌上专科线，去枞州师范学院读预科，五年读下来，也挣一张本科文凭。耿多义最无意外，去了职专。除了林鸣走远一步，另三人都在省内，并不远。

职专离溶江化工厂依然很近。莫家潭跟耿多义说，有空还来我这里，爷俩一起弄吃。耿多义应一声，知是客套。

开学头一天，耿多义去到隔壁建校，想找欧繁，却傻了眼。找到她所在的班，跟一个胖女孩打听，胖女孩不认得这人。换一个瘦三圈，看上去记性管够的，她说同班是有个欧繁，但这几年，很少见她来上课。已到最后一年，眼看就要实习，更别想见着人。耿多义就想，好嘛，竟是个假装读书的。

欧繁又断了消息，耿多义却并不意外，在他印象里，欧繁注定是要消失。

枞州只是几小时路程，小陌时常回偪城。起初是每半月就回来一次，卷了大包的脏衣服，用家里洗衣机洗。林鸣靠不卜，她写信叫耿多义接站，耿多义就去帮她扛包，看似很大的包，其实并不重。那一年，耿多义仍然去章二那里找活，继续写武侠，有时他是金庸，有时他是古龙，有时章二心情不错，让他恢复使用"隆宇烈"。去接小陌,他心里说是接大小姐,变得恭敬。

小陌读到大学,重新写起来。作家她是指定要当,现在不当作家,她都想不到还能入哪行。要当作家,具体从哪里入手,从哪里找突破,以什么样的文章立足江湖,只好信马由缰走着瞧。

耿多义送小陌回家,多是去桥西巷,明总住那。衣服塞进滚筒洗衣机,绞起来,两人便在客厅交流写作。小陌新写的东西,要拿给耿多义看,她在乎他的意见。耿多义记得,那时候的小陌几乎变身游击队员,打一枪换一个地方,先是想写爱情,民国时期,两个公子哥和一个丫鬟,你爱我我爱他他又性取向不明……写了一半总觉得似曾相识。耿多义说,琼瑶的看看,李碧华的也看看。其实琼瑶他没怎么看,搭帮电视剧总能知道情节套路,李碧华倒喜欢了一阵。反正那几年他恶补式地读了些书,再以此打量小陌的路数,总能有清晰而准确的把握。这么一说,她便放弃了民国爱情,打算从自己特别喜爱的《洛神赋》入手,写一段更古远的爱情。耿多义就弄来一本书,《洛神》,一个台湾作家刚写出来。她一看明白了,写作的人太多,平时若读得少,上手一写,很容易撞死。后面她又写诗歌和散文,以及短篇小说,都要拿给耿多义看。

那一年里,耿多义经常见着面的,就只有小陌。

两人坐下来,连篇累牍地聊写作,耿多义总想见缝插针把话题转到欧繁。小陌哪又听不出来?她总不能一次次装不知道,后面她便说,耿多义,不是我不想告诉你,欧繁有过交代。耿多义支起耳朵。小陌却说，她不喜欢你，你也应该看出来。所以，她不让我把她的地址电话告诉你。她说完，殷勤地看向他，希望继续为他解惑答疑。耿多义没往下问。

有一次，两人仍聊文学，小陌突然绷不住。……哎呀，算我说话靠不住。我把她的地址告诉你。她递来一个纸条，上面有地址，也有电话。她又说，电话我打过，是隔壁的小卖部，她又经常不在家，打也白打。现在不知怎么搞的，我找她扑空，她又很少联系我。不在一起了，她也懒得理我。他并不奇怪，知道欧繁跟小陌不是看上去那么亲密。他说，不要打电话，我直接照地址找。

小陌说，我也去！耿多义问，你去干什么，老远。小陌说，你过河拆桥。耿多义说，那一起去。

欧繁留下的地址，是在曲溪镇。俰城是南北走向冗长的峡谷地带，西边青山湾，东边曲溪镇，拉出一条路，将俰城拦腰斩断。两人便往那去，当天天气恰好，微凉有风，转了公汽赶到曲溪，问了路人，便沿一条坡道往山里走。两人走过一片房舍，经过一片菜地，前面一溜坟茔夹道。两人都以为出了镇，往前走过那两行坟，又有一爿私家醋厂。欧繁租住的地方在醋厂背后。

这一路，小陌走前边，耿多义断后。小陌当天着一身白色褶裙，耿多义不断看着裙裾在坟间摆荡，心中有了况味。记得高中时，一次四个人一同郊游，不小心走进一条山路，夹道全是坟，前后绵延，走上一小时，仍不见尽头。那条山道，明明就在学校附近，但耿多义此后多番寻找，遍寻不到。那一天，四个人的行踪，幸好有照片记录，要不然，耿多义脑袋一恍惚，以为是一种幻象。照片中，小陌和欧繁并排，坐到一块嘉靖年间的红石碑上，笑得一片灿烂。取出照片看看，两个女孩四条纤腿，竟没遮住碑顶"佳城"两字。耿多义查过词典，佳城，典出《西京杂记》，喻指墓地。那帧照片是他拍的，稍微用了仰角，在三个人后头，天空很大，夕光弥漫。照片翻过来，有一行隽秀字迹，是小陌写的：独留青冢向黄昏。

那天没找到人。隔壁帮传电话的小卖部倒是有人，说这一家已经搬走。前一阵刚搬。搬去哪里，自然不知道。小陌扮个鬼脸，意思是说，我已尽力。两人往回走，又穿过坟地，耿多义一定走前头。小陌问什么原因。耿多义说，你一身白衣，在坟堆间晃，看久了我头皮发麻。小陌说，这理由还算充分。两人继续走，小陌在后面说，欧繁大概不在伛城了。她没联系我，联系我就知道她新的住址。小陌踮脚踩过水洼里几块浮动的石头，又说，耿多义，其实你很优秀，会讨女孩喜欢。有机会，我把我同学介绍给你，有很漂亮的，有像刘晓庆的，有像宋祖英的，有一个简直跟翁美玲一模一样。耿多义说，坟堆里走，还讲死人。小陌嗤他，要人家看得上你。

小陌离家两百里，每两周回来一次。等到天气变冷，汽车空调喷出热气，夹杂汽油味，小陌鼻子一闻便天旋地转，不敢再坐车。耿多义省了许多事，一想又到泡澡堂的时候。

职校澡堂子比伛城一中还不如，没装水龙头，就几块隔板，要是下面挖坑，就叫厕所。一天，耿多义忽然想到，还有一年前的洗澡票。他要试试运气，再去溶化。票依然能用，他去得勤快，每周两次。职校去溶化，来回要走一个多小时，耿多义便把马勃拉上，一路说说话。这时马勃已经给耿多义干活，武侠小说里的淫秽章节，都由他完成。马勃头一次拿到钱，要改口叫耿多义老板。耿多义说，老板个球。马勃说，那我叫你作家？耿多义说，你要是让同学知道，我俩是在干这个，剥你的皮。马勃就叫大哥。

耿多义拉马勃去溶化洗了一次，马勃那以后主动问，哪时还去？把我叫上。

剩的澡票快用完了，耿多义没在澡堂碰见过莫家潭。

那一晚，马勃拉耿多义去溶化，他要请。快到溶化厂门口，看见苏式砖拱，上有塔尖，尖上顶着铁皮五星，不见油漆，只有锈色。一辆柳微驶出来。车子擦身而过，耿多义见是莫家潭开车，要打招呼，已来不及。尾灯幽幽闪烁，他瞟一眼车牌，就记住那串符码，字，字母，阿拉伯数字，原本就在脑子里似的，毫无道理地清晰。洗完澡，两人返回职专，顺马路走三站地，到一处十字路口，左转是往职专去。这时，耿多义鬼使神差，往右边瞟去一眼，又看见那辆柳微，车牌符码一一对应了记忆。旁边一家小旅社，高悬着灯箱，镶红色荧光灯，名字是"君再来"。他看着那三个字，脚就朝那方向走，有点不听使唤。那三个字，毫无道理地激出耿多义某种预感。他并不是经常有预感的人，大多数时候，习焉不察的日常生活里，他较为迟钝，遇事不愿多想。正因为这样，一旦有了预感，他就会被预感折磨，进入某种欲罢不能的情绪。

他也突然意识到，一直觉得欧繁就在很近的地方。这一天,这一刻,这种感觉来得分外强烈。

他冲马勃说,你先回去。

怎么啦?

有事要办。

你能有什么事?马勃个小,但脑袋好用,顺着方向瞟一眼,告诉耿多义,那边那家"君再来",看上去不起眼,在城南小有名气,里面有大量内容。

耿多义羞怒,说要去你自己去。

马勃说,你放心,我会把头一次留给我女朋友。

你走不走?你不走,我把头一次留给你!

他只在外面找地方站着,想到电影里,这叫蹲守。一旦蹲守,人就得来古怪的心情,得来更多预感,等待的时间被无限抻长。他脑袋里浮动着《何日君再来》,断断续续,旋律熟悉,词并不记得清晰。他知道,老莫不是冲着大量内容,走进那里面。他不是一个嫖客。这一刻,耿多义倒希望老莫是个嫖客。

进到职专以后,同学分他烟,他偶尔抽一支。沦落到这样的学校,他不敢独善其身,但也没成瘾。此刻,他见一旁有烟摊,去买一包老大哥,两块钱,再掏一角钱买火柴。火柴不好用,老被指缝漏进来的风吹灭,他艰难抽着每一支。

事后,耿多义想想,烟是那一晚抽起来的。

仙人洞

次日中午,耿多义走入旧仓巷,准确找着那扇门。门是虚掩,推开,一个破败的出租小院,起码住有六七户,院子里七横八纵的胶皮线,各种衣服晾上面。那中年妇女在拆莴苣,把皮整张拆下,制成泡菜。俚城人喜欢吃泡莴苣皮,每天都吃,哪天不吃走路都摇。

阿姨,欧繁在家?

妇女抬头看他,说还没回来。你是她同学?

耿多义点点头,说我见过你。妇女说,我不记得了。她接着干,莴苣有一脚盆。他在院里转转,蹲下来帮她剥。他钥匙链上挂一把三刃木,刀口不长,锋快。拆第一张还不太熟,拆第二张皮,就有模样。妇女接过去,扔到成品那堆,嘴上说,嗯,有卖相了。他就这么干起来。那妇女当是欧繁同学帮自己干活,也没有多问。他手稳,干这不费事。一晃两个小时,欧繁仍没见。妇女说,别回去,在我这里吃饭。耿多义站起来,说我去买菜。妇女说,泡菜样样都有,再割一斤肉,一块豆腐。妇女要掏钱,耿多义出了院门。

晚饭弄好,欧繁还没回来,一桌四人,有两个是她妹妹,眼里都闪着与年龄不符的亮光。小妹妹自然好奇,其中一个问她妈,这个人是谁?妇女说,要他自己讲。耿多义正不知道怎么答,另一个说,是姐姐男朋友。耿多义扒一口饭说,这可不是。妇女这才仔细看看耿多义，问他在哪里读书。耿多义说，在职专学家电维修。妇女就说好，修电器和修人一样，都是必不可少。耿多义又说，很快就去五交化干活。他没说，只是去实习。妇女又说，好单位。

直到天黑，欧繁都不见回，她妈也不知往哪里打电话找她。

第三天再去，推开院门，欧繁在那里等。她看清来人，一个冷笑，说我猜会是你。耿多义说，怎么猜到的？欧繁说，你这个人，有点阴魂不散。你先讲讲，怎么找到我？耿多义说，出去走走。

耿多义把她领出去，一前一后，往衰草繁茂处走。欧繁认为到了地方，停下来。耿多义认真打量这张脸。这半年时间，他反复回忆这张脸，现在有机会，看到原脸，和记忆中有多少细节出入，慢慢找出来。她比以前稍瘦，眼角竟有疲劳纹，别的没走大样。审查完毕，他就一个微笑。欧繁明显感觉耿多义有了变化，比如那两道目光，直白看着自己。她还记得以前他羞涩的样子，递来纸条，手指略微地抖。就那个小孩，现在想跟老娘玩电眼。她也不得不承认，时隔半年，他眼神有了些力道。

怎么找到我家？

说来不光彩，昨晚我跟踪你。

什么时候？她声音毕竟一变。

耿多义忽然又不吭声。两人往草丛里蹚，弄出窸窣的声音。耿多义终于说，以后，不要再去见莫家潭。欧繁愣一会，问你讲什么。耿多义只好再说一遍。

你妈呀，关你屁事！

我是说……耿多义余了佘嘴皮，又说，莫家潭，是小陌的爸爸。

你给她家干活，也像一条狗一样，给她家守门，什么事都要盯着。

轮到耿多义懵掉，他想不到她能理直气壮。

……反正，你不应该去找老莫。

是啊……这到底关你什么事？

耿多义憋了憋，还是说出了男人都要说给女人的四个字。

欧繁苦笑，你喜欢我，不如你饶了我。

我是真的喜欢你。这一瞬，他还想过是否讲"我爱你"，但嘴皮变得沉甸甸。四个字好说，三个字真不容易说出口。

要是我不答应，要你滚呢？

反正，以后你不能去找老莫。

你妈呀，威胁我？

欧繁扭头就走，耿多义在后面跟。很快，她跑了起来。前面无边衰草，城南又暴露出郊区的本质。耿多义拽住她，她想挣扎，发现这小孩力气也陡然长了一截。他说，欧繁，我没有别的意思，我就想和你在一起，你不要找莫家潭。欧繁说，我要是不答应你，你是不是去告诉我妈，是不是要告诉小陌，再告诉公安局？耿多义说，那是狗杂种。欧繁说，那你放开我。

她狠劲一挣扎，浑身都抖，他就放开。她跑得很快，草丛里有的是绊子，他以为她会跌一跤，其实她跑得很稳。

次日耿多义还去那里。欧繁不在，他反而省心。其实，若要面对她,他会头皮发麻。欧繁的妈金伯娘仍在剥莴苣的皮。他仍帮她干活,埋着头,吭哧吭哧。这吃力的声音,只在虚幻中响起,其实拆莴苣皮是轻省的手上活。金伯娘瞟一眼说,卖相越来越好。金伯娘抽烟,也是老大哥,递一支过来,说你歇一歇。

后面他常去她家,她在不在都无所谓。去得多,先和金伯娘熟络起来,人和人,通常并不复杂。他慢慢知道欧繁家里的事,父母没有离婚,但那狗日的父亲,有一阵遍寻不着,活不见人,死不见尸……那段时间,金伯娘成天哭天抢地,心里却明白,那狗东西没那么容易死,甩开一屋累赘,不定在哪里快活。后来狗东西现面,两人商议离婚,五个姊妹两边分摊,三个跟母亲过,除了欧繁,另两个叫铃儿和木朵。还有两个,养在爷爷家里。婚到底没离,但一家姊妹却有了分离。

金伯娘在城南农贸市场卖泡菜,由一个摊位,扩到两个摊位,赚的钱养一家四口,当然是紧紧巴巴。

在那个出租大院,耿多义不光熟了欧繁的母亲和妹妹,也熟了相邻几家人。邻居看在眼里,都夸,这小伙对路数,做事勤快。欧繁别的不行,怎么挑男人,她可以当师傅。金伯娘还摆谦虚,说哪是什么男人,还是小孩。

一晃天又热,耿多义已然把出租小院当成家。黄昏,整个院里的男人拢在一起喝酒,招呼他,小耿,喝两口?耿多义推却一次,没有推第二次。他加入他们当中,喝一两块一斤的壶子酒,时而也拎来一壶。他的收入高于这院里的平均水平,当时他一个月要弄一两本武侠,收入好几百块,且这东西不是越写越空，而是越写越有，越写越不必走脑，纸铺在桌面，看着手哗哗不停，有时自己都诧异——这就是小说？也能卖钱？轮到他请客的夜晚，壶子酒变成一溜玻璃瓶的邵阳大曲，那叫阔气。

欧繁不得不默认，耿多义进入她的生活，已是既成事实。在没别人的场合，时常跟耿多义敲敲警钟，不要得意忘形。耿多义说，你要多提醒。欧繁还说，不要记在账上等我还。耿多义总是说，又没叫你按手印。

欧繁也要帮衬家用，这几年换了几样事情。据她自己说，时间较长的是跟车卖票，最短的一次是卖蟑螂药。卖蟑螂药，必须登门入室。她去到一个个小区，敲开一家家房门，声称是防疫站的，进门装模作样查看一番，再掏出蟑螂药，不说一盒多少钱，说一个月量五块。一小盒是一年的量。耿多义笑，说这应该有赚头。一小盒，批进来十块钱左右吧？欧繁说，你好人，十块钱一盒，我批你两箩筐。这种药他们买来，一块钱两盒。耿多义说，这么好的生意，怎么不做下去？欧繁说，赚是赚，要挨人家撵出去几十次，上百次，才卖得出一盒。又说，这还算好的，有时拍开一个光棍的门，跟他介绍蟑螂药。光棍上下看来看去，说妹妹你这么漂亮，不要便宜了蟑螂，直接卖点什么给我。

当时欧繁去亲戚的饭店"酒肉斋"干活，做饭择菜，端茶倒水。那一阵，俚城流行吃蛇，酒肉斋也要上这菜。后厨一商量，公推欧繁胆大，她只好麻起胆子剥蛇。问旁边店子的人，怎么捉蛇，别人给她一字诀：慢。她慢慢揣摩，慢，慢，慢，想象蛇就是一条黄鳝,真就捉到手上,抚摸两把,让蛇进一步服帖,再捏紧七寸,用剪刀铰掉那枚精致的脑袋。

耿多义听得心头一凛,说这种事怎么摊到你头上?早知道,我来帮你们弄。

欧繁噱他,现在光讲好听的,到时候未必敢。

我敢的。

你要剥蛇,回头我教你。

后来某天,耿多义无事,欧繁叫他去酒肉斋。她要看他敢不敢剥蛇,示范了一遍,还有一条乌梢公,留给他。乌梢公无毒,但身条粗大,看上去怵人。他调整呼吸,试了几次,机会出现了,终是没有果断伸手。旁边慢慢围上来不少人,看热闹,嘴角带笑,还说,欧繁敢的,你怎么不敢?以后你俩日子怎么过?一开始,乌梢公懒散蜷起身体,像是等着人捉,左等右等不见下手,便烦躁地看着耿多义。耿多义拾起信心,再试一遍,终于捏住蛇颈,手上格外用力,不敢延宕,闭着眼一刀冲蛇脑袋剁去。眼再睁开,刀口离自己捉蛇那只手只一公分。旁边的人齐声叫好。

一天午后,天是暗白色,他见到金伯娘,习惯将衣袖挽起。金伯娘说,今天只半盆莴苣,我一个人干。耿多义要去弄饭,见菜已弄好。

欧繁在房间,说是不太舒服。金伯娘抽烟,微笑。

哪里不舒服?

自己去问嘛。

他上楼,推开那扇油绿的门,扑面而来,是欧繁热腾腾的气味。她躺床上，见他进来，将身体坐直。她穿一件针织衫，是多年前流行的蝙蝠衫。在她家，穿旧的衣物都不浪费，流行一旦过时，就沦为睡衣。而睡衣，终将沦为抹布。

她虚弱地说，你来了？

你有哪里不舒服？

不要担心，我又没有呕吐，只是心烦。你要有心，就来照顾我。

怎么照顾，你讲。

一讲这话，就没照顾过女人。她眉毛一蹙，又说，给我拿杯水。

她手一指，水杯就在她指头前方不远，半尺的距离。他走过去拿水杯，看着她喝。她说，有点冷，你应该添一点开水。他添了开水，她又说烫。耿多义感觉她是故意找麻烦，觑她一眼，她却在笑。几乎同时，他得以看清，在她罩衫密密麻麻的孔眼后面，是一段空空荡荡又剧烈起伏的……胴体。

"胴体"，武侠书上经常看到，仿佛是一枚性感的词，他偶尔也用，当然马勃用得更多。若干年后，耿多义偶然翻看词典，才知道，胴体是指掐头去尾，掏空下水的尸块。

就在最近，职专园艺专业有个高挑女生，主动来找马勃，不知是看上他人，还是在校园里找最大身高落差。于是，晚上马勃成为话题，怎么讲都趣味横生。马勃起初不肯承认，后来索性捧哏。一晚，别人问他，和那园艺妹子发展到哪一步。马勃叹口气说，正准备下手，找不好时机，各位大哥点拨小弟，要到几时，才能打开她胴体？沉默一会以后，就有一同学奉上最佳答案：尽量找时间，和她单处。总有一天，她随便穿一件衣服，里面放空，胴体隐隐约约看见，你的时机就到了。不要心软，不要迟疑，不下手就是你不懂礼貌。

耿多义坐在床沿，眼光探进欧繁身体。欧繁问，你在看什么？他以为她会佯装察觉，然后捂紧胸口，却没有。他调整一下呼吸，并说，我知道你是什么意思。欧繁眼神幽深，反问，我是什么意思？耿多义不讲，心一狠，手一长。她便冷哼，记得武侠书中，这似乎叫"娇喘"，身体并不躲闪。他触到她两团胸乳，那热腾腾的腻，那黏糊糊的软，和当年暗中揣测的一样，和自己咸湿的梦中所见一样。只是一晃眼，已过去四年。紧接而来，两人不紧不慢抱成了一团，嘴皮也贴上，一贴上，就胶着，分开时有撕裂的声音。他知道，这一天终于到来，有些突然，也是顺其自然。

这时候，他又想到一具硕大身板，是在淋浴。脑中的荧屏，没有开关键。

他心中涌出一股屈辱，想掰开她。他听见她说，耿多义，我知道你他妈什么意思。你用不着整我，可以走。这时候，她两眼是泪。而以前，在他印象中，她基本是条好汉，也许从没哭过。哭哭啼啼，那是小陌养尊处优得来的特权。她又说，如果你一直觉得，我理应对不起你，就走人！他回过神，重新将她抱起。这一次，两人抱得紧，他脸将她脸挤歪，弄皱，两张脸一并濡湿。

就这样相拥许久，空气沉滞，时间按了暂停键。他却总是分神，觉得有什么地方不对，一想刚才进来时，门只是随手带上。他想去把门闩起，欧繁看穿他的意图，将他进一步抱紧，让嘴皮再一次贴牢。

你等等我！他终于把自己嘴皮撕下来，跟她说，你妈还在下面。

你真是操心多，她不会上来。

那铃儿和木朵呢？

还要不要问，我那个失踪多年的狗爹在哪里？

在她房间，他整个人不在状态。她也看出来，这第一次，她也不便太主动。

吃过晚饭，欧繁将一个水桶递他，一台蓄电池灯递他，自己借了邻居一辆嘉陵摩托。耿多义说，我来骑。欧繁坐在后头，指点方向。出城南继续往南，过了墨斗塘，往西一拐，沿一条无名溪流忽高忽低地走，再有一刻钟，欧繁拍拍他肩，他把车停下来。路边闪现出一个洞口。走近了，这洞口宽阔、低矮、扁平，像一扇蚌壳微微张开。洞底一条阴河，往外流淌。这时天已黑，洞内隐约有光。

两人蹚水进入，手探着洞壁往里走，水线在膝盖以下，若偏几步，水一定很深，那种蓄有势能的流动隐约可感。这一路，他和许多微弱的光擦身而过。他慢慢看清，有人在洞壁凸起的地方挂蚊帐，是圆筒形，帐门底端显然有固定物，筒状空间得以垂直水面。里面有人，哗啦啦弄出水响，灯光一打，恍惚看见人影闪动，却不分明。　路地走，耿多义看到好几笼漂浮水上的蚊帐，听到几股戏水声音，头脑顿时有些虚幻。那光晕里的蚊帐，让他想到孔明灯，想到有一种海怪，名叫水母。

孔明灯往天上爬，水母在水体中浮游，而藏在微微光晕里的蚊帐，加重这洞子的幽暗。他走进这个洞，犹如走入另一世界。

欧繁选定地方，蓄电池灯柱朝上一撩，洞壁早已插好一截细木棍，用来挂蚊帐。蚊帐也备好，就在桶里，同样是圆筒形，挂下来，欧繁用水底石头压住几个角。欧繁说，把灯关掉。两人就脱衣，洞壁有放置衣物的地方，这里看似空空荡荡，该有的都有。耿多义要把灯带进去，欧繁笑他没有经验。她说，灯放进来，我俩就被别人看得一清二楚。灯要挂在外面，光柱往上面抬。他一试，果然这样。两人搓洗一阵，这地下河水的阴凉，让人疲劳顿消，神清气爽。这时，他听到某些帐内，声响激烈，夹杂有碰撞声。

他说，那些人，来这里不光是洗澡。

废话，洗澡哪用跑这么远。

以洗澡的名义作案。

天生一个仙人洞，本来就是作案现场。欧繁问他，你呢？你不要？

不要吧。

那就是要。她在他相应的地方捏一把，并说，你看你看！

他吓一跳，欧繁说得没错，自己果然是要。

那一天，难忘的一天，耿多义心情却起伏不定。在那洞里，在仅供两人藏身的帐内，他想，一盏灯放在什么地方，她都心里有数，显然以前常来。而这"作案现场"，绝不可能一个人来……他摁熄自己的联想，黑暗中，又看向她那段钝白的身体。

第五章

订婚宴

林鸣很快联系上耿多好。两边电话一打,林鸣跟柯燃冰回话:"今天他订婚,请客,就在他承包的洞屋旅馆。"

"都赶到一起了。"

"耿多义只要在俚城,晚上一定来。"

小代一旁说:"我也要去。"

"听话就带你去!"

过午,三人租一辆破旧微面,过了城南再往南,到墨斗塘镇往东边拐,马路变窄,微面开过去,既有大抽风,又有小颠簸,两个美女被抖得浑身紧缩。柯燃冰从未走过这么烂的路,便怀疑前方会有一场热腾腾的订婚宴。正待开口问是否走错了方向,突然飙过几辆野狼摩托。一辆摩托挤三四个青皮,坐最后面一位都背有背篓。一个背篓翻出半只猪肉;一个背篓挂出一把软耷耷的鸭脖,显然现杀,还死不瞑目;一个背篓里一团团响鞭叠放垒高……柯燃冰精神一振,她感觉到一种没心没肺的欢乐。这时一个青皮摸出一个拳头大小的"轰天雷",准备点燃,但在风中燃引信比他预想的要难,只得吧吧地抽烟,让火头烧红。小代已然怪叫,林鸣赶紧扒开车窗,冲那青皮说:"你妈逼看清楚,好大请我来的。"

青皮们一齐笑起来,将车瞬间飙远。

"你要死啊。你还骂他,他将雷公炮扔进车里来怎么搞?"柯燃冰记得,美国大片里常有这样的镜头,大兵把手雷扔进车窗,捂着耳朵往地上一趴。随着一声爆响,车里的人被气浪快活地发送到天上。

"这些杂种,不骂句娘他们听不懂话。"

过半小时,路面陡然开阔,眼前山体也增大几圈,显出幽深。微面在一个大弯处一转,洞口横在眼前。洞前有一方空坪,篱笆围起,正好可以停车。酒席是在洞内,弄菜是在空坪,已架起几口浴盆一般的铁锅,柴爿整齐堆码。一溜立式花篮,两边飘的纸带上,写着"恭祝好大订婚大喜"、"恭祝好大生意兴浓"(好几条纸带都写"兴浓",兴许是出自一人之手)、"恭祝好大一举搞定"、"耿大哥双喜临门"……柯燃冰走一趟,没见落款有耿多义。

耿多好个高,看上去极瘦,戴了黑框眼镜。他平时戴鼻环,鼻子上有几枚孔洞,也不知用哪种涂料,刮大白似地抹平。在他旁边,两个用煤油喷灯给羊蹄燎毛的兄弟,袖子绾起,露出画功拙劣的刺青。有他们陪衬,柯燃冰再看耿多好,竟显出几分斯文。

林鸣问:"好大,今天到底是你订婚,还是洞屋酒店开业?"

"冷天开业,那我不是等着喝西北风?"耿多好给每人发一个利是包,又说,"这帮崽子没文化,讲好话都没有准头。"

柯燃冰问:"耿多义怎么没见着?"

"他还没来,等会应该要来。"

"几时给他打的电话?"

"没打电话,上次见面我讲了日子。"

林鸣忙不迭给两边介绍,强调柯燃冰也是耿多义的好朋友。介绍小代,小代说:"好大,我喜欢你这个地方,你们还招不招服务员?"耿多好做出怜惜的模样说:"我这里坏小子多,你来不安全。"

柯燃冰说:"应该要来?他到底来不来?"

耿多好定睛看看这妹子。她问得仔细,他也答得小心:"耿二知道我今天办事,但我俩撞面,十几天前了,这几天没见他。他不会不来。"

空坪一片欢腾的气氛,耿多好的江湖兄弟随时准备着群魔乱舞。柯燃冰和小代往洞里走。洞口有五六层楼高,有如高级酒店的中庭,再往里走,洞腹急遽变小,只有一两层楼高度。一路过去,用杉木板子隔成多间客房,每间房都有灯,长久不住人,一股霉味游荡其间。洞屋凉爽,毕竟潮湿,杉木板子的墙面大都有了菌斑和苔痕。两人偶尔聊几句,洞内便有重重叠叠,但又若有若无的回音,让人老觉着是心底有事。灯一开,在屋内产生的光影,也是重重叠叠,让人总有一种穿越感,像是回到以往某段时光。

柯燃冰支开小代,独自待在一间稍微干爽的洞屋。床板上没铺褥子,洞内是恒温,她躺一会并不冷。一旁供桌上措着铁皮敲成的朱德半身像,她总觉得哪里见过。与那塑像面面相觑,她没想自己很快睡去。

醒来,身上搭着老式军大衣。一问,耿多义仍没出现。

订婚宴晚七点开始,洞口巨大的厅堂,不可免俗地挂起一串一串红灯笼。柯燃冰想到的是座山雕的百鸡宴。气氛倒是比别的地方热烈,耿多好首先发话:菜在各人眼前,好坏都这样了,别挑;酒是苞谷酒,浑是浑一些,管够。洞里天地宽,壶中日月长(他诌了一句诗,引发一片暴喝声),在这里喝倒,里屋的床板随便躺,免了后顾之忧。

酒一喝开,耿多好几个陪客都是平日最铁的兄弟,酒量都深,捉住女方的陪客一通猛灌。耿多好未婚妻的一个堂哥,喝到兴头站起来,要给耿多好一个评价。耿多好做个手势,所有人立时噤声。堂哥说,前面传闻耿多好是街面青皮的头头,他心里便有反感,但通过接触,发现是个仗义之人,办事得体,说话公道,又肯急人之难。这话说得倒没什么不好,先抑后扬,把整个气氛往上抬了一层楼。一众青皮正夸这堂哥会讲话,堂哥还要打一打分数。"我们从小读书上来,照打百分制。什么十分制五颗星 A 加 B 减,我看都是不够准确。"堂哥顿了顿,又说,"今天我给好哥先打八十八分,两个八,当吉祥号卖比一百更值钱。同时也要留有余地,以观后效。"话音刚落,众青皮正想着要不要拍手叫好,轻拍还是重拍,一个叫斜脸的兄弟,过去一把揪住堂哥胸口说:"你妈逼敢打八十几分?好哥是用来让你以观后效的?"众人前去扯劝,都喝得手脚不稳,扯劝变成一场厮打,忽然场面一片混乱,不可收拾。

林鸣、柯燃冰还有小代在稍远的餐桌落座，搞不清事情如何发生。刚才小代上前，仔细打量耿多好的未婚妻舒欣，回来便说，这女的看上去真不怎么舒心。现在突然事发，林鸣赶紧上去扯劝，小代只管掏了手机录制视频。

转眼的工夫，当事双方被扯开，因为喝了酒使不上劲，挨了拳的人也受不了多大的伤。只有堂哥，撕扯中酒劲发作，狂吐不止直至抽筋。耿多好不敢轻慢，赶紧叫来两个忍酒待命的兄弟，同自己一道，将人送到医院吊几瓶水。

一切忙完，耿多好回到洞屋，已是深夜。柯燃冰还没走，看着耿多好，一场好事办下来，脸上却陡增了许多颓丧。耿多义仍然没来。

"耿多义仍然没来。"

耿多好坐在桌子对面，喘定，喝了几杯压惊的茶以后，柯燃冰这么提醒一句。耿多好抬起头看着柯燃冰。他说："你是他女朋友？"

她点点头说："我想应该是吧，不知道他怎么看。"

"是他的福气。"耿多好又说，"他不来就不来吧，我哪操得了这么多心。"

"可他是你亲弟弟。"

"我今天订婚。今天事情太多。"

"他的电话已经好多天打不通，不管白天晚上，都不在服务区。"

耿多好掏出手机，走到外面空坪，晃几晃接上信号，连续地拨。柯燃冰讲的情况仍在继续。他又走进洞内，说："是不是换号了?"

"不是关机,是不在服务区。"柯燃冰提醒说,"你想没想过,耿多义有可能,嗯,失踪了?"

"他为什么要失踪呢?"耿多好撇撇嘴,不觉得有何意外。他一票兄弟,为了搞钱,为了搞女人,隔三岔五就玩消失。

"这其实……是我来这里找你的原因。前回他和你见面时,讲没讲过他要去哪里?你看出来,他有什么不对劲的地方?"

耿多好埋下脑袋,做出努力回忆的模样。其实他哪能不记得,弟弟前不久回来,是要找一个女人。他怀疑这女人与一桩凶案有关。耿多好帮他打听了结果,要打电话告诉他,却总是打不通。这些情况,能否讲给眼前这女人?耿多义是不是另有女友,故意躲避这妹子?耿多好拿不定主意。现在他们江湖好汉也讲多一事不如少一事,人在江湖飘,尽量少唠叨。

误入江湖

"……不是他要找的那女人!"

林鸣打电话,马勃次日晚上一定要安排饭局,要不然不见。"你们是耿哥的朋友,也就是我朋友。"马勃现在讲话满口都是这种调调。关于耿多义一直联系不上,马勃也不奇怪,一定是躲在哪个阴暗角落不想见人,迟早还会还阳。说到他在寻找一个女人,马勃盯着柯燃冰,抽了几支烟才讲明。耿多义找他打听两岔山失踪的女人,他很快弄清楚。刑警队找到那个女人，但一般人不告诉，他换了一个层级更高的兄弟才打听到。"女人姓邵，不是他要找的那个。"

"为什么耳朵都残？"

"纯属巧合。这个女人以前有男人，吵架以后跳楼，说跳就跳。男人反应还可以，一把凌空薅住头发……哎，你们可以想象，男人这么一抓，改变女人下坠线路，本是往外落，忽然整个人朝墙上撞，左脸在前。撞着墙后，身体一时还无法停止摆动，脸就反复擦在墙面上。"马勃抽一口凉气，又说，"楼是八十年代建的，外墙是用了洗石，墙表面洗得凹凸不平，就像一张粗砂纸。"

"耳廓就擦没了？"

"还剩半副，跟耿哥要找的女人，说白了就是欧繁，就有了区别。"

柯燃冰心里理出个顺序：耿多义找马勃和耿多好打听失踪的女人，马勃毕竟身在警营，先问明情况，告诉耿多义。耿多好晚两天打听到消息，一通电话，耿多义不在服务区了。照这样看，耿多义显然是当自己完成一件事情，又要奔赴下一件事情？顺序理出，她稍有安心，又问："欧繁耳朵又是什么情况？"

"……整只左耳都没了。"

"那个欧繁，你熟悉么？"

"不熟悉，老远瞟过一眼。耿多义跟她恋爱像是搞地下活动，我们都不知道。"马勃想起对那女人的一瞥，得来模糊印象，过去那么多年，几近于无。

"莫小陌总是熟悉?"

"那当然。那时候我跟耿哥写武侠，明总是我们老板，小陌算是大小姐。"马勃又说，"你叫林鸣别跟来，是对的。有些话他在反而不好讲。"

"不知道他会不会跟来，你先讲不好讲的。"

"现在，当然也无所谓了。"

读职专那段时日，耿多义拉扯马勃，一块写武侠小说。他不信钱这么好赚，抱着试一试的心态，依葫芦画瓢地写，没想对方要求也不高，交上去的文稿，真就换了钱。给钱的老板，就是莫小陌的母亲明总。钱虽不多，那时物价没涨起来，已够应付校内的生活。他人锉，体质瘦弱，父母担心他根本干不了活。在老家那荒僻的乡村，层出不穷的光棍们，早就将他认作新一代的接班人。他回家给父母讲，不要给钱，自己干活可以吃饭。这时候，他才初次感受到一份做人的体面。所以，当年去职专学家电维修，却误入江湖，拿起笔写武侠小说，过了一把作家瘾，马勃现在想来，还有些不可思议。武侠小说，曾被人说成是"成人童话"，他跟着耿多义写武侠的那些年月，何尝不是生命里一段童话般的日子?

"老远见过一次?又是什么情况?"柯燃冰肯定不会放过。

"……就是老远瞟一眼，几乎没印象。"马勃感觉自己又漏嘴了。当时耿多义已经在韦城混，某次回俚城，晚上约他出来宵夜，顺便也找几个当年一块安装空调的兄弟。他俩先到夜市，东西还没端上来，耿多义的目光忽然追随一辆驶过的摩托。马勃记得摩托后面搭载的女人，跟大多数长期卖肉女人一样,身材走形,发胖,侧向自己的一边脸廓仍算好看。

柯燃冰只得转一个话题。"耿多义这么久联系不上,在你们警察看来,算不算是失踪?"

"可以叫他哥去报案,但没用。"马勃说,"再说,消失一阵对耿哥来说,也正常。他一直有隐居的癖好,这么多年,我们经常找不到他。"

"你们一起写武侠的情况,能不能跟我讲?"

"这个没问题。"马勃倒是愿意回忆这段经历,碰到不懂的,就可以说自己当过作家。

他对耿多义最初的印象,是字写得不错,靠这混上副班长。两人还同寝室,但很难看到耿多义回寝室睡。耿多义的那个铺床褥枕被一样不缺,码得整齐,但他很少来。偶尔于心难安,他来寝室睡一晚。马勃感觉班副大人挺能混事,别的地方肯定还有一张睡觉的床,说不定床上还有个女人,胴体诱人……所以,马勃不免要琢磨,耿多义靠什么赚到钱?显然不是靠安装维修,且他们还没出师,即使出师,也有漫长的岁月苦熬,只能糊口。

那天下午没课,马勃偏躺在上铺,读一本《萧十一郎》。马勃没有别的爱好,就喜欢看武侠,想象自己是少侠,有银子,讨女人欢喜,诸如此类。耿多义盯他一会,问他读武侠多不多。马勃说:"倒是不少,我看武侠,不能按本,可以按挑来计算。"他最高纪录是一天七本,每页必翻,目光或许跳几行,大情节都不漏。耿多义又问:"喜欢读哪些人?金古梁温?"马勃说:"金古还好,基本看完,温瑞安只有几本不错,其他真他娘的胡写。"往后两人又谈别的武侠作家，比如卧龙生，作品也是巨多，马勃读了不下二十部，却只喜欢《素手劫》。耿多义便奇怪："租书铺里好几个版本的《素手劫》，全都注明金庸著，你读的哪个版本？"马勃说："我读那本，也写金庸的名字，但一读就是正宗卧龙生。"耿多义便夸，还读得出风格。

往下马勃继续讲自己喜欢的书，翻捡一遍，嘴头也是过瘾。柳残阳的喜欢《枭中雄》，司马翎的《剑气千幻录》，上官鼎的《沉沙谷》，易容《王者之剑》，东方玉《纵鹤擒龙》，古如风《海儿旗》，萧瑟《落星追魂》，陈青云《残肢令》……马勃读书不行，说到武侠小说脑子便好用，喜欢的小说，情节都能过一遍。又说到松柏生，不说喜欢，几乎全看过。耿多义就笑，松柏生以武侠为名，行海淫海盗之实。马勃又说，前两年还读过一部，隆宇烈的《盗头神咒》。马勃想追着这人再看，却难找见隆宇烈别的作品。

"隆宇烈你看过不？没看过，你就有福了。"

耿多义说："没看过怎么有福？"

"我看过，我爽过；你没看过，等着爽。"

耿多义感叹："你真是读得够全，犄角旮旯里的货都被你找出来。你下来，我要请你吃饭。"

"你为什么要请我吃饭？"

"因为你是小个子马勃。"

"我是马勃，就要请我？"

"马勃自不必请，但恰好我是耿多义。"

两人便笑。这对话也是仿古龙的套路，无厘头。班上同学就爱读古龙的对话，还拿去泡妞。

耿多义找一家路边店，进去，扬起手指点四大盘，还有三鲜汤。马勃就想，果然撞上有钱人了。耿多义又叫来白酒，一人倒一盅，并问马勃，敢不敢一起写武侠小说。趁酒劲，马勃说："有什么不敢？但是，我为什么要写武侠小说？"耿多义说："有钱赚，要不要赚？"马勃更是稀奇，一个并不熟识的同学请吃饭，一开口，竟是拉自己当作家。此前，他以为作家就像一个官位，不但要有才，还要使尽浑身力气，才能混上。

耿多义解释："你口味正，看得出好坏，喜欢的都是代表作，一出手肯定差不了。我平时听你讲话，也是有文采，来这里屈才。"马勃说："写小说有这么容易？你随便点一个人，就当成作家用？"耿多义说不是随便点，心里有数。再说写武侠小说这种事，就这么简单，只要看得多，笔一摸哗啦啦就写出来。很多人一辈子只知道租书去看，从不会想，自己也可以摸出笔写一写。只要摸笔一写，很多人都会发现，这一行基本没门槛，写和看其实一样容易。与其看，还不如自己写一写，顺便赚点银两。

耿多义一顿鼓噪，马勃便来劲："那就赚点银两。"其实他偶尔也想写武侠，却不知写完有什么用。

万事开头难，马勃星期天钻到教室，脑壳里仿佛有故事，人物也依稀可见，就是没法落实到纸面上。隔一周，耿多义来问话，马勃便实说："感觉能写的，不晓得怎么上手。要不这样，你先给我启发，给我开个头，看我能不能顺着往下走。"

耿多义一想也是，扔他一个开头，要他往下接。

他记得耿多义很照应他，一本小说，百分之八十枯燥的铺垫都是耿多义自己完成，还有百分之二十，男主角风流快活的章节，由他搞定。马勃不讨女同学喜欢，也绝无性经验，但一进到小说里，他想变成谁就变成谁，想跟女人如何快活便如何快活，好不风流自在。有了那段误入江湖的写作，马勃觉得耿多义有一句话，可谓经验之谈：武侠小说这玩意，写和看一样容易。不但一样容易，甚至写起来比看起来更爽，更加高潮迭起。

他还记得，起初将稿子交给耿多义，看完以后耿多义眉头一皱，有了老师的神态："哪来这么多流氓经验？你一天到晚脑袋里都在放毛片吧？"马勃委屈地说："我能够让你利用的，不就这一点嘛。"耿多义往下多看几段，不得不承认，马勃的笔尖还是带着准星，描写某个女人，大概能看出来，他落笔时脑袋里一准想着班上某位女生。耿多义把稿子一交，管事的章二也看出来，小说是两套笔法。耿多义承认，那些少儿不宜的段落，自己着实写不好，要拉一个兄弟进来，增辉添彩。章二说："你这个闷葫芦，倒是有眼光，能憋着宝。"章二要请客，见一见这个马勃。正好撞上元旦，天气冷得让人脸皮细跳，章二手指一挥，点菜比耿多义翻倍。马勃听着章二夸奖，酒一杯一杯地往肚里浇，浑身腾腾地冒热气，感觉自己真就入了行。

入行后马勃慢慢搞明白，写武侠纯粹是赚钱，算不上当作家。书写出来交到章二手上，要署哪个名字，章二说了算。自己写出的东西，印成册子，上面写着金古梁，马勃感觉脸上更是有光。

跟耿多义混熟，马勃进一步知道，耿多义写武侠，跟莫大小姐有关，她母亲明总要叫成老板。

马勃隐隐感觉，耿多义心里装有莫小陌。有次他俩半夜干完活，跑到街边喝酒。一街阒寂，树上也无风，舌头被酒一抻，话自然讲得开。马勃提醒："耿哥，我看你和莫大小姐，就像郭靖黄蓉，就像杨过小龙女，你要敢出手，她一定是你的。"耿多义叫他闭嘴，并说："小陌，我最好一个兄弟的女朋友。"马勃说："义气是小说里写的东西，你还真信了。兄弟哪有女人重要？兄弟再好，又不能跟你钻被窝。武侠是武侠，写这东西只是赚钱，你不要写坏脑壳。"耿多义把酒杯杵过来，阴着声音说："喝酒，以后不要再讲这话，要不然我打你屁股。"

马勃知道眼前这柯燃冰，是耿多义新交的女友，又有新的感慨，这么多年过去，耿哥仍是在恋爱，还没结婚。所以，马勃该讲的讲，但凡可能造成误会，一概隐去。柯燃冰自己听出来。她问："耿多义跟那女的，莫小陌，是不是也有点意思？"

"那女的对耿哥倒是有意思，但耿哥不会，他最认兄弟，林鸣跟他关系不一般。在他眼里，耿多好只是阴差阳错撞进一屋，当了他大哥，林鸣才是跟耿多义同穿一条裤的兄弟。"

既然写作赚钱，耿多义自然也养成一些怪癖，不爱住寝室，在外面不断地找房、租房，每个地方都待不久，不停搬家。好在也没什么行李，靠自己两条腿就能搬家。城南遍布山头坡垴，脑袋一抬，就能看见山上散落的房舍。耿多义爱往地势高陡、处境偏僻的地方去，租一小间，坐里面漫长地写着。写作的快意无非这样，以赚钱为借口，将孤独变成生命中的必然，一定要安然接受。耿多义跟马勃讲经验，一定要去冷僻地方，晚上打开门，除了黢黑一片就只有星光，这种场合里最出状态。有一次他拉紧窗帘，不计黑夜白天交替，一口气写到次日下午三点，半本书就搞出来。中间空了些地方，嘱咐交由马勃填补，两人已配合熟练，嘱咐往往简短："此处两千五百字为宜，初见面的场景，注意克制，不宜太猛"；"此处四千字左右，尔当尽情发挥，应有高潮，不妨迭起"……

耿多义叫马勃也去山上住，马勃试过，太冷清。寝室纵是臭烘烘、乱哄哄，倒是有一份他乐意得到的闹哄哄。他跟耿多义不同，他只留恋人间。

耿多义打一枪换一个地方，发现一个山头更僻静，便搬过去住。山上的房子总是便宜，有的屋子空了，租给耿多义，等于是招来一个看门人。莫小陌要找耿多义，电话不好打，住在山上的，多是郊区菜农，根本不装电话。莫小陌只好去职专，先找到马勃，要他带路。马勃带莫小陌往山上去，在羊肠小道弯折一番，远远用目光找得准耿多义的房子，莫小陌要马勃停下，她一个人摸进去。马勃这时候便明白，莫小陌等着两人目光相撞的一刹那，耿多义脸上会有什么样的表情。这电光石火的一刹，哪能让别人分享？

到年底，马勃有机会参加明总的感恩宴，才见到林鸣。明总生意造大，每年过年以前，总在俚城找一家时兴的酒店，办几桌，亲戚朋友都找来，围坐一起，讲一讲感谢。当时马勃又开一窍:有钱的人就喜欢感谢这个感谢那个,感谢越多,得到好处也越多。马勃一再好混,这些感悟都是用得着。

那时候莫家林家互以亲家看待。当天明总在大使酒楼包两个相连的厅,外厅四张桌,内厅一张二十人共用的大桌。当时,章二手下写书稿的,除了他俩,还有一个罗圈腿,一个驼背以及一个轻微脸瘫的老女人。酒吃开以后,耿多义打个招呼,五个人举着杯往内厅去,给明总敬酒。门一推开,里面的厅墙壁都贴金箔,一时晃得马勃睁不开眼。敬酒时,明总还故意跟每个人说一两句,轮到马勃,明总伸出手到他头顶一摸,并说:"你就是马勃呀,你写得好。有时间多教一教我家小陌。"马勃一听,就知道明总根本不知道他是写什么。心里依然高兴,在那纯真年代,撞上一个万元户,就当见过大人物。

莫小陌和林鸣当然坐在一块,穿着都讲究,要是改一改颜色,暖调一些,喜庆一些,直接排开婚宴也不突兀。耿多义当天穿了自己最好的衣服,买了一双锉出腰线的新皮鞋,也是有模有样。林鸣招呼一下,耿多义便凑过去听他耳语,马勃站在对面看得清晰,耿多义是自己大哥,往那边看,林鸣显然又是耿多义大哥。莫小陌一身毛料裙,一条小驳领的西装上衣,头发弄得又多又密,却丝丝不乱。林鸣耳语过后,莫小陌又扯着耿多义衣袖,追加了两句嘱咐,耿多义这才匆匆往外走,把另外几个人领进来。新一轮敬酒,新一轮感谢。小陌和林鸣陪在明总两侧,以马勃涉世不深的眼光看去,一棱一角都是上流社会的气息。

明总经营好些项目,别的马勃不懂,但印武侠书这一块,没过多久就变得衰败。章二还是照样收稿子，要求却又不同，不能再像以往那般，百分之八十是故事发展百分之二十是少儿不宜，这个比例甚至要倒过来。有天耿多义便跟马勃说："现在这要求，我是写不了，但对于你，恰好又是特长。你自己接活，继续干下去，稿费比以前还高。"马勃自从干了写作，说话也爱打起比喻。他说："你是做皮的，我是做馅的，你不干，我也干不了。"后来他去混辅警，有机会还转了正式，而耿多义一直在写。在马勃心中，耿多义是最不知变化的一个人，一直写，也一直在恋爱，不管过去多少年，对他来说都是当年。

马勃聊一大通，柯燃冰一直认真听，马勃反倒有些感动。柯燃冰又问："能不能见到两岔山命案里，活下来那个姓邵的女人？"

"见她有什么用？"

"你刚才说过，这女人跟毛幺妹认识好多年头，那么，她会不会认识欧繁？"

"这女人还不能随便联系，我跟你讲这事已经违规，有机会，我再帮你问。"

"那么，刚才你说的那个章二，现在还有联系不？"

"一直没联系，但他只要还在俚城，就好找。"

隆宇烈与陌上青

章二本名隆章二，不犯事不惹女人不欠钱，所以不曾下落不明，稍一打听，就在跟俰城毗邻的广林县屈埠镇。柯燃冰独自去。屈埠据说是屈原住过——周边很多地方，都说屈原来过、住过，反正死无对证。政府花钱，把屈埠弄得有模样，旅游起不来，凑合了本地人改善生活环境。章二五年前过来，他弄个门面做茶叶，店面有上下两层，摆开几个茶盘招徕熟客到里面喝茶，一百块钱管三泡。

一个女客独自跨进门来，长相又是漂亮，章二主动过来待客，一边泡茶，一边把话说开。等章二把茶泡好，两人喝起来，女客说明来意。她是报社记者，正做一个专题。当年武侠小说热，港台小说倾销内地那些年，内地许多地下写手，要么盗用港台作家的名字，要么拿捏一个古怪的笔名，鼓捣出大量作品。这里面偶有精品，当然大都拙劣，在那个年代，照样拥有巨大的读者群。时过境迁，这些写手全都消失不见，仿佛从未存在。女客说她上报一个选题，专门寻访这批隐形写手，写他们的故事。领导认可，拨下经费，她得以查找资料，四处寻访。她已经查知，章二当年干过这事。

柯燃冰本是临时起意，顺口诌个理由，一俟说出，脔心竟是一热，揣摩这事倒是可以一试。

"……你年纪轻轻，功夫下得足，连老夫都被你刨出来。"章二一撅大拇指，"当年我在明总的印刷厂里管事，是凑了几个人写武侠小说。要是他们里面有谁弄出大名声，真就成为内地金古梁，我也功不可没，不是么。"

章二一开口，柯燃冰便是一愣。耿多义当年一上手写作，碰到这样有情怀的盗版商，不啻是一种福分。

说到武侠，章二慨叹："那时，内地武侠创作发育还不成熟，就衰落了。现在网络文学又有了武侠小说，但网络上的小说门类太多，武侠不是很显眼。"

"你倒是一直关注。"

"毕竟，也算从业人员嘛。"章二熟练地沏茶，又说，"当时也不是全为赚钱，赚不了几个钱，只是一帮文青，写别的东西都出不了书，写这个很容易见功效，很快有一摞作品。虽然上面印着金庸古龙的名字，也聊以自慰。"

不消说，章二年轻时也是个文青。上世纪七八十年代，文学红火，他本是师专的老师，却只想当作家，到处流窜，结交文朋诗友。朦胧诗、散文诗、小说一路写过来，但就像公汽站的倒楣鬼，眼看一班班公汽到站，老也挤不上去。一晃到八十年代末，师专再不给他请假，要么安心上班要么清退。他回到师专，教职已经占满，他被分配到奄奄一息的附属印刷厂干活。分到印刷厂，他的专长得到发挥，文朋诗友的自费印刷品都到他那弄，又承揽各学校各文学社团的杂志报纸。那时候文学正热得发烫，一份学校的文学小报印数千份，能卖钱。没几年，章二混上副厂长，专事拓展新的业务，后来跟省城斗篷街的书商拉上关系，印盗版武侠，是大业务，一套书四五本，每本都印上万册。这活干了几年，熟门熟路，章二跟明总建议，与其盗版别人的小说，不如自创品牌，扶持几个本地作家写武侠。明总不信，说有这么容易？章二说就这么容易，多看几个港台武侠作家的简介就能知道，全是稀里糊涂上道，莫名其妙成名，赚大把钞票。再说当时武侠小说供不应求，市场需要全新的东西。章二判断，只要有新人新小说，且还是独家出货，一定会有不错的销量。明总半信半疑，让章二试一试。

章二一有机会，便要大展拳脚。他自掏腰包，把当年结识的文青叫来，凑两大桌。他把理想一讲，有几个一直没赚到钱，生计都成困难的倒愿意试试，包括罗圈腿杨腾森，罗锅马希文和当年"俚城文艺一枝花"周群英。他仍记得那一场酒，喝出了一生的豪情。很快，愿意入行的兄弟交来一批稿子，章二一看，眉头皱起。倒是可以印成小册，当鲜货卖，但只能是一锤子买卖，要想靠这样的文稿扬名立万，只能是扯淡。文稿低价收来，换成金古梁的名字，印成册送到省城斗篷街二渠道图书市场，每一种能销一两万套。武侠小说，当时简直瞎写瞎有理，读者看了不好，再换一套翻看，想批评，要骂娘，都找不到豆瓣。既然上了道，就要不断供应新货，新货送过去，取上一次的货款，如此生衍，循环不断。

耿多义是章二看出气象的第一个，也是唯一一个写手。耿多义起初写的几本摆明是要愣充金庸，章二看出来他并不用心，但字里行间显然是有潜质可挖掘。章二便鼓励："多义，你不要凑字数，接下来下狠写一部，可以用自己的笔名。记住，你是我隆家班的人，笔名要用'隆'字打头。"耿多义顺口诌"隆鸣"。章二说不好，听着像是农民，不响亮。他给耿多义另取一个"隆宇烈"，没啥多的含义，字面上看去就很武侠。

章二清晰记得，耿多义下力气写的头一部作品，叫《盗头》，很有自己想法。是写乡下一个蠢笨盗墓贼，某天掘开一墓，尸体躯干已朽见白骨，但一颗脑袋鲜活完好，且能说话，跟他讨酒。盗墓贼不敢违逆，将头小心捧到家中，他要喝酒便让他喝个痛快。头喝得高兴，就叫他一套心法口诀。盗墓贼不知是计，将口诀念完，那颗头便飞上他脖颈，换掉他本人的头，白赚一副活身躯。自此，头身合体的盗头侠，重又行走江湖，但头身分属两人，磨合尚需时日，这身躯不服头颅的统治，时常自行其是，让盗头侠行事怪异，行走江湖险情不断，当然一次次诡异地化解。这一部分，正是耿多义笔下出彩之处，有异于大多数武侠小说，《盗头》的故事是从细部发展，从逻辑线上发力——身首异人，却合于一体，从此头与身躯便相互斗法，在耿多义笔下时而激出炫彩。

章二当时连夜看完，满心激动，他有意就此打造一个"隆家班"。在他们厂的盗版史里，这是第二个拥有自己笔名的作者，第一个是莫小陌，她自己取笔名"陌上青"。章二觉得不好，笔名要有个指向，卧龙生司马翎龙乘风，一听就是武侠，岑凯伦雪米莉一听就是写情感，陌上青算是哪一伙呢？莫小陌却要坚持，章二也只能随她。

《盗头》这书名，被章二改为《盗头神咒》，请了俚城师专的美术老师，画一幅质地上乘的封面画：一具无头躯干，一手叉腰，一手揪发，拎起一颗脑袋。这脑袋的嘴角，现出一丝得意的冷笑。现在想想也是拙劣，但在当时盗版物中，算是顶配。章二有意力推此书，以及新入"江湖"的隆宇烈，用了最好的纸张，还给封面覆膜待遇，排版期间他亲自督工，把错字量降到专业出版社的标准，版幅也作了设计。他在封底版心加推荐语：

《盗头神咒》为武侠奇才，灵幻派新一代宗师隆宇烈的成名作。本书想象奇绝，情节独异，上接还珠楼主笔下鱼龙漫衍的雄奇瑰丽，又承北派宗师王度庐小说精致入微的白描绝技……

"第一版印了三万五，后面还有加印。"讲到得意处，两人换手，柯燃冰泡茶续盏，章二只管端起来往嘴里嘬。"那套书五十来万字，印成四本，耿多义赚了八百块稿费，而我们印刷厂，一本书批出去赚两角多钱，一套书十四万册，差不多赚三万块。明总对我有表彰，说我一锄头挖出个金娃娃。其实还是可惜了，如果是现在，有一本好小说，走正规渠道，没准可以开几个发布会，把影视版权卖出去，说不定够小耿吃半辈子。"

柯燃冰又问："据说，当初是莫小陌要写武侠，耿多义为了帮她，也才上手写起来？"

"倒是，故事往往这样，陪太子读书，成就了布衣功名。当初还是我的建议，本想帮莫小陌找一找捷径，尽快地混成全国作家，没想莫小陌没帮上，耿多义的本事显了出来。"

章二出这馊主意，是因盗版做久了，他对书号并无概念，以为就是一溜字符串，印在版权页糊弄人。莫小陌高中时想入省作协当会员，要有一定数量个人著作。莫小陌初中时出了一本作文小册，得以进到市作协，现想再出书，需要足够的新文章。她想试笔写言情，明总不允，十几岁女孩写男欢女爱，怕

"坏了名声"。这时候章二出主意说:"写武侠行不行?这个来得快,一套书起码两三本。只需一年时间,搞出两套五六本,码在桌上厚厚的一摞,省作协的领导都不好不批。"明总想想也是个办法,跟莫小陌一讲,莫小陌愿意试试。她偶尔也看武侠,金庸的看了好几套。但真的上手写,要学金庸,难度太大。整个武侠江湖,金庸已是定于一尊的神人,想模仿他,简直是一步登天。耿多义便来协助她,跟她讲这武侠除了金庸,还有别的套路,要遵循什么样的规律,甚至还开列门派目录,招式名称,还抄来精彩的段落,简直嚼糜哺雏。章二可以断定,莫小陌最初的两部武侠小说,《长缨断简》和《引凤囚凰》,很大一部分是耿多义代笔。耿多义不肯认。耿多义交出《盗头》的稿子时,主动表示,如果莫小陌愿意,可以署她笔名"陌上青"。章二把话带过去,跟明总说:"这么一来,你家小陌说不定能火。"明总半信半疑,答应付一笔署名费。耿多义也是求之不得,他并不在乎去当"隆宇烈"。莫小陌把《盗头》看过,说不能要,我根本写不出来。章二就感叹,莫小陌是有自己一份气概。

说到这,柯燃冰不禁插话:"写武侠就这么容易?"

章二说:"能写武侠的大有人在,只是很多人没机会试一试。你比如说,莫小陌只是憋着写,但耿多义和莫家潭都写得不错。"

"莫小陌的父亲也能写?"

"这事别人不知道,我清楚。你看,你要找这批地下写手,又多了一个。不过现在莫家潭脑子坏掉了,是个痴呆,不能给你讲他的故事。"章二换一泡茶，又说，"起初莫小陌要写武侠，明总支持，莫家潭说那不是正经事，但明总说了算。虽然反对，他偶尔也指导，等于莫小陌有耿多义、莫家潭两个人保驾护航，一年时间捏巴两部武侠。莫小陌写得艰难，耿多义、莫家潭两人上手就能写。后面莫家潭写出一部，书名叫《上穷碧落下黄泉》，用了笔名'陆声沅'。他嘱咐我不要跟人说，我一直不说，现在也是无所谓。他只写了这么一部，当是好玩。"

柯燃冰隐约感觉到，若真将这批地下写手一个个追寻下去，没准会出一系列精彩的人物报道。

莫小陌的武侠书稿交过来，明总去省城找了出版社的关系，出版社编辑看了不行，明总哪肯罢休，前后活动一阵，都在自家厂里印出。莫小陌靠这两部武侠六本书，顺利成为省作协会员。那年冬天莫小陌第一次参加省协笔会，去到省城见过许多名家，同时也成为年轻作家里最引人注目的。联欢晚会上，她上台献唱一曲《月亮河》，下面尖叫和呼哨不断。

既然已初显成效，当然是乘胜追击，莫小陌再花四个月，写出六十万字的《绝情蛊离恨天》。写出后，再去省城出版社活动已然难上加难。章二自告奋勇说不必这么麻烦，他另外找办法。弄来一看，是香港的。明总问："能行么？"章二说："不进入新华书店系统，这个哪有这么多要求？"字排稀一点，印出四大本，本本摸上去沉实厚重。再有机会申报国协会员，莫小陌将三部武侠小说一共十本书递交上去，满以为会得大满贯，没想到自己瞎印，书出再多也没用。

"……这事要怪我，也是应该。我哪想到评奖评职称，有严格的审查程序？评奖评职称的好事我从来没撞上，完全在经验之外啊。"章二不由得感叹。

这事对莫小陌打击很大，可谓一蹶不振，后面不见她怎么写。耿多义倒是一直写，把写武侠当成一条财路，前后四五年时间，写了十五部武侠，印出来差不多有五十册，不说著作等身，摞起来也有半人高。但这种地下写作，非法出版，激励不出写作者的自豪感。耿多义有几部还是下足力气，充满奇思妙想，但后面就只求数量，尽量多挣稿费。"隆宇烈"早先还有一批固定读者，后来便不好卖。耿多义依旧盗用别人名头，成为十足的伪版写手。再往后，整个武侠小说忽然没落，斗篷街苟延残喘的批发商，只要那种挂羊头卖狗肉，充斥色情描写的武侠小说。耿多义写不了，莫小陌更没法下笔。

"……那几年，明总跟我说，小陌的心情一直不好。我也揪心，但也不敢把责任都往自己身上搂。现在想想，小陌是有抑郁症，但当时没这个概念，一句心情不好，全都概括了。"

此后若干年，莫小陌读大学，又去省城《楚声报》实习，跑文化这一块。章二以为她再也不写小说，没想有一年，她又弄出一本小说。书名章二也记得，叫《末日寄情》。章二翻看数十页，竟看不出什么类型，基本是个大杂烩。印刷厂已入正轨，专印教辅，不再经营盗版伪版小说。小陌往正规出版社投稿多份，根本没有回音。当时已有复印，莫小陌自己复印几十本，制作封面粘上去，送给朋友。再翻过年头，她就在四月洪水暴发的时候消失了。

"《末日寄情》，岂不是有遗书的味道？写的什么？"

"现在想想,是一语成谶。当时,我只翻了前面几十页,实在看不下去。老实说,要是莫小陌有耿多义的才华,真能混成作家,可能就死不了。混作家真不是好事,我见多了,周边每个县,都有想当作家当不成,最后疯掉的。现在年轻人都想当演员,是好事,当演员不太费脑,即使当不上,也没见谁想不通疯掉。"

第六章

武术指导

耿多义随身一个仿皮抄,很厚,记下一些重要事情,也可随手翻出看看。中间有几页,是自己的作品目录,这当然是重中之重,而作品目录的第一部分,是武侠。

《飞火诀》,青原出版社(明芳林杜撰),署名金庸新,共两册466页,稿费200元整。1990年8月第一次印刷,印量不详。

《霸龙山庄》,青原出版社,署名梁羽生,共两册410页,稿费240元整。1990年11月第一次印刷,印量21000。

《盗头》(印刷后更名《盗头神咒》),武功出版社(隆章二杜撰),署名隆宇烈,共四册870页,稿费800元整。1991年7月第一次印刷,印量37500。1991年10月第二次印刷,印量12000。此书已搜集盗版版本:《盗头神咒》,江南文艺出版社,署名金庸,1992年。《盗头神咒》,西域出版社,署名古龙,年份不详。《天劫魔音》,青蓝出版社,署名东方宇,年份不详。《飞尸咒》,宁夏天方出版社,署名独孤忆,年份不详。

《幻念妖琴》，天山出版社，署名龙井天。

《洗骨池》（印刷后更名《怨灵狂骨》），墨铎出版社（莫小陌杜撰），署名隆宇烈，三册660页，稿费600元整。1991年12月第一次印刷，印量42000。此书已搜集盗版版本：《狂骨怨灵》，天山天池出版社，署名金庸新，1992年……
…………

他署名"隆宇烈"的几部小说，都有别人改名盗版，另署作者，但他不以为意。那状况，他觉着好比现在发表小说，偶尔被选刊转载。

他斟酌了其中的用词，比如不用"出版"用"印刷"，也不注明版别，只有印次。当然，这些并不重要，于他而言，重要的是自己那时开始赚钱。他十六岁，摸着自己赚下的钞票，低头看一眼钞票上毛爷爷的微笑，抬头再看一眼，这世界忽然变得崭新。

本来，章二给了莫小陌写武侠小说的建议，同时也配套似的，推荐周群英当她指导老师。周群英为人和气，说话做事最有耐心，且欣然接受章二邀请。明总客气，弄一桌饭菜，让女儿拜师。莫小陌将周群英写的两本小说一翻，头皮就炸，说写这样的东西不就是糊弄人嘛。明总说，你年纪轻轻，要晓得虚心。莫小陌虚心不起来，说我怎么也比她写得好。莫小陌有心气，不肯拜这个老师。

她以前不怎么看武侠，金庸的倒是翻过几本，能往下看，但也谈不上被吸引。当时心里还奇怪，为什么每个男生都看得如痴如醉。她怀疑小说也是针对特定的读者，武侠适合男生，就像琼瑶适合女生。两相比较，她倒是更想学一学琼瑶阿姨，但明总不答应，说你十八岁还不到，写男欢女爱，这不是糊弄人嘛。莫小陌认为写武侠同样也是糊弄人，但明总坚持认为，写武侠总比写琼瑶那种东西，来得正经。明总进一步申明，再说，我们厂里也从来不印那一类小说。按需生产的理念，明总倒把握得紧。

莫小陌上手写武侠，有如受刑，面壁整天，桌上没几页成稿，地下捏出的纸蛋有一堆。林鸣建议，要不，找耿多义帮你一起弄？莫小陌说，听你一讲，耿多义就像万金油一样。林鸣却有把握，说耿多义只要肯下力气，一般的事情都做得有模有样，再说他读武侠小说能当饭吃。莫小陌说，读这么多武侠，看他是闷声不响的样子。林鸣就笑，该出手时再出手！

林鸣一讲，耿多义竟有兴趣。他心里说，好嘛，莫小陌脑子一抽，要写武侠！莫小陌真是有福之人，想当作家就进了市作协，想写武侠就有人等着帮她印成书。听着像开玩笑，却是千真万确。耿多义把读过的武侠捋一捋，觉得这事似乎也不难，有心帮她一把，自己也好摸索一番，武侠小说到底怎么弄出来。事不宜迟，说干就干，耿多义去水泥厂的租书摊，把翻得稀烂不再上架的书要来当成资料。以前读得多，记得牢，他弄起来手脚飞快，几天时间，整理出武侠小说常用的情节模式，常用的开篇布局，常用的武术套路，常用的帮派名称……又去了伻城图书馆，查阅和武侠小说有关的理论著作。耿多义从中抄写了不少言简意赅的总结，看上去，像是武侠小说中写的，或者写武侠小说的"秘笈"：

其一：气氛，古雅高洁，朴实隽永，发人深思，勿入庸俗。

其二：文字，通俗流畅，简练有力，活泼生动，干净利落。

其三：故事，结构紧密，神秘曲折，前后一贯，合情合理。

其四：……

……耿多义，以后我叫你老师，你当之无愧。莫小陌摆出俏皮神情。耿多义说，受不起，我们是同学。莫小陌说，我叫你教练也行。耿多义歪着脑袋想，也不像这回事。你有心要叫，叫我武术指导。写作你自己行，只是武侠你不懂，这一块我能帮着你。莫小陌说，那我叫你武术指导，简称武指。没待耿多义开口，她又说，真是别扭，武指，哪像个称呼？我还是叫你耿多义好。

……那么，我就可以开始写了。名字我都取好了，叫《长缨断简》，你看像不像武侠小说？

为什么是长缨？

主角抡的武器啊，一把红缨枪，两头带尖。

扛一把红缨枪，两头带尖，有人杀人，无人时站岗？下河扎鱼，上山挑柴？

我知道的第一件武器就是红缨枪，连环画里，少先队员人手一把红缨枪。我看的武侠小说，尽是刀啊剑啊，拿扇子杀人都有，就是没一个人耍红缨枪。我这么写，可以算是填补空白，对不？

你要写，我也拿你没办法。这个算是冷门兵器。大概想出个什么情节？

一个少女，有自闭症，想练好武功，要闯江湖，可又怕跟人交往。

一开始写，不要把人物搞得那么复杂，还自闭症。帕金森症，打冷摆子也写进去？要写少女当主角，也行，她活到你这样年纪，知道父亲是养父，还有可能是仇人，她要去找自己亲爸爸行不？

你这么一说，我感觉又开阔了一点。

你要贴着自己写，想着你家老莫忽然有一天丢了，你去把他找回来，一定有创作激情。

你这么一说，我心里酸了一下。我真梦见过我爸说没就没了。

你进入情绪很快，你天生就是作家。

可惜，天生不是武侠作家。

没有谁天生就是武侠作家，在娘胎里打拳，谁还能打出套路？

废话少说，那我开始写啦，我真的开始写啦！

…………

少女莫小陌变身为武侠作家陌上青，头回写杀人心尖子都颤，仿佛真的见了血。说来也怪，多写死几人，手风就顺了。

她自己总结：要用血来祭笔。耿多义随时待命，一旦写到艰涩之处，便来救火，前后文一看，当堂拿解决方案。幸好，莫小陌碰到的问题，总不是什么大问题。比如，男主碰到几个女的都爱死他了，如何处理？耿多义指导说，那时候是可以一夫多妻。又比如，那几个男的都来追女主呢？耿多义想一想，对她说，看样子小说还要重新定位，你是要走豪放路线，还是要走纯情路线。你心里怎么样，就怎么写，跟着感觉走。莫小陌便把眉毛一挑，又问，那你觉得呢？

　　高一结束那个暑期，整两个月，几个人凑在一起，守候小陌完成大作。莫小陌将自己锁在最里面的书房写。耿多义自以为摸着门道，则在隔壁一间房开始自己的武侠创作。莫小陌叫一声耿多义，林鸣拍这边房门，耿多义就过去。莫小陌再叫一声，还是耿多义。叫谁谁进去，这是莫小陌颁布的法令。有时莫小陌写到浑身无力，一个字也挤不出来。耿多义说，我俩换换房，你帮我看看稿子。耿多义对她的书稿太熟悉，不用回头捋细节，接手就能续写，衔接总是严丝合缝。莫小陌看看耿多义的稿子，再看看耿多义帮自己续接的部分，便一次次满血复活。

　　林鸣只能待在外面，表情就很丰富。欧繁有时候坐一旁择菜，看看林鸣，把抽巾纸抹过去，示意他擦一擦脸。林鸣往脸上一擦，其实并没有汗，欧繁却笑得开怀。

　　金秋十月，收获的季节，小说写了近四十万字。莫小陌觉得够了，找着机会煞个尾。她把厚厚一摞书稿递给耿多义，自己还不太相信，这就写出来了？耿多义说，写完就完，不要细想，我帮你再理一遍，拿给章二，尽快印出来。

书以最快的速度印出来，印成三大本，叠成一摞八公分厚。莫小陌毕竟受到鼓舞，又开笔写下一部《引凤囚凰》，手上有风，又搞出五十万字。次年，她靠这两部六册的武侠小说，成为省作协最年轻的会员。

天下第一鸟

在此之前，耿多义不可能想象，自己也能写武侠。章二当面表态，质量要在《长缨断简》之上，他就收购。排够一本书，大概十来万字，给一百块钱。武侠要写够字数，起码一部要有两本。耿多义心里有底，质量达标当不是问题，一个月写十几万字应不是难事。两百块是他两个月的生活费，写够三本书，半年之内不要父母供养，有什么理由不干？于是，在辅导莫小陌写作的同时，他的第一部武侠小说《飞火诀》开写，暑假结束前写完七刀格子稿纸。交稿上去，章二没有提修改意见，付了钱。稿子兑现得快，接下再写。回到家，他开着小鸿运扇，仍挥汗如雨。父亲看他写得辛苦，跟他讲，不要瞎写，当作家哪有那么容易？他答，不是瞎写，指定有钱。父亲才不吭声，推着轮椅煮一壶凉茶。

十月莫小陌写完《长缨断简》，耿多义交第二部《霸龙山庄》。次年，他想着要放慢速度，打磨一个质量好的作品，半年时间，将近一拃厚的稿子交给章二，名为《盗头》。很快章二回话，写得太好，照价收购不是问题。问题是，你可不可以让别人来署名？耿多义问，怎么说？章二说，署陌上青的名字，钱可以多付一点。耿多义又问，怎么多付？章二说，每本加一百，三本书付你九百。耿多义说，没问题。

耿多义根本不指望靠这样的玩意闹出名声，多赚一点便是他全部想法。他愿意给，莫小陌竟然不要。她看了小说，很惊讶，说自己根本写不到这样的水平。所以，章二让耿多义署了笔名"隆宇烈"。章二说，这是好事，你照这个路数写，肯定能闯出自己的名声。说不定，以后你就是大陆的金庸。

后面排好版，章二将书印出四本，耿多义便多得两百。

进到高三，耿多义仍是班上最为不声不响那个人，尽量减少与人交往，节约一切时间，拿起笔，逐格码字，心情有如一个老农民，辛劳之余，对于收获，也有着看得见摸得着的预期。当年高考升本只有百分之十，他不敢指望，再往下，专科和职校在他看来已无差别。那一年别人全力备战高考，他攒出的时间，落笔越写越快，只要交得脱，也不再修改，一年下来又写成三部武侠。高三上学期，莫小陌也把第三部武侠《绝情蛊离恨天》印出来，准备冲击国协会员。明总已经帮她四处打听，哪家大学开有作家班，招收这方面的特长生？

高考的压力，莫小陌丝毫感受不到。她抚摸着厚厚一摞书，相信这可是一摞敲门砖，必定敲开各种机会，成为知名作家，接下来便是等待连锁反应，包括名牌大学破格录取。

申报受挫，莫小陌表面看似镇定，平时不声不响。反正作协的消息，班上同学根本不知道，就像踩西瓜皮跌一跤，爬起来默默走人，用不着跟西瓜皮发火。只是他们三个好友看出来，莫小陌比以前呆钝，时而陷入深度的恍惚。他们三人能做的事只能是尽量陪伴她。每到周末，四人结伴走遍俚城的角角落落，周边的山峦，以及再远一点的乡镇。莫小陌脸上的阴霾，也是他们三人心头的阴霾。那是冬天，彤云深重，周边泛起冷光，让每个人平添相互依偎的心情。

耿多义记忆最深的，是某天去了青山湾镇，撞上集日，四乡八村的农民乌泱乌泱挤满街巷。以前莫小陌是怕挤人堆，现在专往人多的地方扎，故意和农民讨价还价，没用的东西买几件。后面看见一只野鸡。一个农民，用鸡笼子罩着那野鸡，个大，最长几根尾羽是火红色。别人靠近了看，野鸡视若无睹，莫小陌一靠近，野鸡发了疯似的，在狭侷的笼中上下扑腾，尾羽在向光处瞬忽一闪，旋即又变得黯淡。野味贩子歪起脑袋，要莫小陌站远一点。野味贩子说，小姑娘，我这只鸡刚开叫，别惹坏它。周边的闲汉呵呵哈哈笑起来，一同看向莫小陌。莫小陌问这鸡多少钱？贩子说，粮油饭店订了，等下就来取。

四人坐中巴车返回，车出青山湾，行至一大片囤水田中间，莫小陌头一抬，冲前面叫一声，师傅，停车。车一停，她走下去，他们三人跟着下。

你要去找那只野鸡？毕竟，林鸣懂得莫小陌的心思。莫小陌算是默认。所有人都在心里问，为什么？莫小陌小声说，我觉得，它像我……它就是我。林鸣又说，你说是就是……但是，那只是公的。

母的就真是了？欧繁在一旁嗤一句。

莫小陌不再吭声，眼望来路，朝一辆去青山湾的农用车招手。他们去粮油饭店找那只野鸡，仍活着，莫小陌又将同样的理由讲给老板听，老板觉得有意思，加了三五块钱，将野鸡转手。

她将野鸡带回，养在老莫宿舍里，那里有个小阳台。老莫不多问，只是担心野鸡不好养活，没想这一只倒不娇贵，跟平常肉鸡一样，撒些秕谷就能活。老莫还去打听，这野鸡应是人工饲养，本来的命运，是养到一定重量就吃一枪，身体镶有铁砂，挂在猎枪枪头，市场上一晃，能比活鸡卖出更高价钱。但这只野鸡身形尾羽都太漂亮，免吃那一枪，可以摆到店门口，鲜蹦乱跳，招徕顾客。

……长得太漂亮，就可以不死。莫小陌总结说。她要老莫做一只巨大的竹笼，每天将这野鸡拎起，到厂区遛几圈，以免它老闷在屋子里，心情抑郁。

老莫将野鸡照顾得妥帖，他要莫小陌收回心思，别想着再去当什么特长生，要准备高考。他说，我帮不了你，其实你妈也帮不了你，高考对于你，比你想象的重要。莫小陌的伤心也只能适可而止，高考前及时收回心思，投入紧张的备考，而耿多义则一门心思当起隆宇烈。水泥厂的房子，房型狭长，采光不好，就像一眼山洞，但用作写作，又是坏事变好事，人待在这房间，在一盏40瓦的暖黄色灯泡照耀下，写作成为一种不徐不疾的享受。

莫小陌也来过，那天趁夜色刚起的时候，出现在他面前。耿多义就往她身后看，就她一个。他说，你还想着来看我。她说，我这叫探班。耿多义还搞不清什么叫探班。莫小陌嘴里有好多新词，吐出来，过一阵，他才通过各种渠道意外地弄明白。但这次，他当面问，什么是探班？莫小陌说，现在我没法写了，你倒成了作家。耿多义很想苦笑，不过一想搞一晚也有一二十块收入，就不再矫情。

要讲学习，莫小陌本来还有点老底，这两年被当作家的心思冲淡。现在捡起教材，再拎一堆教辅兑着看，多做模拟试卷，临阵磨枪，不快也光。班上别的同学不知道莫小陌身上发生的变故，班主任还夸她看得清情势，进步神速。此时再用功，毕竟有些晚，莫小陌被老师夸了几回，又生出要考重点大学的心思。老莫劝女儿不要有不切实际的想法，能上个本科，也是十里挑一。她却说，彩雉（那只野鸡）会保佑我，你帮我养好它就行。老莫也看出来，野鸡已成为女儿的某种精神寄托，不敢怠慢，每天拎着巨大的鸡笼，在厂区遛几圈。工友们夸老莫，你在遛"天下第一鸟"。老莫还买来一只体形适中的珍珠鸡，母的，陪着那只野鸡，让它好有个伴。两只鸡倒也相安无事。那一冬有够冷，野鸡捱了过来，四月份天气回暖，万物复苏，莫小陌还想着，野鸡跟珍珠鸡能不能搞搞恋爱。没想野鸡有一天中邪似的，啪啪啪一个劲撞笼子。老莫想着给鸡笼内壁装上一层海绵垫，刚要动手，彩雉已将自己撞死。莫小陌心情一翻转愈发灰暗。

那年莫小陌没上本科线，去枞州师院读预科，五年后也拿本科文凭。本是好事，莫小陌却高兴不起来，只想回到桌前，重拾纸笔写写东西，捏纸蛋的坏习惯却已变得一发不可收拾。

她的写作，旁人一看仿佛就是跟一堆稿纸怄气。

耿多义对于写作已然习惯，每天伏案。有天天气大热，章二拎一只西瓜来他家慰问，见这房间有如蒸笼，小电扇出的是热风。章二便说，现在你已经是个作家，对自己好一点，生活条件要改善。耿多义问，怎么改善？章二说，你也学一学小陌，天热去洞屋里写。你去黑冲"小石巷子"。知道地方不？耿多义点头说，那家洞屋开了好几年，我路过，知道的。章二又说，报我的名字，很优惠。也是印刷厂一个合伙人开的。

章二一走，西瓜冰镇后一吃，耿多义在自己房间就燥热起来，暗骂自己没定性。傍晚，他去城南黑冲村，住进洞屋旅社。晚上有女人拍门，问要不要，他隔着门说不要。他没想到还有这种事，很惊奇，想开门看干这种营生的女人长什么样，忍住了。他跟自己说，看见又怎么样呢？

他不是没想法，但善于兜住自己的想法。

次日天一黑，又有人敲门。敲得轻，又是女人。耿多义心里还道：天天有人敲门，简直开妓院嘛。门外女人轻轻一咳，他将门打开，见是莫小陌。她说，刚才我在登记本看见你名字了。她往里走，问耿多义，现在当上作家，什么感觉？耿多义照实说，希望这种生意一直有，这样我可以变成一台写武侠小说的机器，稳定赚钱。我不想当作家，只想当写作机器，除了写，除了赚点钱，不想更多的东西。莫小陌说，你也是个怪人，不要名声，只想当苦力。

气温持续高涨，耿多义住进洞里面写字快，产量大幅提高，把房费一扣还有多赚，因此一直住里面了。莫小陌天天都

"探班"，夸他蛮有作家样子。

有一晚莫小陌换一身很白很白的裙进来，盯着耿多义问，发现我有什么不同？说着她把胸脯一挺，动作很明显。此时她的丰满，甚至有些不合比例。不管怎么说，那是男人忍不住要把目光搁上去的地方。他说没看出来。

……那只珍珠鸡，后面下了两枚蛋，只下两枚，肯定是彩雉留下的种。它那么漂亮，不可能不留下种。我看到一个消息，女人的体温可以孵蛋，我把蛋放在这里了。她指一指自己的胸脯。那一瞬，耿多义脑袋不免生成异常具体、鲜活的画面。她的乳房跟大多数少女不一样，有点自来垂，但此事正好用得着。他想象着，她把自己乳房往上翻开，像翻开书页，再把鸡蛋搁到合适的地方，把乳房又叠回去，像是夹一枚书签。她就是这么干的。这也不是什么消息，是《故事会》里一个隐含情色的故事，他认为这只能是杜撰。人孵出鸡雏，那和狗嘴里吐出象牙有什么区别？

……已经好几天，我都不敢洗澡，只能擦身子。她说，我感觉它们要出壳了，现在……可以给你看一眼，你想看吗？

她目光直白看过来，不像有更多的含义。

他说，这个轮不着我看。

她说，轮不着？这个我说了算，你只管说你想不想看。

我……不想。

她失望地看着他。他忽然闻到，那股臭味不对劲了。此前几天他也隐隐闻到，但他不好跟她明讲。此时，他不得不告诉她，蛋好像已经臭掉了。

莫小陌摒除成见，客观地闻一闻，忽然就哭起来，伤心地哭，仿佛是被自己身体散发的臭味熏哭的。

闪亮的日子

职专读到第二年，耿多义感觉自己不是学生。要做的事很多，却又不能套用作家的腔调说，"日程排得很满"。没有日程，只有忙碌。

和欧繁建立恋爱关系（多么正式的表达）以后，他要去照应她家务。当然，写作是他抱定的事业，此时他已写了近十部武侠，量大，质就保证不了，后面不用"隆宇烈"，仍套用金庸名号，能印更多。写这么多年，他已然是熟手，不走脑，下笔快到一定时候笔尖划破纸页，意识到要强停一会。他出去抽一支烟。他抽烟比同学抽得都好，一条一条整趸，同学却在小卖部拆买，三四支，五六支，十支以上附送烟壳。同学知道他烟多，问他要，有时候他扔给他们一包。

有的夜晚，他感觉这种写作就像是长跑，跑到一定时候，脑子一片钝白，身体由惯性牵引，继续向前。

这时他已成为欧繁家中一员，成为那个出租小院的一分子。院里的住户都认得他，晚上喝酒划拳也叫上他。

欧繁已答应不去找老莫，她感觉耿多义是来看住自己。他俩在一起，和大多数情侣不一样。别人的恋爱，男的把女的邀出来，街上走走，电影院里坐坐，饭馆子里吃情侣餐。那年月还不太在乎肥胖,下了馆子,男的一个劲给女的夹菜,爱她,把她当猪喂养。女的吃不完,全扒男人碗里,含情脉脉,看他吃出一头油汗。

耿多义很少邀欧繁出去,一有空,他就去她家,总要找点事。她家正好有做不完的事,除了家务,还有腌酸菜,欧繁母亲靠这个养家。欧繁不一定缺男友,这个家实在缺男人。耿多义一进到欧繁家里,不只是欧繁男朋友,且是这家里唯一的男丁。他也明显感觉到,只要自己肯干活,这家里就有生气。金伯娘时而燃一支烟,偏起脑袋,打量这小把戏干活的模样。欧繁两个妹妹,铃儿和木朵,很快对他形成某种倚赖。标志性事件,就是她俩罢黜了母亲掌勺的权利,只要耿多义在,一定叫他炒菜。倒不是耿多义有厨艺,金伯娘会做腌酸菜,却对炒菜完全无感。耿多义记得,有天自己买来四样菜:咸肉一块,仔姜半斤,还有嫩豆腐和西红柿。拿到欧繁家,金伯娘说,你休息一下,菜我弄。当天他确实累,坐下休息,稍后菜端上桌,嫩豆腐和西红柿炒得粑粑煳煳一大盘,咸肉和仔姜,却被做了生滚汤,还追一道盐。耿多义这时明白,只要是个人,就比这个妈会炒菜。此后,耿多义不再客套,一到炒菜时分,便挺身而出。这样一来,这家庭简直有些离不开他。

他成为这一家唯一的男人,干活,照顾这一家的女人。当然,两人也有亲密的时刻,但某些独自熬夜的时候,耿多义将笔一扔,想起欧繁,却不觉得自己真有一个女友。她并不真实,不具备一个女朋友应该具有的某种热烘烘的气味。这是一种很奇怪的感觉,两人偶尔做爱,都是欧繁主动。耿多义试图主动，得来却是欧繁的白眼。做爱时两人抱得很紧，但他找不到应有的亲密。他只好提醒自己，做就只管做，不必多想。

欧繁与他恋爱，有言在先，彼此的关系，不能讲给莫小陌听。欧繁切断了和莫小陌的联系，莫小陌一直也搞不清什么原因，最好的闺蜜，就在生活里凭空消失。偶尔，耿多义跟欧繁讲起这事。

小陌还一直找你。

欧繁翻着眼睑看看耿多义，说小陌真是单纯，看不到事。你这人也是有点单纯。你俩倒真像一路人。

小陌和林鸣，就像我跟你。

欧繁就笑，说你这个比喻，把大家都讲得貌合神离。

两人并不天天见面，偶尔在一起，倒是方便他写作。他在山上写，莫小陌找来，换一个地方，莫小陌还是找得到。终于有一天，耿多义意识到，频繁换租，其实是盼着莫小陌一次次将自己找出。长时间困居一室，那些堆叠起来的孤独，会因一个女人意外的造访悉数消解。很多时候，他写武侠写到近乎恶心，枯坐室内，难以为继。莫小陌上山看他一回，次日他便能恢复状态。

某天，他爬到屋顶吸烟，远远看向山脚，马勃正带莫小陌往山上来。天气微凉，莫小陌穿着涤纶的长裙，上坡时将裙裾轻轻提起。她已爱上高跟鞋，每天都穿，上坡走路很缓慢。他看着他俩在视野中缓缓移动，心里有一种情绪，很微薄，但像蠕虫般地动。快到地方，莫小陌会叫马勃停住，她要一个人走上去。马勃实情相告，他便相信，她到山上来，一次次敲开房门,是想在他脸上找那种惊喜表情。

仍是那天,他估计时间差不多,回到房间,等她敲门。他也要拿捏见面那一刹的表情。他看着窗外,心底有一股暖流,周身游荡。随即他又遗憾,为什么总是莫小陌,为什么不能是欧繁?哪怕一次也好!

终于,莫小陌敲响了门。所以,耿多义的快乐只能到此,门一打开,他就提醒自己,这是林鸣的女朋友。

莫小陌不会把这些事讲给林鸣,就像耿多义也不会说,欧繁已是自己女友。两人见面,聊起诸多话题,譬如文学,譬如理想,只有在这环境中,这些话题尚不显得过时。如果她来得早,两人免不了要到周围的坡头走一走,转一转。那时坡头全是菜地,有粪窖,有水池,随处可见菜农守夜的茅棚,也时不时拱出一个坟头。山间路上,处处游荡圊肥的气味。

俩人在坡头一前一后地走。山路总是随心所欲,有时候只要你想走路就一直延伸,有时候说断就断。两人不得不爬高爬低,完全找不到路的时候,只好往坎下草木繁盛处跳去,多跳几坎,小路又意外出现。往下跳坎,耿多义先来,落地后双脚站稳,再招呼莫小陌只管闭眼跳,他管接稳。终于,有一次,莫小陌脱了鞋,跳下两米高的一道坎,一个趔趄,耿多义将她抱住。她不放,还把脸贴过来,用嘴找嘴。当然,他并不意外,配合得很好。这突发的状况,在进行的当时,却像是旧日的情景再现。那次两人抱在一起很久,嘴皮贴着嘴皮,分开时,发出撕扯伤湿止痛膏的细密的噼啪声。

此后耿多义又换租一处农舍,马勃也不知道在哪。

安装工

耿多义不免想，职专毕业后索性以文字为生，职业撰稿。等到毕业，武侠小说已不景气。此前，他哪得想到一种小说也能不景气。

章二有明示，再有稿件送上来，必须看见里面足够的"加料"，武侠小说悄不觉嬗变成了色情小说。若要按章二"武侠搭台，色情唱戏，虚晃一枪，赶紧上床"的新规，那么，给马勃加大工作量便是。耿多义心里说，性经验自己多少有些，马勃是没开叫的小公鸡，这么分工，岂不是压榨童工戕害青少年？常在河边走，哪有不湿鞋，事已至此，耿多义逼着自己写几笔情色的东西。于是破戒，写了一部《艳女无穷洞》，百分之八十篇幅，都是写男主周旋于数位美女之间，艳遇太多，一天三顿吃一顿，还有两顿耍流氓。

书稿交上去，章二改天又叫吃馆子，马勃一时找不到。章二说，马勃真是好用，磨了几年，这本书的情色鲜活，国产一个劳伦斯啊，几乎纯文学的档次。我要的就是这样效果，接着写，来个"无穷洞"系列，我看印量一定会放火箭。

耿多义说，真这么好？说实话，我现在还在恶心。

你写的？章二又说，其实我看出来，马勃到不了这程度。

耿多义受到鼓励，回到桌前面对纸笔，却写不下去。不是思路堵上，是他忽然感到一阵恶心。以前他也写到犯恶心，便用写作速度冲决一重重恶心的围困。而这次,他咀嚼着写《艳女无穷洞》过程中积累的恶心,着实写不下去,决定休息几天。之后一周时间没碰纸笔,按说应是蓄足力气,火力全开地码字,码完一页四百格又多挣几块,人生就变成这点小幸福的连续叠加。但这一周长休结束,耿多义忽然思考起了人生,心想,既然写得到了反胃程度,又何必继续?

一旦思考人生,很多事情越想越没意义。

毕业在即,他打算找地方当维修工。章二也是极力挽留,数年合作,毕竟是有感情。但这不是感情问题,也不是薪水扯皮,是耿多义思考人生的结果,就不容易改变。

我们干这个,怕是也快到头了……章二留不住人,只好感叹,早走早好。

那一年,空调变身为日常家电。耿多义印象很深,空调热卖,使他有了新的挣钱机会。空调多年前就已出现,效益好的单位安装,最早据说是外经委,七八年前走地下渠道,搞来一台日本东芝窗机,功率两匹,体积一个立方不止。单位为此专门做一个红木底座,把它搁会议室中央。通了电,揿亮开关,这东西一头跑冷气,一头喷热风,专干三加二减五的事情。会议室好久凉不下来,只增添嗡鸣声,像是柴油发电。后来请了维修师傅,问是哪里出了问题。师傅头一次接触空调,研究一番,权威发布:这个东西嘛,屁股要往外撅!

窗机屁股往窗外一撅,屋内立马见凉。

六月底,俚城各维修中心前来抢招实习生,火线上马装空调,补助很高。耿多义和同学大都去当维修工,赶上安装空调缺人，只要一报名，也纷纷被录用。萝卜扯快了不洗泥，小个子马勃也被录取。报了名，不能马上干活，劳保局开班培训，主要是讲安全，一周后仍然决定干的，发上岗资格证。各商家和维修中心来要人，耿多义一看就是好手，但他执意要把马勃作搭头，一块干活。俩城最大的汇信维修中心，管制冷这一块的高师傅，一眼看上耿多义，由着他搭一个马勃。班上大多数同学，都进了这个维修中心。老板是个瘸子，姓姚，代理几十种品牌家电的维修业务。虽然瘸，人却超有能力。人瞎半个仙，人瘸吃遍天，姚师傅的瘸腿几乎就是俩城家电维修业的代名词。

高师傅没看走眼，和耿多义磨合几日，试手了几台机，空调安装的技术要领他都掌握了。此后耿多义带马勃干活，马勃负责室内的下手活，室外操作，爬高爬低，耿多义一人包圆。耿多义自小喜欢爬高，当年还走钢丝上到核桃树树冠，躲避哥哥的拳脚。现在干上空调安装，耿多义想爬多高，都是名正言顺。他爬上很高的楼层，壁虎一样贴紧墙面，在逼仄的空间，完成各项工序。干活顺手时，他感觉身体正变轻盈。他无数遍俯瞰这城市，仰看天空，上午总有炫白的色调，中午是明黄的，傍晚红蓝两色在天边调和，再把一股暗灰缓缓渗入城市。装好一台空调外机，他坐外机壳上，悬在半空抽一支烟。因这高度，他随意一瞥，城市都以广角入眼，整饬俨然。

八月末下几场雨，温度一往下掉，空调安装立时减少。一天正午，马勃请假，耿多义跟高师傅去城北一处小楼盘，名为木石水榭，安两台空调。这小区的墙壁反光厉害，耿多义眼睛几乎睁不开，暗自小心，循着工序安装支架，将外机搁正位置，再用螺丝拧紧四角。完事后，他背墙而坐，例行抽一支烟。

对面忽然有女人喊，耿多义，耿多义！

循声望去，对面楼无数窗玻璃，射来凌乱的反光，他眼睛更难睁开，但已听出来，是莫小陌。她又喊，你下来，马上下来，我到楼下等你。稍后，高师傅也探出头，往下面看，看清了，便摆出眼馋的模样说，啧啧，小耿你蛮厉害的嘛。

耿多义下楼，小陌就在门洞截住他，问他，耿多义，你怎么干这个？耿多义问，那你怎么在这里？小陌说，我住这里。耿多义又问，你怎么住这里？小陌说，我爸住溶化，我妈住这里，有什么不对？耿多义说，明总不是住在桥西巷？小陌说，那是老房，这是新买的。你少啰唆，回答我的问题，怎么干这个？耿多义说，我就干这个，有什么不对？小陌的脸色忽然凝重，质问他，有什么不对？新闻上才讲，安装空调，每年都摔死工人。谁同意你干这个？

耿多义说，我本来就要干这个。写小说又写不了一辈子。

莫小陌说，你不要干了，我帮你再想个办法。

我不要你想办法，我干这个很踏实。

我说不行就不行。

耿多义叹了口气，说我现在不帮你家干活，不用你管，行不行？

莫小陌怔怔地看着他，不知道如何把话说下去。他扭头又上楼。

高师傅一直在上面看。待他上去，高师傅就说，这女的不错，住这地方都是有家底的人家，你小子心里要放明白。要是老装糊涂，一辈子当安装工。耿多义说，她是我一个兄弟的女朋友。高师傅一笑说，没有关系。

同学关系。

你听师傅讲一句，好的女人，人人想要，一定要去抢。就算你是老实人，一辈子也要抢这一回，最好的兄弟翻脸都无所谓。

耿多义也只好一笑作答。

耿多义在汇信维修中心只干两年就离开，去搞电子维修。这跟莫小陌的劝导无关，是跟一个无关的女人有关。

这事要扯上姚师傅，或者姚老板，当然大家背后纷纷叫他姚铁拐。姚师傅小儿麻痹症瘸的，天瘸，但跟人一讲，就说当年自卫反击战，睡猫耳洞风湿瘸的。姚师傅年轻时搞维修是一把好手，后面市场经济铺开，他懂得管理，拿到的厂家维修业务就多。他用不着亲自披挂上阵，当起掌柜，但一直狠抓质量。碰到大批量的空调安装活，不管多偏远的县份，他也现场督工。他拖着瘸腿，这里吆喝那边嚷嚷。通常，他一手扶拐杖，一手扶着一个女孩，二十来岁的小姑娘。

到汇信第二年，一伙人去朗山宾馆装空调，耿多义第一次看到那女孩。高师傅告诉他，是姚老板的女儿。晚上，他们加班干活，耿多义爬到那个楼层，正好看见对面一幢楼，姚老板女儿扶着老父进到房间，后面一直没出来，后面灯也熄了。他心里压着这事，但一直试图让自己想通。可能他身体有残，半夜有事需要照应,他女儿为照顾他,会跟别的女儿不一样。是这样吗?

翻过年头,又到六月,空调销售进入旺季。这年空调销售铺开,只要及时安装,空调就一整车一整车卖到县里。那次,广林县刚建成财政大楼,整楼要装一百多台空调,是大生意,姚师傅又去督工。这次他一手扶着的女孩儿,却不是自家女儿,而是耿多义的同班同学汪肖珉。

晚上歇工,师傅带徒弟去吃宵夜,喝酒解乏。马勃一反常态地沉默。耿多义知道,马勃对汪肖珉有那么点心意。汪肖珉在一旁,马勃的表现一定比平常活跃。

稍后,是马勃先开的口。他说,耿哥,其实汪肖珉有点喜欢你。耿多义感到奇怪,问他,你怎么知道?马勃说,她找我打听你,不止一次,挨近我,就是打听你,这还不明摆着?耿多义又问,为什么要喜欢我?马勃就笑,说同学们都知道,班上你是大款,别人抽烟搞拆零买,你一买一条。你交了床板钱,不住学校寝室,一年到头在外面租房。耿多义说,你是说她把我当成有钱人,就喜欢我?马勃歪过脑袋,将耿多义重新打量一番,说也可能是看上你这个人。

不要往我身上扯!

马勃又说,姚师傅有钱,女儿每年都要换。

你怎么都知道?

那几个师傅都知道,喝了酒讲的,高师傅、麻师傅、满师傅还有余师傅。

都知道?

早不是什么秘密。

但是汪肖珉……我们班有十多个同学,一起帮姚师傅干活,都晓得情况……

那又怎么样呢?马勃一阵苦笑。

那天,喝着酒,把话一说,耿多义忽然感觉到一种酷烈的东西。以前,讲万恶的旧社会,欺男霸女,现在,这样的事仍有,霸一个女孩,亲切地叫成女儿。更让他心生寒意的,是这样的事人人都知道,仍然这样发生,大家视而不见。汪肖珉在班上还算是漂亮,喜欢她的男同学颇有几个。耿多义忽然想起,自己武侠小说里写的人物,个个都是有血性,活得痛快。他想干点什么。

喝酒时,耿多义想到很多,第二天酒一醒,他知道自己根本干不出什么痛快的事,但总要对这事表个态度。毕竟,他都看在眼里。于是,他找个机会接近汪肖珉,请她找个地方坐下来聊聊天。汪肖珉说,好啊。汪肖珉的表情,显然是很乐意。那时候俾城已悄然冒出几家咖啡馆,装修豪华,光线通通搞得很暗,恋爱的小青年乐意往里面去。耿多义把人往那里请,汪肖珉脸色更加好。坐下来,点了两杯咖啡,耿多义就开始讲话。写武侠也没养成他拐弯抹角的脾性,反而比一般人更直截了当。他冲她说,小汪,你在班上年纪小,我当自己是你大哥,应该不过分。汪肖珉说,岂止是大哥,你还是班长。他又说,你还记得我是班长,很好,那我就有什么说什么了。汪肖珉还待进一步兴奋,赶紧说,你尽管说。

……以后,离姚师傅远一点。姚师傅手底下,有十几个都是同班同学，你不要忘了。要是谁敢惹你不高兴，喊一声，同学肯定是要帮同学出头。

什么意思？

就是说，以后你不要再给姚师傅当女儿。

汪肖珉一张粉脸急遽变着颜色，咖啡馆里的灯都不给照出来。她突然暴吼一句"关你屁事"，转身就走。

耿多义正想要不要追，两杯咖啡正好端上来，价钱都不便宜。他喝了这杯，又喝那杯。咖啡喝完，耿多义觉着脑子格外清醒，遂告诫自己，上次叫欧繁离开老莫，是你正追求她。这次又有什么资格？而你又能改变谁呢？

既然谁也不能改变，耿多义这时唯一能想到的，便是离开。

平淡生活

家电维修这一行，往下又细分为电子维修、电器维修。电子维修查电路换电子元件，被认为有更高的技术含量，以前也更有钱赚。风水轮流转，电子产品价格率先跳水，维修也随之没落，而完全归于体力活的空调安装，却成了维修行业最赚钱的门路。耿多义作为熟练的空调安装工，忽然转行去搞电子维修，天天困在维修仓，盯着集成电路板，在师兄弟们看来，算是自甘堕落。俚城电子维修手艺最好的曹师傅，在市五交化站维修中心。耿多义去拜曹师傅为师，曹师傅甚至没理由拒绝，近两年，已没人找他学这门手艺。马勃知道自己个头小，不能干力气活，在曹师傅手下学了个把月，受不了清苦，另外认了个大哥跟车跑。

市五交化站的维修中心前后两个院子，前院是电器维修仓，几个师傅带着徒弟，测试、换修、加氟利昂，仍是繁忙景象。后院大都是电器仓库，进到最里一间，才是电子维修仓。

小耿？

是我。

你来了？一般的电路图都看得懂？

学了两年，该摸的都摸了一遍。

为什么想学这个？

这里安静。

曹师傅又问，小耿，你到底碰到什么事了？搞恋爱，女孩把你扔了？他没吭声。曹师傅不奇怪，说现在总是像你这样，埋了重重心事，出门不想见人的，才肯跟我学电子维修。

电子维修间异味浊重，来自电烙用松香，还有曹师傅的烟味。曹师傅长年坐在电子维修间，一脸苍白，见不着血色，人送外号东方不败。有个女的进来干活，也是一脸惨白，脚还一跛一跛。

这是小覃，你师姐。

师姐。

你好。

曹师傅和覃师姐一坐下，各自勾起脑袋干活。耿多义看师傅指定的书《电子维修常用电路图300例》，还有几块报废的集成电路板,让他查找与某常用电路图的细部差别,一一标出来。耿多义长时间盯着电路板,又找出相近的电路图,凝神静气,对比观察,长时思考。一待看明白,很快在本子上标出差别,并写出这些差别导致的性能差异。他很快体会到,电子维修,费眼,费脑,好比江湖高手,所有的隐忍,都为一击制胜。这种枯寂的环境,耿多义却是甘之如饴。以前,在姚师傅手底下,每天都过得热闹、紧张;现在,在电子维修仓多待一阵,耿多义感觉就像在"隐居"。

前面几年,除了武侠,耿多义也写"正儿八经"的东西,比如在地方报纸上发几个豆腐块,别人当是补角,自己看成作品。和《俌城晚报》的肈编辑混熟以后,两人联手给人写悼词。耿多义写悼词用心,每一篇都是一个人的一生,要小心安妥每个字,才对得住人。因有肈编辑细心经营,耿多义经常被死者家属指定、特邀。那边武侠写不了,这边写悼词竟然能赚钱,耿多义不免心里说,东方不亮西方亮,柳暗花明又一村。

他赚到比预想更多的钱,便租一套大房,邀了父母同住。父母却甘愿守着水泥厂那破房子,催他找个女人结婚是正事。他说,哥还没结婚,我不好抢他先。父母都说,你讲这话,是要把我俩气死。

耿多义上职专第二年,耿多好因为抢劫,被捕入狱,从此有了固定吃饭的地方。耿多好是那年三月初犯的事,很快被抓。父母本不想让耿多义知道,但地方报纸前不久登载。地方报纸全靠摊派,职专每班订两份。有一栏目,专写刑事案件,定期出版,是为数不多的看点。一天,有同学问耿多义,耿多好是你什么人？耿多义说是我哥。又问那同学，你怎么认识？同学说，你到报纸上看看。他心里明白了几分，找来地方报纸，直接翻开案件报道，有一条几百字的稿，全是写耿多好。本来按规定，文中只能用"耿某某"，通篇下来，漏了一处，写出耿多好本名。记者有误，审校也疏漏，就那么印出来。耿多义将电话打到家里，问明情况。耿多好的案子，没有疑点，自己招供，和现场人证物证都能对应，为赶五月初上台亮相，判下来很快。母亲说，既然你已经知道，找个机会见见你哥。

公捕公判那天，耿多义赶去市体育中心，参观春季严打成果展。除了死囚单独亮相，别的人犯，全都一索子捆十人，前头有人一拽，后头鱼贯而入，依次登台。作为展品之一，耿多好气色算是好，那副表情，死猪不怕开水烫。在他左右的嫌犯，一脸死灰颜色，使得耿多好看上去更像所有人的主犯。这十人宣判完毕，从右侧下台，左侧同时牵上来十个人。这些年他很少见到耿多好，耿多好天生就是街面上的游魂，趁此机会努力看了几眼。

现在耿多义租住佴城不错的楼盘，欧繁来过一次后，便经常来，陪他过夜。两人恋爱已有一段时间，只是不常在一起。铃儿木朵又大两岁，干家务越来越帮得上手，所以耿多义去她家的次数，也在逐渐减少。倒是欧繁，几次主动地质问，几天时间没见到我，好像你也是无所谓。耿多义只能赔笑说，这个不由我说了算。我每天晚上都回自己住处，但你每晚都在不同的地方。欧繁偏着脑袋一想，倒也是这个理，怨不着耿多义。后面她就掐着日期，一周之内一定要来耿多义这里两次，像是完成任务。耿多义心里好笑，发现欧繁跟自己一样，自小在集体教育中长大，倒是相信制度这东西，恋爱也要讲一讲制度。有了制度，就有最基本的保障，倒也是好事。他问，你打一枪换一个地方，你找我容易，有事我去哪里找你？欧繁一想，这倒是个难以解决的问题。那时候手机还没出现，BP机价格昂贵。

七月的一天，雷公坳一带遭受雷击，多台电视机过强电故障，是好生意，曹师傅叫耿多义开车往雷公坳去。车过城南，在易乐多超市门前堵上了。旁边正好有人搭起舞台，让妹子光了腿跳舞，吸引来往群众摸土彩票，一块钱一摸，首奖是一辆奇瑞QQ，二奖是野狼摩托，都已摆在一旁，锃亮得一定是打了蜡。师徒三人被堵，眼倒不寂寞，扭头看台上跳舞的妹子，衣服穿得尽量省布，每一腿都露在外头。妹子往上狠命踢腿，踢不到胸口，一看就是草台班水平。耿多义把着车盘，随意瞟去几眼。台上一共有五个妹子跳群舞，一曲跳完，马上换装再跳。舞幅并不大，妹子个个肥圆。稍后便看出情况，那张扑了厚厚粉底的脸，仿佛有些熟悉……终于他想起来，是欧繁。

他集中精力，再看一眼过去，妹子纷纷转身，朝台下扭动肥臀。这时路疏通，耿多义只好踩一脚油门往前开。过一阵，副驾驶座覃师姐古怪地看他。他问怎么了。师姐说，你一直在坏笑。你笑什么？刚才哪个跳舞的妹子惹着你眼了？耿多义反问，覃大姐，我笑了么？覃师姐点头，并指着他嘴角，说现在还有哩。

耿多义白天搞维修，晚上写悼词，除了肇编辑，谁也不知道他就是俚城写悼词最多那个人。所以他的写作，从武侠小说到悼词，就隐姓埋名这一点，保持了一贯的品性。这一年莫小陌去到省政协下面的一份《楚声报》实习。领导本是安排她跑时政新闻，她主动选择冷僻的文化新闻。这报纸动静闹得小，各地区不设记者站，莫小陌尽量找机会回俚城。

耿多义和莫小陌已有一段时间不联系，重新撞上是意外。在街面上，莫小陌老远看见他，叫了一声他却没听见，便得来促狭的心思，玩起跟踪，一路尾随。这样一路跟进那个小区，有保安，她扬手往前一指，指指耿多义的背影。保安看这美女一身入时打扮，就放她进去。她一路跟随，直到他取钥匙开门时，无意地往后一扭头，才发现。她说，真巧，我就住在楼上。耿多义说，不可能。

莫小陌把耿多义租住的房子参观一遍，每间房都睃几眼，最终站在书房最大的一堵墙前面。墙上是一块墨绿色铁皮黑板，用磁铁固定了许多帧大头照片，照片旁边是密密麻麻的字迹。莫小陌一看这架势新鲜，问他，你现在也搞破案？耿多义说，你再看看，这些人像是罪犯？莫小陌早看出来，墙上照片里，都是上了年纪的人，别说作案，要他们放风都勉为其难。莫小陌盯了一阵字迹，除了这些老人的基本信息，还有兴趣爱好、单位和家庭的情况。莫小陌说，在做保健品，卖给这些半截入土的？

……这些人可不是半截入土，整截都入了土。耿多义告诉她，够资格钉在我墙上的，全都是死掉的人。莫小陌这方面迟钝，仍在问，你到底要搞什么？耿多义说，还看不出来？我现在专给这些老头老太太写讣告，写悼词。

这个不算作家，要算入丧葬业吧？

耿多义说，没办法，武侠小说大家说不看就不看，一点靠不住。只有赚死人的钱稳当，人总是要死的，不论四季，风雨无阻，每天都有人死。

阴魂不散

春节前，金伯娘跟欧繁有交代，一定要去给耿多义父母拜节。耿多义到她家帮忙，炒菜做饭，买米买油，还有打藕煤补砖缝捡瓦漏，更不用说查线路修电器……时间一久，这一家基本离不开这男人。与此同时金伯娘也问过耿多义，这几年，只有你来我家，你从不把欧繁往你家里带，是不是不愿让你父母看到？耿多义一想，告诉金伯娘，欧繁见过自己父母。金伯娘先前问过，还是好几年前，他读高中的时候，欧繁去过水泥厂宿舍，见过两老。金伯娘说，那当然不算，你知道我讲的是哪回事。愿不愿意把欧繁带到你家里，给你父母拜个年？

耿多义一直没往这里想，欧繁也不置可否。架不住金伯娘催促与安排，小年那天欧繁换了一身喜庆的新衣，拎着几个保健品盒子，往水泥厂宿舍去。铃儿木朵要一同去，欧繁乐意有人陪同，耿多义跟她俩的接触甚至还多过欧繁，一同带回去也是热闹。金伯娘一想不答应，怕耿家父母看见她家一屋女孩，会有不必要的担心。水泥厂宿舍还保留有集体生活的许多特色，人多眼杂嘴也杂，年轻人在外面处了对象，不好随便带到这里。一带回来，不但是见了父母，还一并被左右邻居登记在册，这一段恋爱史，在小城当中就藏不住，而见了父母的双方，似乎就应该启动谈婚论嫁的程序。

欧繁跟着耿多义，一进到水泥厂的小院，就有一帮小屁孩一路尾随，问耿多义，耿哥，这是你的马子？耿多义只好说，不要叫马子，叫女朋友，要讲文明。小屁孩就喊，女朋友女朋友。欧繁按金伯娘先前交代的，掏一袋"大白兔"，让小屁孩自己抓，多少管够。没想现在小孩爱要不要。

耿多义提前两天跟父母讲了这事，好有些准备，父母自然表示高兴，一问这女孩在哪里上班，耿多义说不清楚。他确实说不清楚，前面天热的时候，他还见她在街边搭的小舞台跳舞。后面欧繁到他那里过夜，他问了个明白。是她一个朋友，江湖人称小百合，专门经营这种低端的"演艺事业"，拉到项目，经常凑不够人。小百合跟欧繁一说，欧繁倒是乐意做个编外人员，时不时客串一把草台班的舞女。欧繁自己说，钱倒无所谓，我是调剂一下生活，来劲时跳几天。耿多义当天听她说话，心里嘀咕，钱倒无所谓，这话讲得自己很有钱似的。

现在来到耿多义家里，欧繁到底以什么为业，讲不清楚，心里一阵难堪。她干过的事情太多，每一样都不能当成职业。耿母负责找欧繁说话，问这问那。问她干些什么，欧繁就说，在城南一个亲戚开的酒店里帮忙，除了不能掂勺，别的什么都能干。耿母说，能把菜炒好要拿职称，哪是那么容易？离开时，耿母照规矩封了一封"路路通"，不算小数。但当时，日子过得活泛的人家,是要封"月月红"。

这次见家长,老人的态度也是明摆着,不说彼此看不看得上,两人没有稳定的工作,都要算社会闲杂,彼此不嫌弃,凑一起过日子罢了。欧繁倒是有一点上心,即使没单位,仍然要找一个相对稳定的地方,每天应个卯,也好让自己日子显得正常。她毕竟是个女孩,男方父母一见,忽然就怀揣了不一样的心思。那以后,她就固定去亲戚开的"酒肉斋"上班。

一晃来年四月,耿多义去城南搞维修,回来经过酒肉斋,忽然想,一直以来,老说欧繁来去无踪,但我哪时又来她上班的地方找过她,看过她?耿多义暗含愧疚,往店里走。走进去是很大一个门面,前厅和后厨用玻璃隔开,一目了然,给顾客一个放心。耿多义目光扫一遍,没见欧繁,却看见老莫。老莫戴厨师帽,正有模有样地掂锅。他把一锅菜抛起老高,嘴一喷,就有一团火喷向菜粒。耿多义从背后一眼认出是他。耿多义对这背影足够熟悉,一时有点发懵,眼睛直勾勾盯了半天。老莫炒完一个菜接着弄下一个,身前热火朝天,身后有两道灼热目光,丝毫不察觉。

在溶化的浴室,他专注地看过老莫一丝不挂的背影,以及老莫反复表演的独门绝技。而现在,他看着这人硕大的背影,想到一个词,却是"阴魂不散"。很多时候,这个词是欧繁拿来形容他的。

当晚,欧繁又来耿多义租住的房间。耿多义买来烤串和肉粥,对面坐下,盯着她吃。到他觉得适当的时候,便问,老莫怎么会在酒肉斋?

……孙师傅家里有事，请了几天假。一时找不到人，金老板请他来帮几天。他炒菜是专业水平，你知道。欧繁一边说，一边用筷头将烤串抹进粥里，拌起来囫囵着吃。

你答应我不再见他。

耿多义，人家是来救急，我没干对不起你的事。

金老板怎么也认识他？

我怎么知道？都在城南混，屁大一点地方。

以前不见他来救急，这次突然想到拉他来？

……店上缺人，是我拉老莫过来帮忙。有问题吗？欧繁擅长理直气壮的表情，还说，如果以前的事，你一直记得牢，变成我欠你的债，变成我这一辈子都还不完的债，那我宁愿欠到底。我们以后可以不再见面。

我不是这个意思。

你就是这个意思。

我真不是这个……

那我是这个意思，好不好？

欧繁把剩下半碗粥喝完，摔门出去，当天没回，接后几天也没现面。几天没见着她，耿多义心底毕竟担心，又想，我能担心到几时呢？

文学就是人学

好几天过去，欧繁仍没消息，老莫却找上门来。当时，正要下班，老莫出现在耿多义上班的地方。耿多义一时手脚无措，老莫坦然一笑说，马上下班了吧？走，爷俩今天吃个饭。

为什么？

好久没见你了。

耿多义不懂拒绝，随他去。两人也不走远，就在维修中心对面找一家路边店，挑角落里面的座位。酒一喝，老莫便说，小耿，你的几篇小说我都看了，很惊讶，你的文才绝不在戴占文（俚城作协主席，知名作家）之下。戴占文获省青年文学奖，一篇好文章，当了专业作家，一辈子吃喝不愁。你照现在的态势，只管写下去，也是迟早的事，能当成作家。我想干干不了的事，你轻易就上道，随手就能写出好东西，我还能说什么？一是痛恨老天偏心眼，二是对你的文字心悦诚服，有志不在年高，无志空活百岁……

以前老莫不会随便开口，更不会把好听的话一串串讲出来。此时一讲，耿多义更是古怪，且矛盾：以为自己不想听，耳朵却受用，仿佛大姑娘被人强奸却有快感来临。老莫频频举杯相邀，耿多义并不拒绝。老莫咭咭呱呱讲起文学，主要是讲俚城的文学往事。经他一讲，耿多义才知道，小小一个俚城，当年竟有这么多人聚成一堆，玩命写，向文坛高地发起集团冲锋……

耿多义还当自己听得有趣，忽然一个呵欠喷出，方觉自己是被老莫抓来的无辜听众。他站起身，并说，莫叔，你有什么事就讲，不讲我回去。老莫又把他摁下去，说你只管喝酒。

我不想喝。

一定要喝，喝完我有话跟你说。

不喝酒就不能说吗？

本来这事轮不着我开口，所以你陪我喝几杯，再讲。到时候讲对讲错，你都怪不上我，当我讲的酒话也行。

耿多义看着老莫，老莫神秘地笑。两人闷声不响，一口一口啜饮开来，很快造掉大半瓶沱牌。耿多义脑袋已经发胀，便问老莫，到底想说什么？

老莫看看酒线，说不够，要接着喝。

到底要灌我多少？

我两杯你一杯也行，我灌我自己。

你跟我讲什么话还要壮胆？耿多义这时心里已在发毛。

你到底要不要听？

两人将一瓶沱牌造完，又要一竹筒糯米酒，起码有五斤，酒倒出来跟米汤一样浊，喝嘴里就直接滑进肠胃，两人碰起杯愈发地快了。老莫抢着喝。老莫脸上浮现两团酡红颜色，再笑起来，老脸上那点无赖气就毫不隐藏了。

你觉得莫小陌怎么样？老莫劈头盖脸扔来一句。

什么？耿多义一愣，心说，你女儿啊，亲生的！

……莫小陌，我女儿，这话不该由我说，所以今天，我是要喝酒。老莫竟害羞地一笑，又说，林鸣是个纨绔子弟，跟我年轻时候一样，我不喜欢。你该和莫小陌是一对人。难道不是吗？一句反问句掼来，搞得耿多义头皮一麻。老莫说着还把手搁到耿多义肩头。耿多义一偏，让手滑开，喃喃地说，我有女朋友。

我知道你有个女朋友，谈了几年，那个妹子我也认识的，是吧？老莫盯着耿多义，就像鉴赏一件东西。耿多义脸皮绷紧，不吭声。酒喝得不少，脸皮不大绷得紧。

老莫又说，你听我一句，你现在这个不合适，要换一个。

耿多义听出来，这老东西说的是交换，赤裸裸的交换。为什么有些人总能为自己的行为，找到过于充分的理由？他很想转身就走，脚挪不开。

我讲的话，你要好好想一想。我不是想当你爸爸，只是我有一把年纪，看事情看得准。你还年轻……

少废话，先喝！

耿多义抢跑似的将一碗酒灌进自己肠胃，老莫跟着来，喝了一半整个人就软掉，溜桌子。那一晚，耿多义走不了，将老莫弄到附近的医院，陪到次日清晨。再回到家，他脑袋煮粥似的沸乱。一个人想把女儿嫁给你，你怎么说？一个人要把你女朋友抢走，你怎么说？两样事情还是混在一起，你又怎么说？后来，他累得在街边坐下。

其后几天，他都没有见着欧繁，也不急，他不知道见面该怎么讲。再有一天，他从维修中心回到租住的房间，书房大桌上多了一枚小小的纸条，上面的字迹歪斜：我跟小百合寻（巡）回演出，最近都不来你这，你找不到我，有事我打你电话。她是趁他上班时，来过这里。他清点她的物品，看她是不是打算再也不来。但她本来就没几件东西。

事有凑巧，就在次日，莫小陌从省城打来电话，打到维修中心。她说，过几天顺程集团要搞笔会，管会的是我熟人。有没有空，想不想来？想来，我帮你弄一个名额，几天时间管吃管喝管游玩，我全程陪伴。回头你写一篇稿，一千五百字就可以。时间紧，你现在表个态。

耿多义说，特别想来。

电话那一头，莫小陌便有一串笑声。

他还提前一天赶到省城，打电话时，就在《楚声报》门口的小卖部。莫小陌跑出来见他。当时正午稍过，他还没吃饭。莫小陌索性请了一下午的假。莫小陌心情很好，这几天天气刚刚转暖，阳光变得清晰，适合出去走走。午饭过后，莫小陌就带耿多义去碧寨养马场，有点迫不及待。两人打车到山脚，上到碧寨最高处，眼前出现高原的形态，草伏地生长，野花遍地都是。迎风的坡头都装有巨大的风电机，通体银白，电臂转得悠闲。凹处有一洼一洼积水，走近了，都是不小的山塘。耿多义一看就知道，这是小陌精心准备的地方。两人走一阵，她拣一块草皮坐下来，要跟他讲一讲文学。耿多义心里说，是啊，我老远跑来，是跟你讲文学，马尔克斯福克纳，喧哗骚动百年孤独！

莫小陌一张粉脸刚扭过来，耿多义就搂住她肩，捏住她下巴颏，不容分说，亲她的嘴。每一个动作，都那么精准，像掐着秒表练过。她只挣扎了一下，就平静下来，胸脯剧烈地起伏。耿多义是头一次见女人有这么大反应，欧繁不会这样，她历尽沧桑，任何事情都不会让她产生多余的情绪。后来，小陌又挣扎一下，跟耿多义说，不要这样。耿多义心里说，你就装吧。耿多义想按部就班，捏一捏莫小陌的胸。外面看上去，莫小陌和欧繁一样,都有高耸入云的乳房。本来,她俩的身形摆在佴城,都是一堆瘪果里藏不住的硕果。莫小陌赶紧护住胸口。耿多义胡须虽不长,但掌心已长毛,干这种事,也算一把老手。他这一伸手,就去捏她关键穴位,毫不犹豫,又快又准,当然,也不敢下狠。这他妈是调情,不是要命。她甚至来不及叫出声,就已一脸臊红,脖子上青筋暴起。她想挣扎着起来,哪有这么容易?她真是个单纯的女孩,他有必要灌输她,通常情况下,别人都不会是你以为的那样单纯。别人凭什么都来配合你?几个人能够内心明净澄澈,脸上铺满不要钱的阳光?现在,你我身上都带有作案工具,周围又没有坏事的人,草地柔软,气温像是开了空调,山风阵阵,白云朵朵,凭什么还他妈谈文学?

他还想问一句,你老爱说,文学就是人学。好吧,我是不是人?

他把她压在下面,调了调身位,让她不好动弹。她叫了一声耿多义。耿多义说,我在。她说,你误会了。耿多义说,是啊,我误会了,想不误会你可真不容易。此时,在她面前,耿多义完全放开了。莫小陌先是挣扎、抗拒,用不了多长时间,她有了反应,她浑身都有了反应,剧烈起伏,一波一波弹在他身上。她完全意想不到,她身体会这么轻易被人策反,不再由着自己控制。过一会,她睁开眼看耿多义,有些恐惧,但又像是下了很大决心,愿承受即将发生的任何事情。这时候,像他写过的那些小说相应的情节一样,关键时候总有人搅事。坡头上忽然跑出一群牛,接着是几个矮壮的中年男人。耿多义拉莫小陌站起。她身体软绵绵的,眼里还有许多幽怨,像涨春潮一发不可收。

接下来三天,耿多义的第一次笔会之旅,便变成全程艳遇。莫小陌继续动用自己的关系,让耿多义住到偏僻的客房。白天,他看着另一些作家如何花样百出地泡她。晚上,她甩开众人,来他这边,敲响房门。他打开门,看见她娇羞的样子,就去拧她下巴。每一次,他不用花费多少力气,就能伏在她身上。当脑子里想到老莫,他的动作幅度就大,转念想起林鸣,动作又放缓。但这快慢的交替,在莫小陌看来,都是一个成熟男人博取女人欢欣的能耐。

第七章

寻找之旅

酒肉斋尽管关张多年，毕竟在俚城城南薄有名气。柯燃冰找人打听，很快有人指着不远处"踩壹脚酒馆"说，就是那。以前酒肉斋，老板姓金，老板娘姓钱，天生的一对，合伙搞起生意。苦干几年，老客越聚越多，酒肉斋在城南站住脚。后来小有积蓄，便要扩大经营，金老板让钱老板留守老店，自己去开疆拓土，盘下一处濒临倒闭的洞屋，说是自己有全盘计划，搭帮俚城正在兴起的旅游，假以时日，定有一笔不小的赚头。还想一直赚钱，有些事一定要抢别人前面。钱老板倒是相信金老板，做这么多年生意，赚钱已有满肚皮的经验。事实上，旅游跟洞屋似乎没有关系。游客怕洞屋潮湿，野马导游再怎么拉拽哄骗，人家也不肯钻洞。金老板总说，有起色，有起色，住进来的人越来越多。再过两年，钱老板不见那边赚钱，倒是见到一个女人，挺着肚子闹上门，劈面就说，阿姨，你那个男人现在归我。

柯燃冰独自走在城南空荡的街。俚城正向东边发展，曲溪镇将成为新城市中心，而城南萎缩成为死角，显出一股死气沉沉。柯燃冰感到熟悉，她读了耿多义几乎所有的小说（不包括武侠），再来城南，像是旧地重游。街边还有架了桌椅，一壶茶泡一整天的老汉，柯燃冰陪着坐一坐，充当听众。城南各色人等，这么些年鸡零狗碎的事情，都有老汉掰开了说，细节如河中水草一样丰茂。金老板的事情，倒是近期热点，因他前不久突发脑梗死掉，就死在养女人的洞屋旅馆，诱因却是金老板积蓄用尽，包养的女人弃他而去。这种事情，在老汉嘴里一讲，难免是一番因果报应。金老板抛家弃子之后，钱老板也无心经营，酒肉斋三不值两转给别人。老汉们便一同感慨，女人就是女人，男人靠不住，酒肉斋这块牌子原本靠得住。

柯燃冰去到"踩壹脚"，不是吃饭，单要打听有没有以前酒肉斋的遗老遗少。果然，好几个都是以前金老板的员工，钱老板把店子转出，他们继续待在这里，干活吃饭。柯燃冰问起欧繁，他们有印象，都记得她是金老板的亲戚。

"要是金老板不死，一定有她的电话。"

"这不是废话嘛。"

一个师傅敲敲脑袋记起来，欧繁和以前传菜的柳红果关系最好。讲话人正好有柳红果的电话号码，报给柯燃冰，嘴上说好几年不打了，不晓得换没换。现在，换个手机号码比换裤衩都快，每个人都不停地扔号码，像扔掉一段段伤心旧事。柯燃冰一个电话打过去，有人接，嗓音暗沉。她问你找欧繁有什么事，柯燃冰说是帮一个朋友找她，当面交给她一些东西。又问那朋友是谁，柯燃冰答是耿多义。柳红果说："这名字以前听说过。我也有好久没见欧繁，你等等我，我找到就把电话打过来。"

晚饭点，柳红果将电话打来："问不到她电话，其实她经常没有手机。她妈是去了曲溪镇，在半边街菜市场卖泡菜。你去找找。"

坐在去曲溪的公汽上面，她心里不免起疑，这么容易就能找到的人，耿多义何必要费天大的神？难道他这一次回俾城，主要目的不是冲着欧繁？这样的疑惑，不是空穴来风，柯燃冰早有怀疑，但此刻忽然变得明晰。

曲溪很快便到，柯燃冰寻到半边街，卖泡菜的几个摊位挤挤挨挨都在一起。同行是冤家，不冤的时候凑一起搓麻，谁的摊点来人便赶去做生意，随时有人接替。金伯娘一瞥，知道不是来买泡菜的。

来路上，柯燃冰找好理由，说欧繁一个朋友柳红果，找她有事。电话打不通了，恰好自己来曲溪，顺路来打听欧繁现在的电话。金伯娘听着柯燃冰外地口音，心里起疑，这年头要找人，谁还会拐弯抹角，托人面对面打听？金伯娘问："妹子，你哪里人？"柯燃冰说："不是这里人。"旁边搓麻的朋友，有见多识广的，说你不是本省人，像是韦城口音。柯燃冰只好认。

"……你是耿多义的谁？"金伯娘认真地看她一眼，嘴角挂起了笑，又说，"耿多义去了你们那里。是你要找，还是小耿要找？"

"他也一直联系不到……"

"小耿要找，我没什么不好讲，但欧繁前个月回家住过两天,一直没有再来。这么些年,这个女儿,我当是替马路生下来的。要不你把电话留给我,见她我就转,但说不好什么时候。"

柯燃冰想了想,说不必。转身要走,金伯娘又说:"小耿是好人,是我家欧繁瞎了眼。见到小耿,叫他有空来看看金伯娘,还有铃儿和木朵。"

晚上,柯燃冰回到住处,习惯性地拨一拨耿多义的电话,仍然是无法接通。放下电话,柯燃冰又想到那本《末日寄情》,也是重要线索。她无端觉得,那本书里的内容,会与耿多义这一次的异常行为有关。一想至此,柯燃冰便打电话给章二,要他再仔细回忆,能否找到一本《末日寄情》。章二很想帮这个忙,努力回忆,只记得那自印的册子,莫小陌也花心思画了一张封面,是八十年代的风格,两张抽象的人脸,有一部分叠在一起,女人的嘴,乍看也像是男人的一只眼。

"应该是印了二十本。"他说。

"你再回忆一下,谁手里还会有?"

"老莫肯定是有,但他脑袋坏了,溶化厂的宿舍也搬了,以前的书大概都当废纸卖出去。另外,明总家里也可以找一找。她没什么文化,印书赚钱,自己从不看书。莫小陌的书和稿子,她总要留一点作纪念。"

"那你帮我问问行不行?打个电话,有没有她不会不清楚。"

"你不要采访她一下?她当年可是印武侠的老板。"

"呃,我先做作者,老板还不在计划里头。"从前面得来的零碎信息里头，柯燃冰大概拼凑出明总的印象，没有见面的兴趣。

直到她离开伹城，仍未找到一本《末日寄情》自印本。返回韦城后，依然是在路灯亮起时分，柯燃冰拧开门，走进耿多义租住的房。好一阵没来，书香气味仿佛酝酿，变得浓烈。她将书架遍找一次，抽出隆宇烈的、陌上青的，包括陆声沉唯一的武侠《上穷碧落下黄泉》。这些书，耿多义都保存齐全，品相上乘，套着自粘胶袋像是保鲜，皮面印制粗糙，却泛起亮光。她心里咯噔一响，要是当年耿多义娶了莫小陌，武林传佳话，武侠称世家呀。

找来找去，《末日寄情》一直找不见。时候还早，屋外很远才现出霓虹，这是韦城被遗忘的一角。柯燃冰掏出《盗头神咒》第一册，有心要看，只看几页，心底暗叫：这都什么玩意啊？倒不是这本书的缘故，这十来年变化太快，以前排队阅读的畅销书，现在大都难以卒读。

一路搜寻纵是无果，柯燃冰却相信，冥冥之中，总有那么一本，捉迷藏似的等着自己找出。眼下，她只有依赖网络，她相信搜索引擎的厉害。她通过几家售卖旧书的网站，一一搜索，都无结果，但还坚持每天搜寻一遍。

很快过年，三十夜她去到耿多义那里，冥想自己变成一个寡妇，独守空房。城市这一角极静，因为是工业园区，平时多是外来务工人员，过年前一哄而散。贺年短信不停地灌进手里的小苹果，信号音被这寂静衬托得巨大。她每一条都拧开看，懒得回，有一个竟然还是耿多好发来，很有文采，显然是从别处转发。

林鸣也发来贺年的短信,她一个电话拨过去。

"你是在伥城?有没有见到耿多义?"她这边寂静,电话那头,伥城的爆竹声隐约传来。

"……我是昨天刚回家,前一阵和朋友自驾,去川西逛了逛。"

"他家什么情况,你明天可不可以去看看?"

"他要是回家过年,肯定早就打你电话了。"

她一想,这是多么简单的逻辑啊,怎么脑子就短路了?她又问:"他家那边,到底什么情况?"

"已经,报案了……"他声音被一声爆响打断,伥城还有人喜欢乱扔轰天雷。稍后说:"但也没什么用。人是在哪走失,几时走失,都讲不上来。"

挂了电话,她想起莫小陌,曾经也是失踪。一开始说是失踪,一晃几个年头,活不见人死不见尸,所有人心下明了,人就这么又少一个。两相对比,耿多义几乎遭遇一模一样的情况。柯燃冰以为自己痛苦,却没有,毕竟尚无结果。她想,任何的意外,终有一天会被理解为必然;任何人的离去,原来都这样无足轻重。

元宵节前一天,她点开一个最常用的旧书网站,忽然注意到一个新情况:在普通搜索里,只有"在售"一个选项,但点开高级搜索里,点开"在售"会拉出一条菜单,包括"已售"和"历史记录"。已售是三个月内售出的情况,历史记录则要填表申请,获得准许,方可查寻。柯燃冰花一刻钟办完申请手续，网管数天后才开通查询。柯燃冰再一搜索，马上查知，《末日寄情》自印本曾在网站出现过三次，都出自同一卖家，而卖家所在城市正是佴城。通过站内短信联系，事情陡然变得简单。卖家手里已没有存货，就那三本，其中两本是同一买家。"当初是在废收站收来，一共三本，据说是师院印刷厂流出来，都有作者签名，但没送出去。"对方店主对此有清晰的记忆，五毛一斤收来，一挂到网店就有人订，售价分别是十块、五十块和一百二十块，赚了钱，还怨自己反应迟钝。继续交谈后，柯燃冰发现，正是耿多义购买了后面两本。只花十块钱的，是省城一个专门搜集自印本和各种冷门的非正式出版物的藏家，联系方式仍在店主的销货记录里。

花费人民币六十元整，柯燃冰很快收到一本《末日寄情》自印本的复印本。

《末日寄情》

王莽篡政，新始建国二年，道尊严子陵身殁，足下得意高徒贯纵遁入谟围山独夜峰一石洞，闭气封脉，自行归寂。得上界使者引导，可复魂魄，于此洞继续闭守千年，可得正修，位列仙班，永享福年。贯纵却不愿意，他还年轻，因于洞中不吃不喝倒也罢，一千年的孤寂到底让人难耐。使者道，年内正修者十数人，抽签掷筶，你小子撞上大运，别他妈不识抬举。贯纵便打商量，因他血气正旺，每日晨起都是一柱擎天，便要求闭守的律例，不戒拂柄自杵，也就是隔三岔五，还要撸自己一管。使者倒也好心，帮他询事。彼时儒教初张，仙凡两界仍葆有童蒙初心，律例松弛。使者查知拂柄自杵之事，不入天款，但又提示，此前有事例，这种事情虽不禁止，具体操作中易得度外之患，损毁功业。贯纵口头诺诺，继续闭守山洞后，自行其是。转眼千年过去，大中祥符三年，贯纵等着得道升仙。时辰一到，又是当年那个使者，果然不见老，来帮他考绩功业，眉头一皱，事情果然坏在撸管之事。贯纵每回撸管，都进到洞内最深处名唤"金钩挂玉"的地方，下临一泓深潭，自行解决问题。没想这排出体腔的秽物，也非同一般，竟然饲育了一尾鱼精，沾染仙气，借得风光，也化具人形——可想而知，是个极为美艳的妇人。使者查知此事，便说，你看你看，叫你不要撸管，你偏要撸，造孽了，怎么收拾？

如此，贯纵便要等待鱼精，再苦修千年。贯纵不干，宁愿去死，不受活罪。使者倒是好人（职位低，好歹也是神仙），贯纵有脾气，不想活，使者倒觉得可惜，返回天界帮他活动，看是否有活络通融的地方。天界这么多年下来，也积累了诸多律例条款，有彼此扞格之处，使者从中钻出裂隙，找出路径，让贯纵多了一种选择：他和鱼精一同在人世转世轮回，雁历千年，再入仙班。但这又有技术难度，每次轮回，两人必须一同仙寂，也就是同年同月同日死。贯纵不愿每一次重生都带有任务，去勾引一个美妇，宁愿懵懂为人，不知前世，把这寻找、相识相知、携手到老、生死相随的苦差全推给鱼精去做。他还劝，妹妹你不知道，千年苦修，日子难捱，还不如死了痛快。

使者进一步告知,每次轮回,两人必须结为夫妻,灵肉相合,痴情缱绻,一个已去,另一个不肯多留一日。如若某次轮回,任务没完成,功业尽毁,一盘过关升级的游戏,便至此结束。贯纵倒乐得自在,死亦死耳,死又何哉?但鱼精只是第一轮千年历练,搭帮贯纵撒娇讨得便宜,少了洞中千年的苦修,换来一次一次至死不渝的爱情,对她而言真是天大的好事,即使贯纵撂挑子,一千年的辛苦劳累都在她这一边,她也甘愿。

于是,各自掐好表,倒数三秒,贯纵和鱼精便开始轮回。贯纵每一次投胎做人,都完全是另一个人,跟死掉也毫无二致,鱼精纵入轮回之道,一次次转生,却有千年不断的记忆,牢记任务目的,一次次按时寻到贯纵的转世真身。幸好,鱼精美艳绝伦,贯纵的每次转世为人,都是个不起眼的男人,却命带桃花,始终有个美女,生生世世都要找到他,一定嫁给他,绝无二心。一朵鲜花插在牛粪上,周围闲汉看着眼馋,怎奈这妹子脑袋一根筋,就是不偷人。当然,千年之内,风云变幻,两人一路通关,也遭遇不少险情。其中某一世,鱼精被携进宫里当成宫女,皇帝要临幸,被她有惊无险一一化解——毕竟是精怪,几百年的人世阅历,而皇帝老儿无非是个运气好的凡人,被她玩弄于股掌,保全了贞洁(天界这一点倒一直不如凡界开化进步),一定留给转世的贯纵(幸好贯纵选择每一轮回,记忆清零,要不然再漂亮的女人爱上千年,不腐不坏,也是要倒胃)。转世的鱼精在宫里,不得脱身,幸好贯纵转世为一书生,就住宫廷左近,于是留下"桐叶寄书"的美谈。墙内墙外,叶上寄书传情,宫女步入暮年,遭遇改朝易代,国祚新开，她作为旧朝遗民，被放出宫门成为庶人。至此，两人白首相聚，到底有惊无险又度过一遭轮回。

前面十余遭转世轮回都已挺过来，两人毕竟不同凡俗，只是表面装得像是凡人，爱情滋润生活美满，一次一次都活了挺大岁数，得尽天年。只是这里面还有个数学问题，前面时间富有余裕，想怎么活便怎么活，到了最后这一轮回，时间紧，要按天条，掐了表赶在一千年准点归寂（天条总要有些残酷因子，不会让人一直都爽），要不然又进入下一个千年轮回（天条也总有些死心眼，不可能上有政策下有对策，仙凡两界主要是这一点上有了区分）。所以到这一轮回，鱼精要操心的，是两人如何一同死掉，且还不能是谋杀，要让那男人心甘情愿。两人转世投胎都变成七〇后，这一千年截止日期是二〇一〇年四月份，进入雨季的时候。两人都才三十多，正当年华大好，而且时代又在狂飙突进，事理人情都有巨大变化。鱼精是老妖精碰上新问题，以前的伎俩手段，在这崭新的时代都有点不好用，要让一个男人和自己一同赴死，难度无限增加。

在这一轮回，贯纵和鱼精分别叫作耿凡和莫多，两人相识相遇，结为夫妻，倒是一如既往地顺利，日子平静地过，莫多却老琢磨怎么让耿凡一起死。让鱼精最为纠结的，倒不是耿凡这人，而是到了眼下这时代，人人眼界开阔，懂得享乐，人与人的倚赖整个在变淡，爱情也日益微不足道。在她碰上耿凡前，耿凡因迷恋电子游戏，扔掉了几个漂亮女友，就怕耽误时间。莫多对他太过宽容，两人才得以结婚。但这样一个男人，怎么能叫他在短时间内，懂得生死相许的道理？而且这时代人人逆反，又忌说教，要是她说多了，耿凡肯定会有反感，要死你死，我干嘛要死？每年新出那么多爆款的游戏，玩都玩不过来，哪有时间去死？鱼精活了近千年，明显感觉这已是末世，如若不升仙，让她再活，确实也没多少意思。活着没有意思，去死要讲技术，莫多借助现代心理分析技术，发现症结所在，耿凡对身边真实的生活毫无兴趣，因为他一直活在电游的虚拟空间，所以要想用爱情感动他去死，无异于缘木求鱼。据此，她制订成套的计划，让老公耿凡一步步往套里钻。耿凡是个宅男，死宅，莫多以锻炼身体，以便保持打电游的状态为由，拉他走出室外，参加一些运动。当然都是高端富有乐趣的运动，比如有一年流行探洞，莫多就去俱乐部给两人报了名。探洞有运动量，洞内空间又显得十足虚幻，倒是切合耿凡心性，一来二去成为探洞高手。

一次去到谟围山独夜峰，莫多带耿凡找到一处无人知晓的洞穴，两人进去，发现洞的最深处有一泓水潭，探测而知此潭深不见底，定有秘道通向无限幽邃之所在。改日，两人带了深潜设备，潜入潭底，发现一水晶棺，内有一女尸，肤色鲜活，但双目紧闭，不知在此躺了多少年头（当然，这要借助神力，好在变身莫多的鱼精与天界使者仍有联系，关键时刻要请这老神仙出手）。耿凡对棺中女尸一见钟情，即使莫多告诉他，她和我长得一模一样。耿凡说，怎么可能呢，她是不食人间烟火的仙女，你只是一个俗不可耐的家庭妇女。此后多次下潜，耿凡想尽种种办法，仍弄不开那口水晶棺。耿凡与水底女尸只能隔棺相望，这感情越来越炽烈。她越是虚幻，他越是将所有感情寄托于她身上。又是一款最新的游戏，恰是时机地给了耿凡灵感，在四月第一次洪水到来那一天（自然，也是两人轮回截止那一天），炸开水潭石壁一处豁口，将急流送入潭底，形成强大漩流，将水晶棺卷起掀开，将女尸放出，让她随上升水流，从潭口冒出。耿凡制订好计划，做好一切准备，洪水也如期到来。他按计划行事，力争救出女尸，如若计划失败，便一头扎进水底，和女尸一道，被漩流带去任何地方。

莫多悄无声息跟随其后，她知道，在此末世，如若自己的真身唤不醒对方潜藏心底的真爱，那只好动用自己的幻影……

金钩挂玉

《末日寄情》看完，柯燃冰替素未谋面的莫小陌难过，她心里说，除了我，还有谁会认真看它？一部情节杂糅，想象贫血的小说，本来是灵异的路数，却没能自圆其说，到结尾扯上现代，突兀地有了现实批判的腔调……

她头脑中复原莫小陌彼时的情形，无疑，像是垂死挣扎。

耿多义始终参与了这本小说，这逃不过柯燃冰的眼，甚至有些章节直接出自他手，他私爱的那些冷词僻字不时蹿出来。而这些字词，不会出现在莫小陌的《新华字典》。耿多义一直参与莫小陌的小说创作，本不奇怪，只是这本书，他的参与度更高，近乎合写。但同时，莫小陌主导着小说发展的方向。莫小陌既倚赖耿多义的帮助，同时又抵触他的存在。她只想写一本属于自己的小说，以此证明自己还能继续往下写。于此，柯燃冰不难体会耿多义当时的无奈，像一个老司机，教一个盲人怎么开车，且开车过程中，老司机一直坐在副驾驶座。

如果莫小陌初稿完成，肯下功夫熨平文字，保持字面风格的统一，一定会剔除那些字词，就像热一碗隔夜冷粥，要先打掉粥皮上枯萎的葱花。可想而知，成稿之时，莫小陌已无心情再改，她几近绝望。

柯燃冰无疑是唯一的理想读者，从这部烂小说中，硬是要挖出一些有用的信息。她感悟较深的，是小说对那一眼洞窟的描写。整本书景物描写尽皆简洁虚飘，只有写到谟围山独夜峰的洞窟，文字忽然夯实，场面描写异常细腻，具体可感。阅读过程中，柯燃冰明显感触，洞窟当是有实景可依凭，才会有这番乍然的生动。再一想，这也不奇怪，莫小陌本就喜欢钻进洞屋旅社，不分昼夜地写作。她对洞窟异常熟悉，就像她对别的场景都不怎么熟悉。

最终，是"金钩挂玉"这个名称令柯燃冰理出头绪，确信这洞窟有实景所指。某一眼洞中，确乎存在被称为"金钩挂玉"的景观，或者，这是该洞的名称。"金钩挂玉"在整本小说中只出现一次，明显不像是凭空想出来的，是莫小陌写到那里，顺手拈来近旁的景物。

柯燃冰闭眼，顺着字面意思去还原景象：应是指一山洞某一窟，顶端出现一个孔隙，开了天窗。人在洞底抬头往上看，光线自此涌入。又或者，这孔隙处生长了藤蔓植物或者灌木，或已干枯，但有一截枝干横亘在孔隙之中。于是，某个月圆之夜，某人正好走到孔隙之下，看见月亮，像是被那截枝干挂住。这人恰好又有点文采，不必费力，看到此情此景，头脑中自然生出"金钩挂玉"这一名称。

柯燃冰认为，人名往往随性，大多数地名都有具体的含义，何况"金钩挂玉"能让人浮现出精准的图像。顺这思路，她坚信莫小陌去过一个叫"金钩挂玉"的地方。她任性地将这地名写进小说，且只用一次——在小说，尤其是长篇小说中，只出现一次的地方，通常不必留下具体名称。

——以前读大学，柯燃冰去文学院旁听语义学的课，既是兴趣所在，也认为文本分析会对日后干律师有所裨益。当时便发现，那教授对许多文本作了精彩的语义还原，但某些具体描写，他又束手无策。此时，柯燃冰忽然省悟，专家的语义分析时的逻辑严谨，怎跟得上写作者的随意和跳跃？

持这一发现，柯燃冰电话打给马勃，要他查一查俚城有没有名叫"金钩挂玉"的山洞。她还强调："或者，哪个洞子里有这样一道景观。地图上也许查找不到，当地人才会知道。"

隔两天，马勃回消息，俚城之内，他小妖一般搜山找洞，确定绝无此地。

柯燃冰重新整理思路。和所有自信的女人一样，她相信自己的预感，认为这个方向并没有错。她只有重新梳理耿多义与莫小陌的人生轨迹。既然这本《末日寄情》要算合著，必然有不短的时间，两人在一起——甚至是朝夕相处。耿多义只说以前女朋友叫欧繁，莫小陌的事，他一直是滴水不漏地捂紧。其实这对柯燃冰并没影响，都这样的年月了，一个老男人不必在新女友前卖弄纯情，适当的往事不堪回首，反而更好。柯燃冰更知道，耿多义对此的沉默，只能是跟林鸣关系甚微。莫小陌的人生轨迹，近乎一条直线，划向戛然而止那一刻。柯燃冰先前已从章二那里问得明白，笔记本里也有记录。

莫小陌人生的转折初现端倪，在一九九七年，香港回归之后不久，她遭遇心理障碍，申请了病休，在家静养半年多。当然，这肯定是跟回归无关。章二说："那半年，我再见到小陌，她像是掉了魂。我去明总家里，她坐一旁，一声不吭，时不时瞥我一眼，眼白很大。我在她们家坐久了皮子都冷抽，去两次，不敢再去。"

那半年她回家静养，每天待在母亲那边，再不去老莫位于溶化的宿舍。老莫两口子分居，以前莫小陌大多数时间还是跟老莫在一起。老莫身上一直有浓郁的文青气质，对女文青极具磁力，也包括女儿。不熟悉情况的人，都猜小陌在这样的年龄，闹了心理疾病，十之八九是恋爱出了问题。章二这种熟人，看法不一样，认为这与老莫有某种关联。

九八年春节过后，莫小陌返回省城，另找一家报社继续干记者。后来章二从明总嘴里听来，莫小陌的情况并没好转，一年以后又主动辞职。她不愿意回俾城，怕被当成精神病关在屋子里，行踪飘忽，说是要找个地方继续写小说。当时，章二跟明总建议："她还年轻，不要押宝似的，不要把写作当成一锤子买卖。"明总说："我也是么说，但她从小要当作家，现在心急发狠。你帮我找一找，有哪些老都老了，才一炮放响的作家？"章二说："那叫大器晚成。"

《末日寄情》正是那时候所写。那年社会盛传末日论，世纪之末，也确乎有一股末日情绪弥漫。莫小陌取这样的书名，是与自己心头那一抹绝望脱不开关系。莫小陌不在状态，书写得倒快，深秋时分，莫小陌将《末日寄情》拿给章二过目，章二不好面评。同时，她也往外面多家出版社寄，没有收到任何回复。

次年四月，汛期来临，汛情远不能与两年前的洪涝灾害相比，但具体到俚城，情况恰好相反。九八年洪水绕开了俚城，而这一年，大半个俚城都被洪水浸泡。首要原因，是上游龙塘大坝对汛情估计不足，洪水猝不及防漫了警戒线，有关领导只好下令，在瓢泼大雨中开闸泄洪，两股强流，汇作一处涌入俚城。

章二听说，那年莫小陌病情加重，被送到俚城荣复医院检查。医生要求住院治疗，莫小陌以死相抗，不愿待在精神病院。明总无奈，只好让莫小陌待在自家屋子里，专门请一个保姆照看。洪水入城的时候，保姆着急赶回城郊的家中照应老小，莫小陌得以出门，从此再没音讯。莫小陌赶在这个时间点消失，所有人只能认为，是被洪水卷走。当年，俚城官方上报失踪人口七人，死亡人口为零。在有关领导的有效部署下，人民群众的生命财产损失减到最小，俚城防汛抗洪成绩突出。俚城再一次在洪灾中"挺住了"，上头对有关领导予以嘉奖。

莫小陌那一年辞职写作，到底去了哪里，她自己不愿讲，别人也不知道。但现在看了这部小说，柯燃冰很容易将莫小陌与耿多义重叠，查找当时两人可能的去处。耿多义那些年的行踪轨迹，柯燃冰大概清楚，不清楚的地方直接电话打给林鸣，查漏补缺。

"九九年过完春节以后，他一直在钟老板那里？"

"有三年，一直都在那边，很少回来。"

"没去别的地方？"

"……他是干浮选工，轮班干活，不能离开。"

"你确定？"

"你又有什么想法？这和他失踪有关系？"

"我只是把可能的情况都考虑一下，说不定，就能理出他的下落。"柯燃冰既然这样说，心底已有几分把握。

"那好，现在我表舅是联系不上，但以前带耿多义浮选的肖师傅，应该找得着电话。"

肖师傅一联系，那边跟林鸣说，耿多义嘛，好孩子，那几年我看着的，绝对都在工地上工，哪也去不了。这么安静的小伙子，当然印象深刻……怎么，其实是个作家，在写小说？怪不得，我就说，二十多岁的小伙，怎么静得下来？我当时就跟人讲，把他头皮刮干净，肯定是个和尚。

柯燃冰要来肖师傅的电话，又打过去，一口浓重的佴城口音灌过来。柯燃冰请他讲普通话，他讲我这就是普通话。肖师傅语速放慢，柯燃冰好歹也能听懂。

"……你们的矿山，是在岱城羊浮镇驮娘岭？"

"是那地方。"

"那几年，有没有人去找耿多义？"

"应该没有吧，鬼不拉屎的地方，现在通了公路，以前只有我们矿工开的土路，雨水一灌，人靠两脚根本走不进去。"

"那地方有没有山洞？"

"到处是洞，矿洞，还有凉风洞。"

"什么是凉风洞？"

"天生的洞啊。只要不是人凿出来的洞，都通到地底下，都有凉气冒出来，夏天时候我们就到里面歇凉，像是吹着空调。"

"那你们矿山周围，有没有一个叫'金钩挂玉'的凉风洞？"

"……凉风洞就是凉风洞，哪里还取下名字？"

神仙井

那片矿区，业已整体废弃。柯燃冰不等待，整理行装往那里去。驮娘岭实是一道山脉，绵延百里，耿多义待过的矿洞，在山脉中腹地带，旁边有一自然村落，名土地村。不出所料，柯燃冰去到那里，只能看到十室九空的景象。剩下半截入土的老人，坐在自家门前，目光萧瑟打量来人。据说前面矿洞打得太深太密，完全没有章法，以致整个村庄涵水层全被凿通，水田变了旱田，板结坼裂，再养不活人。好在世界很大，穷山沟里各色人等，都乐意出门闯荡。

柯燃冰坚信，既然耿多义那几年没离开矿洞，莫小陌要来，也该在土地村附近。问过那些老人，十年前的事情，如有外人一住数月，应还有人记得。一问，全无印象。柯燃冰不死心，在村里借住几日，每天扎到老头老太太聚集的地方，听他们有一搭无一搭回忆往事，自是毫无结果。

某日黄昏，一对老人进到村子，跟柯燃冰身边的老头老太太打招呼，再到对面日杂店买不少杂物，各自拎两提袋放进小三轮。老头将车突突突开出村口，老太太坐上面颠簸不已，脸皮晃得抻开好大幅度，却一直冲这边的人流露微笑。柯燃冰问起那一对老夫妻的事，有普通话稍显顺溜的老汉，告诉她，那两口子不像他们，坐村里等死，他们要长生不老。二十年前，刚有矿队进村，他们就说井水被外人搞浑，把家搬到后山神仙井附近，喝井里好水。日常用品，两老隔一阵来村里备齐，带入山洞，就像放进电冰箱。一晃二十年，老两口确实要比村里的老人年轻。那老头年过七十，据说每晚都要骚扰一番老太太。老太太不胜其烦，有时跑回村里住一阵，等老头身上邪火自行泄掉，才又过去。

一说那对神仙夫妻的事，老人们便哄笑，柯燃冰心底却是一动。她去对面日杂店一顿盘问，得来有效的信息：老头既要长寿，早已戒烟，但最近几次采买，都要两条"神龙"。村里老头抽不起这烟，五块钱的"大鸡"已经是好，平时店里顶多备一条神龙，卖给工头。那老头每次要两条，店主提前备好。

这么多年，耿多义只抽神龙。神龙并不出名，卖价又是中高档，柯燃冰问他为什么。他回答，神龙见首不见尾。

往后山去只一条道，走到天黑，两边的山逐渐合起，成为谷坳，甚至像一道罅隙。柯燃冰心思未免活泛：正是藏人的地方。再往里走,她用手机照亮,山中暗色弥漫,那点光很快不顶用。前面看去,夜雾散开,满坑满谷。路在前头一转,看见了灯光,只一点灯光。她走近,是类似于洞屋的建筑,两三间泥砖屋子砌在山洞口。这时,柯燃冰已能确定,就是这里。

她拍门,里面的两老打开,很惊讶。

柯燃冰讲明来意,两老就笑。老头说:"刚才我一见你,就想,肯定是来找小耿的。"老太太欣慰地说:"嗯,肯定是小耿的女朋友。"

"以前,莫小陌也来过这?"柯燃冰说,"十年前。"

两老面面相觑。后面是老太太说:"你们年轻人,什么都明讲,不懂。"

"那就是来过?"

两老本是谨慎之人,若想长寿,要懂得守口之德。既然柯燃冰基本了解情况,又难得有个访客,两老回忆起十年前的事。莫小陌确实来过,是女作家,住在后洞的神仙井数月,见着时都在伏案写字,很少见她出洞。老太太担心她背不住洞里的阴凉,经常叫她出去走走,透透风。"她脸都是煞白,没有血色。"老太太记起十年前的事情,仿佛昨天。住到这里二十年,确也没太多事情可记。

"神仙井,是不是又叫'金钩挂玉'?"

"这个你也知道?"

老太太说本来就叫神仙井。老头插话说:"那个小莫,她到后洞住几天,说要改成金钩挂玉更好。我俩也依着她,她一走,还是叫神仙井。"

"是她一个人的说法?"

"算是吧。"

"……现在,耿多义还住在后面?"

"说起来怕人,他腊月初来的,住里面三个月,也是几乎不出洞。"两老都感觉邪乎,甚至猜想,耿多义比他俩更想当神仙,是闭关辟谷。但垂下去的饭菜,他又吃得干净。

前洞后洞本来是有通道相连,通道中间一截是下行的,两头往上翘起。前几年地下水上涨,把通道中间那截漫掉。幸好后洞有天窗,两老就在天窗那里架了个辘轳。当然,辘轳一架,莫小陌所谓的"金钩挂玉"便消失不见。每一次,老头把老太太摇到洞底取水,再摇上来,煞费体力。想要找人弄水泵泵水,一直没弄好。耿多义到来,住进后洞不肯出来,打水的事就好办,让两老省了很多手脚。

这时已是晚八点,柯燃冰问两老能不能把自己摇到后洞里。老太太说:"这么晚了……"柯燃冰就说:"洞里又没个早晚。"两老点头,这倒是没错。老太太还担心:"她比不得我,个头大许多,你摇不摇得动她?"老头眼估一番,说:"没把握。去村里喊人也麻烦。我俩一起摇她下去,跟小耿碰个面。"

"要不要跟小耿先说一声?"

柯燃冰不免奇怪,问两老:"洞里还通得有电话?"

老头将桌面上一个小黑块拿起来,晃一晃,说:"呶,有对讲机,把信号线接到天窗口子上,他能听见。"

"不要跟他先讲,直接把我摇下去就是。"

"小耿说不定睡着了,会不会……"

"哪会吓着?"老头说,"又不是摇你下去。"

后洞洞顶那一眼天窗,被两老苫了盖,是PVC板材热轧而成的圆形穹顶,盖在辘轳摇把子上。走近的时候,柯燃冰还提醒两老小点声,别惊动洞中的人。她的手机电筒在山洞里不顶用,老头给她一盏蓄电池灯。她蜷起身子坐进吊篮。两老摇动摇把,小声地喊着数字,才好同步发力。吱嘎声响起来,柯燃冰坠入一片浓黑。她想起多年前看过的一部电影,一个美女被海葬,持续滑落,坠入无限幽深之地。感觉自己即将陷入夜色不可自拔之时,她不自觉拧亮了灯。辘轳摇得缓,她睁眼看去,洞壁的景象像是橘子瓣,一片片被剥开。

第八章

失恋求助

那年五一，耿多义第一遭参加笔会，坐绿皮车返回侴城。六百六十里路，十四小时，跨越整夜。这种慢，正好细细反刍刚经历的这段人生。他想起前一晚，笔会已告结束，莫小陌早早地来他房间，和他睡。其实并没睡，一整晚的痴缠，两人完全放开，不似几天前那般拘谨。除了激情，他更多的感触是新鲜，欧繁并不是这样，她阅尽世事一般，不冷不热。而以前，一起读书的时候，莫小陌是公认的才女，就像欧繁是公认的骚货。莫小陌甚至不好意思，好几次咬耳朵问他，是不是觉得我很骚，改变了你对我的印象？他说，呃，这很好。他摸一摸她的脊，光滑，冰凉。他又去捏她的乳，软鼓囊囊，还有她周身分泌的年轻而又清爽的气味，弥漫在整个房间。天一亮，两人是要告别，莫小陌控制不住情绪，看着他，眼泪便让他看着流。后来她控制了自己，并跟他说，我跟林鸣从不这样。他用枕巾帮她擦脸，同时又想到以前反复用过的句子：我见犹怜。

他高中时候就写武侠，叕来的很多既旧且怪的词，要等很久以后某一刹那，忽有领悟。

这夜他蜷坐在上铺，听对面的鼾声，再看窗外，远远的几点灯光拉成迹线。他反复问自己，这一趟笔会，这几天近乎疯狂的行为，是要对老莫夺我女朋友施以报复？还是正好借这一时机，发泄对莫小陌一直就有的邪念？他自然明白，莫小陌相对于欧繁，是完全不同的女人，在她俩肚皮上，有完全不同的人生……他知道，如此反思，到底都变成了思念，为及时掐熄，他叫自己记起来，林鸣是最好的兄弟。他想起当年林鸣用身体格开耿多好，还鼓励他说，耿多义，人要有志气！

火车入洞，哐当哐当的响声灌进两耳，将他脑子里所有想法搅成一锅粥。

耿多义回到自己租住的房，闻见又有女人气息。走进卧室，镜前多了几样廉价化妆品，指甲油盖子没扭上，散发着家装涂料般的刺臭。不用说，他参加笔会这几天，欧繁又自行回来了。耿多义不禁疑惑，前面老莫拉自己去喝酒，讲的那番话，难道不是他俩反复商量以后，来找自己摊牌？

当天欧繁回来很晚，开门关门都重，进到卧室一边换宽松的衣服，一边问床上的耿多义，这几天去了哪里。他说，去参加笔会。她没听明白，什么会？他说，逼一笔，喝胃会，笔会。她又问，什么笔会。他又答，作家碰碰头，讲讲话，喝喝酒，就叫笔会。她嗤地一笑，说你也算是作家？你们作家还真讲究，人开会，偏要讲是笔开会。她再要问，他都备好答案，前呼后应，在她面前，他的逻辑不会有破绽。其实多虑了，她什么也不问，一扭身去卫生间冲凉。哗哗的水声响起，混杂着她无始无终哼唱的一支歌。他想，她是有心情。果然，她甩开浴巾睡到他身边，身体裸陈，且有暗示。她想要。其实她很少想要，以前两人晚上睡一起，他要，她就给他，偶尔拒绝，但不会一连拒绝两次。他不主动，她对那种事也没太多眷恋，不似莫小陌，周身的焦渴，像要吸干他一样。

这天晚上，她情绪还算饱满。两人有半月没见，也没通电话，小别胜新婚吗？他不让自己多想，只管干活，一翻身伏到她上面，闻见一种陌生的香味。他告诫自己，这种气味，才是你熟悉的。难道不是吗？

再去维修中心上班，耿多义心头多了两件事：如何不接莫小陌电话；老莫再来找，要摆怎样的态度。欧繁显然不认为自己是老莫的。他在心里说，老莫这么一把年纪的人，还当自己情窦初开吗？耿多义对过镜子，看怎样的表情更显得理直气壮。莫小陌打来的电话，还好应付，外间电器维修仓的兄弟义务挡驾，都说耿多义不在。他们从电话里就能听出，那一头定是美女，声音听着就不一般，在耿多义面前，他们一概表示痛惜。后面莫小陌就寄来一个包裹，打开一看，是只 Call 机，大洋汉显。他拧亮了一看，里面已贮存一条信息：凭什么不接我电话？他闻见她讲话时幽怨的气味，幸好她本人不能来。

那年入夏后大热。耿多义想到，父母身体不好，前面卖了自家地基，一直住在水泥厂破败的宿舍，逼仄、潮湿，热起来就是蒸笼。他去电子维修仓，从报废机里淘一堆能用的部件，压缩机、主电板和遥控套装，就买厂家配件，再弄一套样板机壳。耿多义花几天工夫，拼装成 1.5 匹挂机。

那天正在家里准备安装空调，林鸣来访，拎一大瓶保健酒，里面泡着各式怪物。两人有半年时间没见，林鸣一般都待在韦城，业务繁忙。两人时常写信，信里面林鸣自己讲得风生水起，眼看就要成为一号人物。光说没用，林鸣还配有照片，一身西服，穿得贴皮贴肉，一条领带，下面箭头正好指向肚脐。这天太阳焦毒，林鸣穿的长袖衬衫布料透亮，为防凸点，里面有条小背心。照片里的领带，此时仍然系得紧。耿多义问他，你不热？林鸣就笑，练出来了，韦城比这里热很多。林鸣要耿多义陪他出去走走。耿多义说，我要把空调装好。林鸣问，要多久？耿多义说，要看有没有人帮我，有人帮，个把小时就够。林鸣爽快说，我来帮你。耿多义说，我带的下手没有打领带的。林鸣说，不白帮，等下我就找回来。

空调徐徐喷出冷气，效果不是很好，两老却满足，说比以前空调扇管用。空调扇多年前买过一台，夏天要往风扇口添加冰块，一到冬天，空调扇频频引发火灾，被有关部门禁止销售。

耿多义问林鸣，要我帮你什么？林鸣说，你跟我来。

外面有一辆野狼，两人往城南去。又到黑潭，两人下水先游几圈。眼下，周边农民心思活泛，在黑潭边支起各色阳伞，各做各的生意，烧烤、冷饮、泳衣泳裤出租，还有轮胎救生圈。两人游得疲乏，坐在阳伞底下喝冰镇娃哈哈。

……我失恋了。林鸣终于提到正事。

先说说，怎么就失恋了？

这一个多月，莫小陌再不理我，电话总是不肯接，我去她报社找她，从来也找不到。林鸣适时叹口气，又说，以前从不这样，有时也发发脾气，三五天的事。

前一阵防汛抗旱，报道多，她应该是忙。你再等等看。

她是跑文化这一块，防汛抗旱跟她没关系。

哦，是嘛。

你最近有没有见过她？

耿多义摆出努力回忆的样子，说有好几个月了。

你见到她，有没有聊到我？

不聊你我们还能聊什么？当时她说，你给她买了一块观音，用俄罗斯碧玉雕的。俄罗斯碧玉，拿出来，闪闪发光，是好看。

林鸣眼光一沉，说那都是过年时候的事，以后呢？

耿多义说，什么以后？

耿多义，你帮我分析分析，莫小陌为什么要甩我？嗡？耿多义没有回答。林鸣喃喃自语说，也是的，你又没恋爱。

我怎么就没有恋爱？

难道是……欧繁？

耿多义一想欧繁有过交代，要避开莫小陌。他说，女孩很多，除了欧繁，我就不能认识别的？

我怎么不知道？

我没必要跟每个人都说。

也是，其实你有很多事我都不知道。

耿多义回一句，你不也一样？

一时潭里人多，搞得像是泳池。一群小孩正走向潭边，边走边脱，衣裤扔得遍地狼藉，然后，他们企鹅一般依次跳入水中。孩子们的欢声笑语,还夹杂着尖叫,只在他们这年龄,快乐才是真快乐,开心才叫真开心。耿多义目光舒展,随着小孩的凫入凫出,看向更远的地方。他记得,那更远的地方,老莫曾经手把手教欧繁游泳。当天,他心底便咯噔一响。现在他信,好的预感多是泡影,不好的往往就是事实。

两人闷声抽一阵烟,林鸣又用摩托把耿多义送回水泥厂。耿多义下车,待往里走,林鸣一手掏住他。他一挣,林鸣却使了更大力气,没能挣脱。他扭头,林鸣嘴皮忽然有点费力,一个字一个字吐出来:你劝一劝莫小陌,叫她不要不理我。耿多义本想反问,为什么是我?却没有吭声。

林鸣得以继续说,我知道……她会听你的。

绝　笔

七月,也就是农历刚进六月,金伯娘过生,五十整寿。欧繁跟耿多义提,耿多义说办两桌。金伯娘自己讲,这辈子命不好,都是在菜场卖菜,哪好意思做寿?她这一讲,耿多义更要办酒,当天在她家租住的杂院里,排两桌酒席。一幢楼的邻居平时经常喝,杂院里最欢快的时光莫过于喝酒。这天耿多义提前打招呼,傍晚邻居聚齐,有邻居拿来相机,嘴上说,不光那些领导开大会才有大合照,我们也要有。众人咔了大合照,金伯娘坐在前排中间,最大领导该坐的位置。当天,耿多义备了整箱沱牌,啤酒到巷口杂货店现叫。送酒的来回几趟,一有空闲索性也挤进来一起喝。当天酒喝得快，众人却不相信只是给金伯娘做寿。先后好几个人，敬酒时还问，金伯娘，你明讲，是不是你家欧繁和小耿订婚了？

金伯娘轻易喝破自己的纪录，从没醉过的人，讲话有些前后不搭。人散后，欧繁扶母亲回到房间，金伯娘要她把耿多义叫进来。欧繁头皮就发麻。耿多义进来，金伯娘痛快说，小耿，你们处了这几年，干脆，把婚结了？

欧繁抬眼看看耿多义。

耿多义说，好的。

天黑后两人往外走，城南已有城市的轮廓，荒郊野地都变了工地。宽阔的马路已现雏形，中间隔有菜园一般宽阔的绿化带。马路还未通车，一到夜晚，恋爱的男女便往这边来。路灯杆竖起，还不通电，两旁正在修建中的楼房投来灯光，马路明一段暗一段。

欧繁说，你已经想好了？耿多义说，这种事情，开玩笑？欧繁把头一点，说你倒不是开玩笑的人。但有一点，你我都明白，我俩的感情只是一般。要讲爱情，你我都不好意思承认。难道不是？

说话这时，两人正自亮处走入下一段幽暗，耿多义忽然想起，还很少手牵手一起走。他把欧繁左手拉住，把两人的手都晃起来，前后摆荡，像幼儿园小朋友放学回家。

欧繁问，要讲爱情，你先讲有没有爱的人。耿多义说没有，又反问过去。欧繁嗤一声，说我要是有爱情，不会天天在饭店杀鸡杀狗。耿多义说，两件事没关系。欧繁说，看样子，我俩情况还是差不多。别的男女要结婚，先确定有没有爱情，我们两个，先确定都没有爱情。耿多义说，过日子就这样，有话讲在前头，省了以后麻烦。稍后，耿多义又说，这事情我也想了很多，不是刚才脑袋一热答应下来。

这一点我不怀疑。欧繁头一点，又说我没你那么会讲，跟你认识也有那么久，不懂你到底怎么看我。我只知道，找你当男人，心里还踏实。

那就……要不让你妈看个日子，说结就结吧。

结吧结吧，结了就不哑巴了。

耿多义一笑，知她是模仿黑白电影《苗苗》里的台词：吃吧吃吧，吃了就不哑巴了。这时欧繁眉毛一挑，又说，总要让父母见见面，讲讲话。

按说我爸妈是要去你家，带一个嘴上能说的亲戚，但是我爸腿脚不方便……

我叫我妈过去。

到时候，有什么要求，摆明了讲，没什么不好意思。以前我俩在一起，也就在一起，但是结婚，是有步骤，一样一样来。

我没有经验。

结婚不能讲有没有经验……结婚最不要有经验。

话一讲开，结婚仿佛不是难事。两人心情都是不错，一时子还拽紧了。他摸到她手上已经有膙子，一阵心疼。他想捏紧一点，她还以为他是要比一比力气，也就捏紧。他忽然记起，以前读初中，她掰腕能放倒好几个男同学，那如同杂技表演，同学围了圈观看，齐声叫好。

经过一爿仅有一个门面的电器店，他瞟一眼，电视正播的娱乐新闻里，有张面孔熟悉。停下来，再一看，仍然是那锅盔一样的头发，他想起那人叫欧恒升，是个歌手。其实几乎没人记得他，这次被记者扒出来，是因为吸毒。他面容憔悴，一张脸已是坑坑洼洼。欧繁也在看，自然记不起这个人。耿多义说，以前我借你一盘磁带，后面你又买了一盘寄给我……欧繁说，是叫欧恒升。耿多义说是。欧繁说，那盘磁带还在不，你找出来，里面有一首歌，我还想听听。

后面他回家，那盘磁带却找不到了。他奇怪，心想一个东西不扔，就总应该在哪。别的磁带都没扔，更没理由扔那一盘，《你有夜晚的心情》。他喜欢这个名字，这些年一直在琢磨，夜晚的心情，到底是怎样的心情，又会是谁的心情。

这天耿多义腰间的 Call 机响个不停，带有的振动像是给他挠痒痒。没几个人知道他 Call 机号。拧开一看，都是莫小陌，还有留言，见字回复。他想了想，跑到外面马路，用 IC 电话回过去。她劈头盖脸地质问，你有女朋友？他说，怎么啦？她又问，你什么时候有的女朋友？他迟疑一会，告诉她，有也就有了。她声音忽然拔高：为什么来找我？

他有心理准备，沉默，任她数落。很快，她也沉默。两人在电话两头耗费时间。他看着电话液晶屏上数字的跳动，一分钟三角钱，跳得一秒都不耽误。平时，任谁打 IC 电话，都希望时间跑慢，多讲两句。但此时，耿多义一心希望时间跑快，看哪边先挂。一时，时间有如慢镜头、分解动作或是定格画面。

历时四十四分零七秒,卡上扣去十三块五角钱,吧的一声,是那边先挂。

刚才耳朵凑在电话听筒上,听来无边寂响,一旦放下,身边喧嚣又如泄洪一般涌起,将他包裹。他看看往来的路人,行色匆匆,各有奔忙。他忽然想跟他们随便哪一个换着活。

后来他想,有必要消失一阵,若她突然找来,他不知如何是好。他跟曹师傅请假,照实说,现在电子维修几乎没生意,空调安装正当季,要去串一串零工。曹师傅说这是好事。耿多义不留俉城,去了广林县,或是更远的朗山,找到以前的同学搭把手就干活。正值用人之际,他这种熟练安装工,哪都想留用。

那只Call机随身携带,但掐了电源。劳累一天,入睡时,他才把电源揿开,信息就一条条灌进来,不会丢。那天打了电话,莫小陌不再Call他。他心里反而得来失重:事情就这么过去了?

又一天,日期他记得无比清晰,是八月十七。那天下午他没有活干,中午便躺在床上,顺手揿开Call机,莫小陌来了一条短信。

"明晚,我在云水雅集等你。你不来,以后我们不要见面!小陌绝笔。"

当时,耿多义心里有古怪的疑惑。寻呼留字,都要通过人工服务,服务员难道不问一句,您好,你确定是要写"绝笔"?这不符合我们的工作规定,你能否换用其他的词语?谢谢合作。

纵有疑惑，他却并不紧张。绝笔，在那时候见得多，大都是一种稍嫌夸张的表义。职专同届有一家伙，某天用刀削指头一块死皮，带出血，临时起意，将工就料，写一封绝笔情书，每一笔都有他的 DNA。寄出去，把一个女孩骗来，连哄带吓弄上床，然后恋爱。

他小睡一会，一直被怪梦袭扰，索性坐起，前后的事都想想。他想这事情必须有个解决，紧接着便想到林鸣。林鸣坐当晚的火车，明天赶到俥城，可以赴晚上的约会。但他不可能一个电话直接打给林鸣。想来想去，他把电话拨给马勃，马勃仍在俥城。他要马勃帮忙，用路边电话 Call 林鸣，并留言。马勃问留什么言。耿多义说，我现在讲，你一个字一个字记好，标点也不能错。

"明晚你来云水雅集找我，只管来，不复机。陌。"耿多义念了两遍，还说，你知道是哪个"陌"。

马勃推搪说，你们的事，一堆乱麻，我不搅浑水。耿多义粗起嗓音说，少废话，就这么干。

隐　约

很快就到下一夜，天转阴，下了几场转瞬即逝的疾雨。收工就很早，耿多义邀工友拣路边摊吃烧烤，灌啤酒，吆喝他们放开了肚皮造，仿佛兜里的钱隔日变纸。工友们撸串喝酒，耿多义却不停地看 Call 机。一直没有新信息。工友说，耿多义，你不停看时间，催我们走？

捱到凌晨三点多，耿多义喝进去的都尿出来，感到仍然清醒。借了工友的摩托，又在杂货店买了五块钱一件的雨披，趁夜色一路往佴城驶去。雨一直不停，时大时小难以招架，他又喝了不少啤酒，毕竟含有酒精，半道摔了一跤，膝头擦破一长绺皮，血口子将弧线延伸到脚踝。他到路边揉几把洁净草叶，嚼碎后敷得一条小腿胖一圈。待药草干结成块，血不再往下淌，骑上车继续上路。心情不知几时变得稀烂，雨变大的时候他给车加速。引擎的轰鸣被雨水严严实实捂住，但所有的窒息都是留给他。

到佴城已是凌晨五点，雨水在地面恣肆流淌，路上行人拎起裤管。过不久到达云水雅集洞口，甩开摩托，像剥皮一样剥掉覆在身体上的雨披。洞里说不出的冷清，前台没人，他站着等。过了很久走来个男前台，紧着裤腰，问他有什么事。

昨晚你们这卖了几间房？

就一间，今年整年不见生意。男前台说，他妈的又下雨。

一男一女？

你公安局的？

难道不能问？

当然，来这里的都是一男一女。男前台睐他几眼，说你不是抓奸来的吧？现在，你们结婚可真早。

他往洞屋那条冗长的过道看去，在尽头，过道转拐之处，贴有公安局禁嫖禁赌的告示。整条过道都被光笼罩着，同时也有雾气氤氲。看那一片光雾混为一体,他心头浮起一种不祥。

女的刚走。男前台老远冲他说。女的结了账,名字是叫莫小陌,刚走,你没碰到?男的还在里面睡。

你怎么知道是睡,为什么不可以是在厕所抽烟?

我……猜的。

耿多义心里说,林鸣你真有出息,过夜要女人开房钱。你是不是还要小陌给你买两瓶汇仁肾宝?

柜台后面有棋盘,男前台也能下几手围棋,两人干起来。再过半个多小时,林鸣走出来,要到柜台问话,见是耿多义,非常意外,问你怎么在这里。耿多义问,你几时回的俚城?

两人出去,天要亮开。林鸣将呼机信息调出来,让他看,液晶屏小,字串蜗速地走。马勃是按他的口述留的言。林鸣问,你还在写作?要在洞子里面找感觉?

跟你家莫小陌学来的,在洞里面写东西,是有状态。

经常来这里?

你们昨天几时来的?我都听不见响动,以为里面只有我。

林鸣奇怪,你看到小陌了?我还在睡,她就离开了,也不喊醒我。

耿多义只好顺着说,她打个招呼,就往外面走。

……你看出来她心情是怎样?

昨晚吵架了?

她昨晚什么也没说,不想讲话。就这样。林鸣喉头一滑,又说,昨天她看见我,脸色有些意外,好像……不是在等我。

难道是在等我?

……我本来打算天亮就找你。林鸣拍拍耿多义的肩。

两人都骑上摩托,不见下雨,坐垫却湿,两人同时中招,胯下一概潮乎乎。骑车上路,耿多义扭头问林鸣,昨晚她是怎么来的?

是骑一辆女士摩托,木兰牌。

你确定?你看清车牌是木兰牌?你是不是只认得这一种车?林鸣没有吭声,耿多义便又说,为什么不是雷克,为什么不是大洋,为什么不会是铃木?

是辆洋红色的,这个我昨晚看到。

你晚上看到,就不会有色差?你想到没有?说话能不能准确一点?

……你到底要说什么?

耿多义将摩托踩得飞快,车速几乎是女式摩托的两倍,转眼经过几个路口。两人已有分工,一人看向路的左侧,剩下一侧归另一个负责,两人四只眼扫荡空空荡荡的马路,根本不会遗漏,其实哪有莫小陌的踪影。雨又下起来,林鸣将雨披的后摆拉起来盖住自己,整个人贴在耿多义的后背。耿多义在车上换手褪下雨披,速度并不减慢。林鸣莫名其妙就发现雨披完全穿在自己身上。

你怎么了?

没怎么,你多珍贵啊,人人为你着想。久别重逢,你干人家,还要人家女人掏钱付房费。有时候我觉得,你是活得最潇洒的男人。耿多义喉头终于飙起高音。

……我错了,我错了行吗?

林鸣像一个女人从后面抱住耿多义，稍后把雨披下摆撩起来，搭到自己头上，却手脚错乱。两人便这样紧密地驶过半条丧葬街。

扔开林鸣以后，耿多义找一个路边店，用公用电话寻呼莫小陌。寻呼一次一块，打电话则是五角，当时就这价格。耿多义扔一块钱摁一串号，后面几次还加了中文显示。她一直不赴机，这让他内心的不祥阴云一般扩散。他寻呼了五次，之后盯紧赭色的座机，有如垂钓者盯紧一方水面。有人要打电话他拦住，怕在这人打电话的同时，莫小陌来电。店主自然不干，有钱都是要赚。他又扔了一块钱。

一块钱包机？

他再扔五块。

五块钱管个把小时，仍未见动静，店主脸色又不好看了，耿多义便骑车钻进一团团雨水。先是去到木石水榭，门卫怎么都不让进去。耿多义无奈，又找一处路边店将电话打给章二，询问明总家里的座机号。拨了半天，里面没人接，但用排除法，木石水榭这边不算白来。

随后他去溶化，这时他只想到这个地方。已有很长时间没来，面目全非。在当前大形势之下，厂区进一步颓败，老的厂房纷纷被拆，从前的澡池夷平，堆满建材。老莫住的那幢宿舍楼自然还在，都是风雨飘摇的模样。他拍那扇门，好久没开，但他感觉里面有人。老莫硕大的身板在屋里蠕动。他隔一会就拍，拍得很响，对门老头老太太先打开门，看过来。老太太还说，老莫可能出去了。他反问，这么大的雨，能去哪里？老头便说，是啊，这么大的雨，能去哪里？

后来门就开了，老莫打着呵欠说，雨大了，听不见拍门声。

我可以帮你装一个门铃。

不必了，我自己可以做一个。我们工人有力量。他又问，进来么？

屋里已没有往年来时的气氛，堆堆叠叠的书，再不能令人兴奋，看上去倒像曾经某个年代的遗物。实木的棋枰上面，摆着啤酒罐和盒饭盒，沙发顶头还有一箱拆开的泡面。老莫还解释，这场雨不知下到几时，备着，不出门也不把自己饿死……你要不要到里边看看？老莫这时指了指卧室。

他看不出老莫脸上是怎样的神情，头脑有些恍惚，坐下来喝了半杯水，想起自己的来意。……今天早上，莫小陌来过吗？

她回来了？

耿多义没有吭声，老莫也明白，又讲，现在她回偪城，一般都不来我这边，只去她妈那边。

木石水榭那边没有人，她不在。

可以啊，情况都摸得很清楚了……这个叫莫家潭的男人，嘴角微微一翘，回复了长辈的慈祥。他又问，你明讲，你俩现在怎么样了？

你误会了，现在，我只想知道她会去哪里。这么大的雨，你这边不来，也不在那边，你想想，她还能去哪里？

昨晚是有什么事？你和她什么时候分开的？老莫神情有了

疑惑。

耿多义嘴角翕张,却说不出来。他发现自己根本没法跟老莫说清任何情况。稍后他只能说,没事,我再去找找。

昨晚她是跟你在一起?老莫拦在了门口。

不是……也许过一会她会来你这里。耿多义像是听到踩响捕鼠夹子的声音,知道离开这里有了一定难度。

她这么跟你讲过?

没有,其实昨晚上我没有看见她。

那么,好的,问题就出来了:你这时候跑来我家到底是为什么呢?作为一个父亲,我想我应该问明白,不是吗?老莫这时换成惨笑。

她既然回来,我想,肯定是要看看你。

那好,不要走,我们一块坐下来等。等下雨水小了,我再弄两个菜。我都好久没跟你喝了。

那天才喝过。

是吗?那今天咱爷俩接着喝。我一直都喜欢你这个小朋友。

耿多义只好坐下,揣起对待审问的态度,什么也不讲。老莫也没多问,更没有做菜弄饭的意思,把棋枰上的东西都抹进垃圾筐,两人闷声下棋。老莫一摸棋子,脸皮就变得松弛,耿多义却进一步绷紧。后面,耿多义被贴了五子,才能勉强周旋。莫小陌到天黑也没见出现。老莫电话叫来两套盒饭,吃了饭,耿多义说走,他没拦。雨已停住,耿多义跨上摩托一开,被风倒灌了全身,才觉得衣服里面已经湿透。内心那种隐约的不祥之感,像这夜色正变得具体,变得浓重。

幽蓝一夜

八月九月,人人关起房门扒光自己的时候,耿母和金伯娘却接触频繁,往来穿梭,加快进度,要把耿多义和欧繁的事办成铁案。他俩依然各自奔忙,两个妈凑一起有了老姊妹的模样,都是爱说话的人,都有无尽话说。耿父说,他俩还没太热,你俩先就发烫,是不是有些颠倒?耿母说,瘸子,等有了小把戏,你正好可以安心守着摇床,成天有事做。耿父一想,倒也是好事,晚上独酌,再一开口唱文茶灯,就有新词。

儿子搞到管家婆,
瘸爹成天有事做。
管家婆,管家婆,
生了一个生两个。
搂一个,抱一个,
轮到瘸子有事做。

八月下旬一场雨后,空调安装又转了淡季。耿多义又闷回屯了维修仓,守着师傅和师姐,有事做事,没事发呆,临近下班反而心烦意乱,怕见着欧繁,更不要说结婚的事。他能拖就拖,但只能延缓,不能抗拒两个母亲的齐心协力。天气最热最冷的时节，也正是死人的高峰，写讣告和悼词的旺季。他给死人写悼词文思泉涌，一遍能过，而且能体会别人的死。有一晚他写了三份讣告三份悼词，悲伤得不能自已，仿佛自己一夕三逝。

看他最近手风顺，老肇都忍不住夸，我看你天生就是用来写悼词的。他也不得不回敬以感叹，老肇，你天生就是用来夸得别人一身鸡皮疙瘩的。

欧繁依然去酒肉斋上班，朋友打电话要她再去草台班，晓得要拒绝。既然要结婚，她突然知道注意形象，如果再去草台班，跳那些撩大腿、劈飞叉的舞，万一被耿家熟人撞上，毕竟难堪。晚上她守点回家，虽然总要等到天黑，但每天都是差不多的钟点。她感觉自己正在变成马路上的每一个女人，而且，这感觉蛮好。

每次她回到他租住的房，拧开门，他永恒不变地坐在一张大台子前面，面对各种小纸片，拼凑一个个死者的一生。她读过他写的悼词，每个字自己都认识，字面上也平白，没有几枚需要查字典的怪词，读完以后她能大概知道那人是怎样。她突然觉得他写得蛮好，想聊一聊感想，开口却又没词。再说他也没空，有活的时候都要写到凌晨，因为悼词不能拖，追悼会一开，要被人声情并茂地念出来。她尽量不扰他状态，知道给死人写材料，更能赚活人的钱。她也知道，他白天只是在电子维修仓磨蹭时间，装成一个正点上班的人，真正赚钱是在夜晚。

他听见门轻微一响，没有回头，其实两耳一直定位着她行走的轨迹，从客厅到卧室，又从卧室去了卫生间。他听见她在床上躺平，身体摊开。他听见她某些夜晚身体发出的那种呼唤。所以，有的晚上即使没有活干，他也坐在大台子前，持续发呆。屋里很静，耳畔时而有座钟的嘀嗒声，其实屋内只挂有一台地摊买来的石英钟，只要及时更换电池，走时一定精准，但无任何声响。他听见她在床上缓慢地睡去。

他经常熬到两三点，拖曳着步子走进卧室，躺在她身边。她明明睡得很好，但转眼就醒，像是被自己的体温或者汗味弄醒的。她稍一翻身，一条腿就压在他身上。她经常没解开乳罩就睡，但不穿内裤。他知道她醒了，佯装不知。她有时候就推推他。他说，今天累了。有时候，听到这样的回答，她还会往他身上砸一拳，也仅此而已，随后又一个翻身，两人中间空出一个人的宽度。

那天莫小陌在雨中消失以后，他就失去状态，偶尔会被下体突兀的勃起困扰，但只要一想小陌，立时消停。扭头一看，身边是欧繁。他便继续想小陌，想那天在雨中一路寻找她的情景。

那天早晨，他有强烈的预感，在她身上会发生状况。其后几天，果然，一直联系不上她，在佴城找不见人，也没回《楚声报》完成实习。本来，莫小陌已离开父母独自待在省城，几天联系不上，不会立时引起注意。那天耿多义去找老莫，神情古怪，又不能给予合理的解释，老莫不免留了心眼，此后每天寻呼小陌，她从不回电话。三天以后，作为一个父亲，老莫纠结一阵，将电话打给前妻明芳林。

你怎么知道她失踪了？明总听明白后，就是一句反问。

一连几天，呼她她从不回电话。一天不回，两天三天，总是要回吧？这几天不知道呼多少次了。

怎么会这样？前几天她回来，都还好好的。莫家潭，你是不是知道小陌有什么情况？

没有没有，只是这几天情况意外，当然要跟你讲。

好的，我马上叫人去找。明总放下电话还说，要是真找不见，你等着，我叫人来剥你皮。

好的，我这张皮跑不掉，你先叫人去找。

只是失踪，一时还立不了案，明总自己叫人到处去找。包括章二在内，好几名下手都被她派活，各自划定一条线路，沿路查询。当有亲属失踪，这个国家忽然变得广袤无垠，要找的人了无头绪，去找的人也是泥牛入海。大约十天后，莫小陌自己将电话打了过来，是省城的号。她声音疲惫，却是她本人无疑。她说，我只是想一个人清静一下，不回电话。别的她什么也不多说。

莫小陌的这次失踪，不到半月即宣告结束。明总托关系找人，莫小陌得以继续在《楚声报》待下去，不影响从实习生按部就班地转为社聘。

莫小陌重返人间的消息，耿多义迟几天才知道。那天晚上，他依然拖至三点，才上床。欧繁没睡，语声幽幽，对他说，她已经回来了，回报社上班。他没多问，挣扎着终于睡去，再醒来天已大亮。他看着她在床面上留下的压痕，忽然，他担心她也会凭空消失。她其实比莫小陌更具备瞬间蒸发的气质。

当晚，耿多义坐在桌前面对着纸笔，一个字也写不出来。九点多，欧繁倒是照样进门，不声不响地重复睡前事项。他舒一口气，开始拿捏一篇悼词，把那个女性死者一生写得格外饱满。

两人把日子古怪而又平静地顺延下去，每天早早分开，很晚又在一间屋子聚起来，彼此没什么话说，心头反而得来一种默契。

两位母亲又经几轮磋商，还找来一个有口皆碑的瞎子看了日期，定在十月八号去民政局领证。日子一经敲定，便是板上钉钉似的，不容更改。耿父也不得不赞叹，这个瞎子算得真准，前面七天民政局都没人上班哦！

前面天晴了许久，黄金周一到又是天天下雨，七号午后雨顿住，天色久违地明朗起来。当天的晚餐金伯娘执意操持，在租住的屋子里弄了一桌，一定叫耿多义带父母过来，把酒碰几杯，为明天决定性的时刻再添一把火。耿父是头次来，滚着轮椅，耿多义将父亲背到二楼。酒当然喝得开心，三位家长直接跳过结婚事宜，聊到生小孩的事。话讲到这一层面，两人都没有正式工作，反而成了好事，可以比有单位的人多生一个。欧繁和耿多义反倒像是局外人，互相递了眼神，悄不觉地出门，往楼上走。四楼之上，是个平顶，左近的私人楼房全是平顶，绝少见到瓦顶，放眼看去，尽皆丑陋、方正的水泥盒子。

……有什么话现在讲，明天来不及了。她笑。

有什么来不及？

你看他们，是要把生米弄成熟饭的样子。

今天不是生米，明天不是熟饭，我们自己心里清楚就行。他走过去，一手攀住她肩头，并排站着，一起看向夕阳。当天夕阳状况一般，像一枚开始散黄的蛋。

此后欧繁留下打扫残局，耿多义将父母送回水泥厂，再回自己租住的地方。时间不早不晚，当天又没有死人等他歌颂，打算早点休息。脑袋竖着时候仿佛有睡意，一旦在枕头上摆平，却有千头万绪一齐涌来。只好坐着想事，看石英钟不动声色地走针，心底古怪，过了今天，难道我真就多一个亲人？

他以为她晚上不会来，一如所有的女人，面临终身大事之时，总要跟母亲待在一起，仿佛是共渡难关。他索性坐到桌前，脑袋竖起，反倒清静。想起很久的时候，加入少先队，戴上红领巾，几乎是人生第一场仪式，兴奋得久久难以入睡。少年时渐渐明白，人都有结婚这回事，当是人生第一等大事，那时候便有憧憬，以为既是最大事件，必伴之以最强烈的兴奋，最透彻心扉的幸福。没想现在，真要去登记结婚了，心情只能以古怪形容。

凌晨一点的时候门被拧开，欧繁又出现在他眼前。……还在等我？她见他没像往常那样，在纸面上写画。

没有，只是睡不着，以为你不会来。

本来不想来，晚上喝得不少，我妈有的是话讲。但是，我还是要来，感觉你一定有话要讲。

那就是你有话要讲。

是，但我可以不讲，就看你的。天一亮，我们会去领证，这种事情，我其实是听你安排。

两人对视一眼，眼神都坦白，仿佛这时候才有了传说中的默契。既然这样开启话头，这漫漫长夜也别想好睡，欧繁泡两杯茶，各自眼前有了缓缓升腾的水汽。两人默默地坐，这种僵持，耿多义只在电话里经历过一次，现在竟觉有些适应。

欧繁续茶的时候，耿多义不自觉余了余嘴皮，终于说，有件事我必须跟你讲。

欧繁说，很好。

莫小陌前回失踪的事，跟我有关系。

哦，接着讲。

他心态摆正，声音和缓，不说小陌邀自己去开笔会，只说在笔会上偶然撞到，三天相处，彼此一不小心发生那种事情，然后有点似大江一发不可收。他倒不是想骗她，把老莫扯进来，枝枝蔓蔓，讲起来也嫌麻烦，再说，扯到老莫就是把欧繁一道带沟里来。

……三天里头，你跟她弄了几次？作为当天到期的未婚妻，她烦他讲得过于详细，而关键地方又想虚晃一枪。她还一如既往地不太有耐心。

好几次……没数。

不用套吗？一打一包的，你还剩下几个？这种事，总不好让人家替你买吧？她冷笑，像是问一件与己无关的事。

不用那玩意。

裸做？看来挺有状态，还是真爱，比跟我在一起时候好多了。要是一不小心，真的就生米做成熟饭。欧繁这时抽起烟，又说，继续，不要给我停。

耿多义也一同抽烟,接下来要讲洞屋那个晚上。那一晚对他来说明明是惊心动魄,一俟讲出来总有点不得要领,稀松平常,不就是一次调包么?他又想,难道我还要考虑讲得曲折生动,让她听得更入味?

……讲完了?

讲完了。

欧繁便喷笑起来,直到身体有了抽搐。轮到耿多义反应不过来,看她是真笑得开心。他只好等她笑完再公布答案。

……不是你害她出走,怎么是你害的?你是让她想好好活着的理由,放心。她终于停止了笑,还余韵徐歇地噎了几下。稍后又说,事情都是我引起的。

呃,怎么又变成是你引起的?

欧繁却又犯难,整件事情一时不知从何开头,烟就抽得快。……你俩的事,我都知道,包括她这次回来找你。

你又怎么知道?

前一阵她给我邮箱发邮件,说这事情。其实我从没回她邮件,她也好久没联系我,忽然就发来这封信,讲了很多。对的,她也是一个作家,都能写,所以你们能凑在一起开笔会。我也听人说,作家都这样,还不好只怪你俩。偏偏作家里头我又只认得你俩。你俩开笔会那些破事,她写得很具体,好像也想让我和你俩一起爽起来。她说,她一直喜欢的是你,她说,她现在怕见到林鸣,还要我出主意。

他没吭声。

欧繁又说,她还是一贯的性格,有一封邮件写到最后,还假惺惺地讲：你从不回我，是不是弃用这个邮箱了？但现在我只能冲这里讲心里话，就当是把话装在一个树洞里。不管你看不看见，我都当你会祝福我。……你分析一下，她为什么要这样讲？

把话装在树洞里，是我们小时候的一个童话故事……

还有呢？

他嗫嚅着，无话可讲。女人是一种复杂的动物，女人问男人关于女人的问题，几无回答正确的可能。

那我来说。她早就知道，或者预感到我俩其实有来往，所以她故意当一个空信箱是童话里的树洞，显得毫无心机地讲好多心里话，假装不是为难别人。我对她太了解，知道她有什么心思。欧繁这时有了个微笑，接着说，所以，我又去找老莫。甚至，不是因为你跟她发生了什么，而是她一直这么对我。

他见她两眼幽蓝。

……我认你当男朋友以后，没有找老莫。但他是只骚公狗，总待在那里，只要我吹个呼哨，他就过来，随时能发情。小陌回来找你那几天，我一直待在老莫那里。怎么说呢，我是在守株待兔！

耿多义很快将前因后果捋上一遍。莫小陌回佴城，用不着每回都跟老莫提前交代，她有钥匙，随时能拧开他宿舍的房门。甚至，她从不考虑过，父亲这种生物也会有自己隐秘的生活。时序上，也变得泾渭分明：那天，莫小陌惊慌失措地逃离溶化，喘定以后，想到找他。

耿多义在头脑中理顺整个过程，就只有长久地发呆。许久，欧繁又开了腔。既然话都讲清楚了，那么，天一亮，我俩负责各自摆平自己家里人。

摆平？

还用得着去登记么？这婚能结么？明天他们都会等着我俩的消息，给他们什么理由，有必要想一想。我俩要统一口径。

理由要慢慢打磨得合情合理。他一味发呆，她则开动脑筋，想出几种方案。后面她说，动脑筋也是饿得快，你出去随便帮我买些什么吃。我这应该是最后一次使唤你了，你要表现好点。

又是嫣然一笑。

再醒来，床畔已空，窗外是一片清晨的浅蓝。耿多义有点恍惚，事情总要集中在一个晚上爆发出来。他失去了多年的女友，离别却如此平静，脑袋里只剩恍惚。他试图回忆，昨晚两人对好的借口是什么，却想不出。好一会他只记起，凌晨时分，他出去帮她买来一大堆吃食，从烀红薯到烤基围虾，从带油羊腰到韭菜盒子，从红牛到进口黑啤，尽量将桌子铺满。他看着她吃，吃得一脸满足感。

他也懒得用瞎编的东西搪塞父母，那几天干脆不往家里去。父母往维修店打电话，他早已跟别人通气，就说去外县承接维修。过一阵回到水泥厂宿舍，父母并没多问。年轻男女出了状况，他们哪能看不出来，故而如此善解人意。

欧繁这次消失得坚决。耿多义时不时还骑着摩托，游弋在后仓巷一带，往欧繁租住的屋子瞟去几眼，偶尔看见金伯娘，总是用力地抽烟，隔老远他能听见她咂出啪啪的声音。铃儿木朵偶尔看到，正是抽条时分，他总觉得她俩都正在长成欧繁，窝心一紧。年底，他隔了好久再去后仓巷，见二楼那道门紧闭，阳台上没有晒任何衣物。一屋女人，不可能任何一天让阳台空着不晒出衣物。此后他每天都绕道去那里打望，阳台一直空着。他知道她一家都搬走了。

欧繁一家长期辗转各地，自从来了后仓巷，显然环境适宜，是有扎下来的愿望，一晃也住了几年。这次搬走，显然下了不小的决心。

他也没打算费力去找她，转念却想，她们都忽来忽去，出现又消失，为什么唯有我注定像一蔸树一样，一直扎在俚城？恰在这时，林鸣也劝耿多义换个事情做，他有个表舅，正要拉一帮兄弟去发财，前景一描绘，简直比拦路抢劫还来得快。

闭　关

莫小陌再次见到耿多义，已是两年后的初春。那年出走，再回报社已无法正常工作，她被抑郁困扰，索性回家静养。捱过一年多的抑郁期，她情绪稍有好转，忽然很想见到耿多义。她隐约知道耿多义跟欧繁分手，经林鸣介绍去干浮选工。她忘了这些消息是谁透露的，或者是从数人的口舌中综合而来。

无须通过林鸣，她很容易就打听到耿多义的去处，在相邻省份，驮娘岭山脉的中部。山脉、矿区，引发她的想象。她脑海里已生成画面，去寻耿多义这一路，山的颜色正变为新绿，山路弯折，水雾漫起。她还想到，凭耿多义的性情，待在陌生的地方，跟别人也少有交流。他是能够拿孤独当饭吃的人，但一个人所有的孤独，是不是为等待恰当的人适时出现？就像从前，耿多义去城郊山坡地带租农民房，还不断更换地方，就是等着她将自己一次次找出。

一路景物并不切合她的预想。驮娘岭山脉并不幽深，到处凿了矿洞，山路湿滑，泥污随地翻卷。她很少走这样的烂路，简直寸步难行。她在路边店买了漫过膝盖的胶靴，一路询问钟老板的矿洞。路人大都知道钟老板，指一个方向，她一直顺着走。午后下车，走到天色渐暗，见一溜水泥砖摞起，石棉瓦毡顶的工房。正是换班时间，走的人都走了，回的人还没回。她走进一间集中营般的宿舍，耿多义正孤零零地坐着看书，一册巨厚的《平凡的世界》。重逢一刻，她没在他眼中看到预料中的惊奇。

你怎么来了？

因为你在这里。

时间已不早，耿多义首先想到，要给她找个住的地方。她不可能待在工棚，虽然她一再表示没问题，你在女工房随便找个铺，我能睡！他告诉她，有狗虱，有很多狗虱。为了灭狗虱，工棚的床板每周都要喷几通敌敌畏。她恍然明白工棚里何以弥漫着农药味，便不再坚持。

他带她去到距离最近的土地村，用不着借宿，他掏出钥匙打开一家房门。里面所有家什归置妥当，几样家电盖了苫布，主人像是出了远门。他告诉她，主人是一对老夫妻，想要提高生活质量，搬到后山神仙井居住。那里水质好，能养生，这边的房就一直空着。她问，你跟他们很熟？他说，借这个地方，写写东西。本来不想写，但已养成习惯，老不写手发痒。工棚也能写，但那些矿工看我写东西，眼神很古怪。我有时还去后山，那里有山洞，躲在洞子里写字，状态总是很好。这习惯还是你带出来的。她说明天你带我去那个山洞。

次日，耿多义带莫小陌去了神仙井。她走到井泉旁，盯着那一泓幽深的水，看了半响，跟耿多义说，我要在这住下来。她又说，我往这里来，冥冥中早就感觉到，会有这样一个地方。他心头咯噔一响，自问，你带她来这洞，是不是预感到她会留下？他睃她一眼，她眼神热切地迎过来。

她告诉他，已经将报社的工作辞掉。领导说病假可以延长，但她认定此后不会再去上班，辞了干脆。现在，她打算再狠狠写一本书，就像陈忠实当年写出《白鹿原》，有破釜沉舟的意思，写出来就当作家，写不出来就去养鸡。

他插一句，你能养活几只鸡？

她一声不吭盯他许久，慢慢竟是要哭泣。他一想她刚度过抑郁期，便不吱声，头皮隐隐地发麻。

此后，神仙洞成为莫小陌的书房。她要在此闭关，写一部全新的小说。她还说，要把新的写作当成一次重生。耿多义劝她，只管往下写，不要来不来就给自己填充这么多意义。这些意义，把握不好都会变成杂念，变成压力，又何苦来哉？

那时候地下水还没有漫入洞底，前后洞能够连通，随意往来。两位老人在前洞苫几间房，莫小陌在后洞支起桌椅写东西，晚上又趸回前洞，借一间房睡。两老也乐得有年轻人陪伴，多有一阵接触，彼此便像是亲人。莫小陌说，你们可以把我看成女儿。两老说，这可把你看老了，我们当你是孙女。

莫小陌跟两老搭餐，两老坚持不要她付钱，她就讲定，轮流采买。耿多义隔几天去一趟土地村，买足肉食果菜、日常所需，背往后山。莫小陌在这洞中，预感似乎比以往精准，感觉到耿多义即将到来，便拧亮蓄电池的灯，从后洞及时赶到前洞，站定，眺向远方。每次，都只稍待一会，耿多义好似踏着节拍，在前面山路弯折处突然闪现。

这是个古老的场景，女人等着男人回家，一次又一次，却绝不重复。

莫小陌带一摞书进洞，都是当时畅销的小说，用来消磨时间，启发灵感。光有桌椅不行，耿多义又带去一张弹簧床，送到后洞，摊开，垫上褥子。这样，莫小陌在里面坐也可以，卧也可以。她先是想到一个书名，一如往常，想好书名好比事先吞服一枚定心丸。这本小说，她定名为《末日寄情》。那一年，在诺查·丹玛士三百年前发布的预言中，就是世界末日。有好事者进一步推算出，末日会是当年七月的一天。莫小陌认定自己死过一次，并不害怕，只是想在末日到来之前，将这小说写完。定下这名字，再围绕这名字编织情节。她推敲这个名字，让脑子放松，放空，放得无限自由；她想到身边的神仙井，想到前洞的两位老人。老太太面相慈蔼，令她无端联想到《动物世界》里反复出镜的水獭；老头八字须两边飘，一撇一撩尽皆蓬松饱满，像一只站直身子眺望远方的土拨鼠……土拨鼠和水獭争抢胡萝卜，掉入一眼山洞，误食神仙井的水，得以化成人身，土拨鼠化为男身，水獭化了女身。按其生龄折算，命数推演，化为人身之时，两人俱已垂暮，彼此看着都糟心。天条严苛，按照律例，两人若要成仙，尚须在人间修行。既有人身，修行成仙便成为两人必然的旅程。莫小陌又加了括弧、反括弧补充说明：即使通过，也要有预备期。只是，要做预备神仙，时间较为漫长，须整整一千年。两人本是野畜所化，意外变成人，耐性却不够，嫌一千年实在太长，且这一千年里，都要困守垂老的身躯，基本上，想干的事都干不了，摆明便是活活遭罪。要不要成仙，两人左右为难，天庭使者动了恻隐，特意为两人申请了全新的升仙模式，这一千年预备期里，两人可以同生同死，同入轮回……

莫小陌拉出故事梗概，耿多义来到后洞，便拿给他看。她似乎已经习惯，就像以前写武侠小说，耿多义都始终介入。她写作一旦停滞，便要他助一把力。在写作上，她对他已有一定依赖。耿多义一看这故事梗概，眉头皱起来，说，为什么要是两只动物？你是写神话，还是童话？

灵异小说。你隆宇烈，不是灵异派武侠小说大师么？我是你学生，当然跟你一个门派。

章二瞎讲出来，你也真的相信？

我相信。

你脑子还是没有打开。耿多义叹一口气，沉重地说，你想出这一摊故事，说实话，都是中规中矩，别的人敲敲脑袋，随便想得到。那么，你告诉我，既然这样，凭什么你是作家，凭什么是你来写，别人看？

我该怎么办？

你要把脑子放开，什么都敢想到，想出的故事情节，必须让别人瞠目结舌。没有这点本事，吃不了这碗饭。

你帮着我一起想。她娇嗔，眼底流光忽闪。但相比记忆中的她，即使忽闪得起劲，仍显出几分呆滞。他无奈地说，小陌，只有你把我当成作家，因为你也没机会接触别的作家。我顶多算写手，算是作者，远远不是作家。

我怎么没有接触？我跑文化新闻，见到的作家形形色色，林林总总，还不够多？我写不出来，难道看不出来？耿多义，你不要装，我知道你就是。

好吧，就算我是，也是勉强在写，帮不了你。

你想错了，我没要求那么高。我只想我俩都能靠写作吃上饭，靠这个养活自己就行。我是个明白人。

耿多义的意见莫小陌认真听取，过后把两只野畜变成了两个人。再次听取耿多义的意见，改成人与动物——人与兽毕竟不好，小电影猖獗的时代，人与兽的情感已有歧义，已被妖魔化，改人与鱼，就干净许多。而且，传统故事里有这个模式，《追鱼》也好，《白秋练》也好，人总是男的，鱼总要变成漂亮女人，人与鱼之间碰撞出的爱情，屡试不爽地吸引观众。

那一阵莫小陌情绪一直低迷，将故事梗概一改再改，让耿多义反复地看。无论怎么改，都只是不伦不类的东西。耿多义心底明了，莫小陌根本不是当作家的料，先天想象力不足，后天没接触生活。她的理想，便是她一切痛苦的源头。但这理想早已根深蒂固，她只能为此矢志不悔。他只能痛恨自己能力有限，帮不上忙，重新写一个梗概给她用，又怕伤她自尊心。他暗忖，凭我俩这点能耐，想要一齐当成作家，转世轮回几辈子都不够。

他一提意见，她便将梗概再修改，再给他看。终有一天，他无奈地说，唔，别改来改去了，就照这个写吧。她将信将疑，问这个能写出来？你确定？他诚恳地说，还没动笔，哪能知道结果？都是听天由命的事。

药片的力量

在神仙井写作，莫小陌真当自己是作家。她忽然发现，成不成为作家，其实跟作品关系不大，倒与写作状态紧密相连。

她往南八百公里到达驮娘岭，去时是三月，俰城春寒料峭，驮娘岭只是稍有凉意。在地图上，驮娘岭是全年无雪区界线上的一个点，往南就不再有冬天。耿多义依照她的吩咐添置东西，依照莫小陌的规划，后洞逐渐成为个性化的工作室。他忙的时候，她在他背后，看着他把一件件物品措置到位。她总是站在他要经过的地方，等他转身，然后目光相遇。他投来一个微笑，绕过她的身体，离开。

土地村五天一集。大量矿丁麇集于此，周围商贩当他们是有钱人，赶来兜售，土地村成了集场。山谷洞中过于清寂，莫小陌一时不好适应，拿赶集当放风，却有意想不到的发现。比如一溜卖音像制品的摊点上,从磁带、VHS录像带到CD、VCD、DVCD、DVD,一应俱全,简直是一部音像材质发展史。十年前,十多块一张的CD碟,在这里一块一张甩卖,她淘得大呼小叫,看着封套,一张张古老而又英俊靓丽的脸,心里得来一点点魔幻现实的快意。CD机太小,音箱却大,不匹配,耿多义动手改装。这山洞本身就是个共鸣箱,不管播哪张碟,莫小陌总能听到一种雄浑的效果。

起初赶集她是独自去,不断遭遇男人搭讪。后面才知,赶集的人做各种生意,也有一些女人四乡游走,在集场上卖肉。同样卖自己的肉,有的坐店营生,有的则要不断辗转于各个乡场,矿工们亲切地称呼这种女人为"过路马子"。过路马子年老色衰,没资格去马路边粉红小屋捡钱。莫小陌一眼看去绝非过路马子,但那些矿工眼光搭上莫小陌,就撤不开。荒僻的村庄出现这么个女人,实在惹眼,不管她是怎样的人,总要搭一搭讪。万一……呢?山中过于寂寞,矿工并不掩饰焦渴的目光。

莫小陌从耿多义那里了解情况,又有好奇,再逢集,拽他同去。莫小陌想看那些过路马子,到底是什么样的人。耿多义只好在人群中指指戳戳,她看清了那些苍老,憔悴,神情落寞凄楚的女人。她们散落在集场不起眼的角落,三五成群,凑一起不停抽劣质的烟,一蓬蓬烟雾在她们脸孔间升腾。她们等待前来询价的矿工,那天上午基本没生意。到中午,一个女人拎着一袋煮好的玉米,每人分一棒,一齐熟练地啃起来。莫小陌本来是想看新鲜,找体验,得来却是一阵难过。她知道,在视线之外，总有一些人过着自己无法想象的生活。

往回走的路上，莫小陌神情抑郁，跟耿多义讲起那些女人，忽然希望她们能多有些生意。耿多义说，她们的生意，散场以后才会开张。莫小陌一想也是，看一眼耿多义，问他，你倒是熟悉。你来这里这么久，有没有找过那些女人？耿多义古怪地一笑，仿佛说，怎么可能？莫小陌问，没找到看起来合眼的？在这荒郊野岭，将就将就，花钱不多，定期解决一下生理问题，也没什么不妥。我要是你老婆，也能理解。

耿多义不吭声，莫小陌却来劲，还问，你来这一年多，都怎么解决？

解决什么？

少跟我装蒜。莫小陌一掌拊在耿多义肩上。

耿多义竟然认真地想了想，告诉她说，这种事情，忍一忍也就过去了。这种事跟抽烟一样，就是一种瘾，有就有，会越抽越凶；要肯下决心，戒掉也就戒掉。

你是说，截然不同的两种状态，就在于你们男人怎么选择？

本来就是这样，有瘾的理解不了别人的清心寡欲，而一个人一旦清心寡欲，其实也不想进入上瘾的状态。

莫小陌凭以往经验知道，男人跟女人讲禁欲，要么包藏祸心，要么纯属扯淡，但耿多义不像诳她。她旋即想起开笔会的那几夜，耿多义那种矫捷和迅猛，那种沉稳与娴熟，还有他身上毫不掩饰的男人气味……只是两年前的事情，此时想起，伴随心旌一荡，竟是无边的恍惚。

莫小陌渐渐适应这种远离尘嚣，每天待在后洞，全身心投入创作。她感觉生活从未像现在这般真实、具体、触手可及。她开笔写这小说，在这山洞透彻骨髓的冷寂中，莫小陌有如神助，语句自动从脑海流溢而出，一句紧接一句。她仿佛只在岸边，捡那些搁浅的鱼。她还暗自提醒要节制，十来天时间，写出五万多字，拿去给耿多义看。耿多义翻看两页，脸色古怪，嘴里支吾有声。莫小陌摸透耿多义脾性，不待他为难，一把将那沓稿纸抽回来，并说，我重写。

莫小陌趁着手热，改动起来下笔飞快，又过去十来天，重新写出三四万字，叫耿多义再作现场指导。耿多义去到后洞，先已嘱咐自己：今天再不说几句好听的，我就不是人！看万把字，虽说字面有改动，水准依然如故，这就好比她不能薅着自己的头发，将身体拎起半寸。莫小陌的文字一直花哨，句子如洞外那道山谷一般狭长，形容词扎得满满当当。他看一会就感觉两眼虚焦，长吸一口气自行调焦，才好继续往下看。看了大半，耿多义正暗自叫苦，她已经绕到他身后，双手环住他脖颈，胸口顶住他的后脑勺。他又给自己大脑调了调焦，记起来，她是个女人，是个正当年华，身体还能喷火的女人。

后来，她的嘴就贴着他的嘴，她的嘴唇柔软且黏稠，他的嘴唇即将被濡湿的时候，一个甩头的动作，扯开了。

怎么回事？她抻了抻衣服上的褶皱。

这里不行。

怎么就不行？

这里是个洞，洞里有神仙井。他嗫嚅着说，两老要靠神仙井的水长命百岁，不能坏人家命数。

你真的相信？那你看换个地方行不行。

也不行。

这也不行，那也不行，是不是你不行？

他没吭声，低下头继续看稿。她安静地等，沉默依然是某种僵持。很久以后，她仿佛自言自语，说我俩其实没有什么阻碍了。

耿多义却盯着稿子说，现在这个比前面的好，有生长性。

有生长性是什么意思？

就是还能继续往下写。

他不久待，离开了洞子。天气还凉，他发现手心沁出一层毛汗。那一刹，在他心里，欲望和恶心同时涌出，欲望来自莫小陌，恶心来自自己抹不掉的那些记忆。如果他迈不动腿，欲望会重新唤起，吞噬别的一切情绪，成为唯一的行动法则。此时，一盏暗灯吊在屋顶，映出整间棚的脏乱差，在这环境再回想莫小陌的脸庞，已不清晰。他害怕多想，又掏两片药片，抹进嘴里。心情很快得到平复，但他知道药效来得没这么快，应是一种心理作用，那也正如所愿。

和欧繁分手后，耿多义躲到这里，经常莫名心悸，半夜醒来，听见心跳是耳畔唯一的声音。脉跳加快，虽说也在正常范围，但自己不堪其扰。他去找药，得知 β 受体阻滞剂类药都有控心率稳脉跳的功能，这类药物当中，见效最快的是贝洛可，但有明显副作用，便是抑制性欲。有网民说，长期服用这种药，身体和欲望将进入冷冻状态，一定要把控服用的量，否则就是自行阉割。

耿多义查明以后，认定是它了，别人忌惮的，倒正是自己需要的。

耿多义失去了欧繁，也远离莫小陌，身边没有女人，倒也落得清静。服用贝洛可，起初并不见效，半夜下体勃发会引发失眠。他感觉性欲是一种不可思议的东西，它的存在，只能让人一次次悲哀地发现，这副躯体，其实并不属于自己。有天他想了个办法，为抑制欲望，他去找过路马子。那天下雨，他避开工友，在集市一角找见一个单独守候生意的女人，同她打招呼。女人好一会才确定这帅小伙是顾客。在不远处一间破败的出租房，两人做之前，女人从一个竹篦热水瓶里倒出水，象征性抹了自己。她年纪挺大，而且在过路马子里面也算丑的。他闭上眼睛做，脑袋里浮现小陌或欧繁，虚无缥缈地美丽动人，一睁开眼，便像掉入地狱，心中落满无边的灰霾。这一招，极为有效地控制了身体在半夜的陡然勃发。从此他对性欲有了明确具体的厌恶，每次正要来劲，便回忆这桩买肉的经历，并在贝洛可药力和自我暗示的配合下，一次一次回复清静。他身体依然壮实，但不会在半夜辗转反侧。经过一段时间的努力，他像驯服一匹烈马一样，控制住了自己的身体。

后来某天他又在集场撞见那女人。她远远招呼他，还拢过来。她异常生硬地冲他抛洒媚眼，并说，小兄弟，你要不要？不收你钱。他赶紧把头一摇，在女人一脸发懵的神情中离开。

莫小陌到来后，他加大药量，从两片到三片。他知道，这个剂量，简直是对自己进行药物阉割。莫小陌初次被拒绝，还当耿多义一时不适,要调整一番。往后还有多次,两人在一起,包括离开山洞去到土地村,去到小县城,耿多义仍对她无动于衷。

莫小陌数月写出一部小说。她自己似乎还满意,虽然嘴上只是说没有把握。他一反常态地夸,要她抱有信心。那几个月,两人聊了很多内容,但耿多义总是记不住。那一段时间,在他记忆里,显得不那么真实。他记得最牢靠的,是她经常聊到死,聊到自杀。莫小陌给自杀换一种说法,叫主动结束,而别的所有的死,都是被动结束。她甚至认为人们对自杀总是抱有成见,太多误解,她认为生不由己,死也不由己,人生往来皆虚茫,是一种莫大的无奈。不晓得自己为何而生,但能清醒地决定自己去向,是一种终极的理智。当一个人认定可以在恰当的时机了结自己,活着之时,也就不会有太多牵挂和担忧。这一定会成为一种趋势。

按理说,她有这样的想法,他应该感到震惊,并加以劝阻。仍是因为药片的力量,他没有震惊,只是倾听,不参与讨论。

如他预料,那小说发表并不顺畅,她自己用复印机印了几十本,有两本寄到驮娘岭矿区,叫他看看。次年四月,雨季来临,佴城被大水淹没大半,莫小陌也在那几天意外失踪。他听到消息,感到难过,却并不感到意外。他更难过的,是这种难过失却了痛彻心扉的力量,于是,将药片减少到一片,接着再减少到半片。心率升上来,身体的反应重新强烈起来,痛苦也随之汹涌而来。

第九章

恍惚远行

柯燃冰问耿多义:"……你知道我一定会找到这里。"

"想过,不能确定……根本不能确定。"

"但你知道我会找你?"

"不确定。"

"这么隐秘的洞,我竟然找进来,你觉得奇迹发生了是吧?是吧?"没得到回应,她冷不丁又接一句,"我都无限佩服自己真的呵呵哈嘿。"

耿多义将整张脸埋入洞内无处不在的昏黑之中。

先前柯燃冰坐吊篮下来时,耿多义已躺在床上。天窗上有异动,他奇怪,两老不至于这时候来取水。接着他见一团光影往下坠,听见辘轳转动的吱嘎声,还有两老在顶上头隐约的喘息。吊篮里有人。稍后,这团钝白光晕,勾勒出一个女人轮廓,此时天光,这种环境,自然并不分明。他心脏遽然一紧。其实,他反复想象过这样的时刻,女人重返人间,从天而降。长久的等待,不就为的这一刻到来?

莫小陌失踪,别人都说她被洪水带走了,他只肯信她终是要回。莫小陌最后一部作品《末日寄情》（他不愿意说是遗作），纵然写得失败，但他从中看出某种暗示：终有一天，她会以一种独特且意外的方式，悄然回到自己身边。他宁愿相信莫小陌终会出现于眼前，以时光穿梭，或是以阴阳穿凿的方式……顺此一想，根据她留下的作品，最可能的"着陆"地点无疑是神仙洞中。他想象过，神仙泉口，四月丰水期，泉水汩汩翻涌。在他守候日久，忽然闪神的某一刻，她自泉眼中浮出，先蹭出一张十年未变的脸……当然，忘了那些神话，尚有可能的情形，是她这些年兀自远行，十年期满，她回到两人最后分别的山洞。守候在此的两老，作为见证人，不事声张地将她坠下来，共同完成一次重逢。

他脑中反复出现这样的情景，反复仰望天窗。

凝神之际，吊篮已垂至洞室半空，蓄电灯照下来。他坐起，迎着那柱灯光扫过在脸上。那道光便停住。那一刹，他被这道光柱洞穿，被一片钝白与虚茫浇灌，灌满全身。他无比清晰地意识到，来人只能是柯燃冰。

这一刻，他终于认定，莫小陌再也不会来。

吊篮下坠，那团恍惚白光中，他见一些影迹丝丝缕缕往上飞升。他走去扶稳吊篮，待她安然落地。他得以和她面面相觑，一对恋人，经历不短的分离，重逢时刻，没有拥抱的念头，也忘掉嘴唇的部分功能。

两人各自一支烟，洞中，烟头不真实地闪烁，明明灭灭。耿多义先开了口："你能找到这里，那么，以前那些事，显然你都知道。"

"你是想夸我，还是要掩饰自己的失望？"

"为什么失望？"

"你比谁都清楚。"

"……也是等你。"他不得不叹服，柯燃冰能通读心之术。她也知道，她的出现，对他来说是个终结。

"你说得没错，也是在等我，可惜我只是个备胎。"她不由得苦笑，"你写那么多武侠，本来是糊弄别人好赚钱，但自己入戏深了，脑袋经常有幻觉。你宁愿相信，这么多年莫小陌只是消失，终有一天还会回来……"

"人跟人不一样，你喜欢真相，但对我来说，这么多年，最重要的东西可能就是这么点幻觉。"

"这也对，从这方面讲，你跟莫小陌真是天生一对。你宁愿相信她是在考验你，所以你愿意等待她出现。同时，你又以同样的方式考我。如果莫小陌能够回来，你自然求之不得；如果来的是我，你也不算落空，我来给你保个底。"

"不是这样。"

"你这样清心寡欲之人，选中我来当女朋友，不就是相信我的预感和推理，让我和你一起去寻找，去等待，去弄明白你心底那些疑惑？"

耿多义暗自思忖，尽管有这成分，一俟她嘴里说出，仿佛就成了一场预谋。

"你想借助我查找她俩下落，欧繁，还有莫小陌，要不然你一颗悬心老不落地。莫小陌的情况，再不用多说，那么欧繁，你明明可以有很多办法找她，却挑了最笨的，找个命案玩排除法。你只想知道她的消息，却又害怕见到她人。"既然来到这里，她似乎已经准备好，要来个大揭底。就像她钟爱的那一堆阿嘉莎·克里斯蒂，前面山重水绕，都是为后面痛快的抽丝剥茧。

"那次没去登记，后面她再不愿见我。后面我和她约定，每个月通一封电子邮件。也可以什么话都不写，发一封空邮件，当是报个平安。"

"邮件忽然断了，就在两岔山杀人案之后。在你头脑中，两件事自然联系上了，虽然事实上八竿子也打不着。"

"当时我觉得只能是她。"

"为什么？"

又是沉默以对。

"你知道她这些年一直都在干什么？"

"……你已经找到她了？"

"那是你的事。"

他知道自己一直如此，所谓寻找，却心肠纠结，恍惚上路，只是寻找，又害怕真的见面。这些年，他在没有结果的寻找途中，将心情一次次平复。

他最后一次见到欧繁，事发突然，场景意外，彼此也都尴尬。两人彻夜长谈，遂有约定，每月互通电子邮件。本来他是想手写信件，欧繁却说，不要搞得麻烦，稍有麻烦就不好坚持。这些年，欧繁倒是记住这约定，每月发来电子邮件。他回过去的邮件，总是很长。她回过来的邮件，基本都只有三个字：我很好。字很少，她回得很准时，都在每月头一天。

这次两岔山命案发生，遭难的都是操持皮肉生意的妇女。他那几天打开邮箱，见不到她回复的邮件，也见不着那三个字。日子不可能安稳，他只有上路，恍惚行走于寻找的旅途，像那些丢失孩子的父母，寻找其实也是回避。

洞内安静很长时间，终于，又是她来打破："既然今天我找到你，那我对于你来说，已经没用了。"

他知道她说得没错，她弄得如此透彻，一切又能如何继续？他感到一种诡谲的平静。时至今日，相爱和分手，似乎都没有当年来得激烈。

"我还是，一错再错。"

"用不着内疚，我这一趟也没白来，总算搞清一个问题，以后但凡还想嫁个人，用不着太多了解，差不多就行，嫁个囫囵的男人。大叔，这差不多是我得到的最实用的教训。"隔一会她又说，"我明天就走，你到底要在这里待到几时？"

"四月二十三日。"

"你现在也只能拽着这根稻草了。但是……"她叹口气，"她的那部小说，是讲今年四月第一次洪水来的时候，没讲具体日期。"

"我不知道洪水什么时候来，我只知道那年她是哪一天消失。"

写不出的悼念

耿多义住在山洞，其实能和外界取得联系，一是对讲机联系两老，二是对讲机偶尔失效，就拿手机备用。是这样：他拉起一根天线，用两根绑一块的长竹竿高高挑起，拱出天窗。天线下端连一根胶皮线，胶皮线的另一头绑上一个环形铁圈。他把手机拧开，探进铁圈，就能捞取微弱的、时有时无的信号。柯燃冰要走，耿多义跟老人家打电话，叫他找人把柯燃冰摇上去。摇下来容易，摇上去难，所费力气几乎翻倍，不是两老能够承受。

"要预约。"他扭头跟仍躺在架子床上的柯燃冰说，"现在还早，要过一会，附近坡头会有人来干活。"

"你这套设备真够高级。你总是能把高科技的东西，搞出一些原始的效果。"她心里想，前面打了那么多通电话，怎么没撞上他偷偷往外发报的时候呢？如果那时候正好打通，他又会不会接？此时她转念又想，一个人要了解另一个人，自以为默契有加，可能才是初通皮毛。你顶多知道他掌心的痣在哪里，却不会知道他想用这颗痣抚摸你哪里。

上面吊下早餐，烀熟的玉米棒，还有红薯粥，简直是一顿养生餐。吃完她再去神仙泉洗把脸，想用泉水照照自己，根本不可能。泉底有水汩汩冒出来，泉面无法成为一块镜面。坐下来，她劝他给莫小陌写些什么。

"不管你信不信她会来,你都会守到她当初失踪的日期,对吧?还有二十来天,你天天傻坐也不是,我劝你给她也写一篇悼词。《人又少了一个》已经编好,可以加内容。里面文章不错,多看几篇,觉得人都死得差不多。莫小陌死得跟他们都不一样。"

"不好写,她只是失踪。"耿多义心里明白,这些年,他何尝不想给莫小陌写点什么,不是悼词,近似于悼词。他以为手底会生风,一写就有,因为莫小陌在他头脑中永远鲜活,触手可及。一俟动笔,他悲哀地发现,自己写出来总像是情书,写不出悼念。

柯燃冰说:"死亡也好,消失也好,这个书名都已包括,'人又少了一个',不是么?你取了这样的书名,难道不是跟莫小陌有关?你不给她写一篇,书弄出来,说不定以后你又会有遗憾。你这辈子还嫌遗憾不够多么?"

他明白,她总能轻易摸清他的心思,所以她如此清晰地看到,两个人不可能在一起。他点点头。

稍后,山上有了干活的壮汉,老人把人请过来摇辘轳轳轴把子。吊篮又坠了下来,她团起身子坐进去。他看见她往上升腾,脸上逐渐被天光铺满,很快便蹭出那口天窗,就像一尾鱼挣扎着跃出水面。她走了,洞内瞬间恢复悄寂。

莫小陌是那年四月二十三日失踪,他想着不管怎样,要把这日子待够,待到她失踪那天。有这个时间节点存在,十年时间,仿佛又首尾相接。然后……然后再离开,有点像刑满释放。一想至此,他暗骂自己,怎么能这么想?

他静下来，铺开纸笔，嘱咐自己，一定要为莫小陌写点什么。他提醒自己，抑制感情，力避抒情，做到客观，描摹出莫小陌本来的样貌。标题本要写《悼念莫小陌》，一俟写出来，却是《悼念陌上青》。他认为这样更准确。

写出来，是这样：

悼念是庄重而沉痛的事情，但今天情况显然有特殊，悼念一位女士，却不好道出本名。"陌上青"是她用过的一个笔名，她是作家。现在，很多人写得不好，却是作家，很多人写得很好，却不愿当作家。作家这个称谓，在陌上青女士失踪后的十年里，变得歧义丛生。但在陌上青女士心中，成为一位作家，写出优秀作品，却是一辈子的志业，她认为自己是为此而生，所以也应为此而死。这样的态度，今天拿来一说，已经少有人能理解。就像我们的过往，前推十年，前推二十年，当时我们的诸多努力，各种悲欣，摆在今天也不能理解。这已不能简单归结为遗忘，这几十年里，实实在在的，我们存身的环境、生活的习性，甚至看待日常的心态，甚至原以为不会改变的本性，都在被我们这个时代升级换代——不是改变，是升级换代。我们不免与时俱进，所以这几十年尚能苟且存活，回头再一看，陌上青女士的失踪，或者说，她的离去，实是因为那种天性所与的冥顽不灵……

他默读一遍，觉得古怪，久未写悼词，怎么就写成了议论文？莫小陌明明就在记忆深处，纤毫毕现，但他笔底流淌出的文字，仿佛故意要绕开她。

又一天，他重新整理思路，铺开纸笔，在上面写：

此刻要悼念陌上青女士，心中却是说不出的茫然，悼念之前提，须是人已死去，然则陌上青女士迄今只是消失，不在我们视线之内，具体说"生不见人，死不见尸"，词有不达，却是实情。所以，这样的消失，似乎是陌上青女士遗留有希望，然则转瞬十年，这希望到底嬗变为一种极为酷烈的因子。陌上青女士二十余载尘世之旅，也只是孤鸿零落，来去皆不曾叨扰旁人清梦，却令怀念她的人始终呼不给吸，时时陷入迷惘境地。但此时此刻，要说为她悼念，到底又是踌躇不已。毕竟事有偶然，天存奇迹。如今纵然有了悼念，心底却盼这悼念终是一场误会，有如电影情境，丧歌唱响，死者却屡屡复生。纵有虚妄，却是良善之人心头都曾闪过的一笔美意。

此刻要悼念陌上青女士，地点须在哪里才好？在山言山，在水言水，此刻须体谅笔者想象力发散不开，所能给陌上青女士虚构的祭堂，当是一窟洞穴，阔大，幽僻，下有泉涌，上承天光。这样的环境，实为陌上青女士一直所喜好……

这开头稍嫌拖沓，是因为还没让主人出场。他觉得还靠谱，往下又写：

陌上青女士公历一九七四年九月生人，少有志向，要以写作为业，要成为作家。此志向，彼时诚为一代人甚而上下几代人之志向，尤其身处僻远之地，若要出人头地，除却写作为业，因文名世，实在缺乏其他途径。此志向，既是时代之予，不免含有时代之弊，彼时作家，须是灵魂工程师，有别于芸芸众生，且须有指导意义于芸芸众生。同代人中，陌上青无疑是幸运儿，天资聪颖，记忆过人，自小又立定志向，早早脱颖而出，绽露出惊人才情。待到十余岁，上到中学，已然有个人专集行世，成为佴城作家协会一员，成为最为年轻会员，正值文学最为鼎盛期，处处鲜花掌声，分明大道通衢……

"慢着慢着……"他感到不对头，一旦写到莫小陌本人，他作为写作多年的老手，重又陷入词不达意的困苦。默读一遍，这笔意所向，似乎对莫小陌的创作不够恭敬。事实如此，莫小陌从事写作，对她本人构成巨大伤害，但此时怀念，又如何能写？如果不这样写，又如何对她的写作进行赞美？如果绕开她的写作，她这一生，又如何再有一个核心事件？

这一刻，他无比清醒地知道，陌上青到底不能等同于莫小陌，所以这悼词落笔艰难。他切实感受到力不从心，写字越多，离她越远。接下来数日，依然如此，他越是调整，越陷入词不达意的悲哀，再去回忆莫小陌，她竟然在一次次怀念与摹写中变得模糊。

悼词的写作始终不顺，这山洞日益变成一座牢房。耿多义要自己继续待下去。他来这里本不是消遣散心，不管如何煎熬，一定是要善始善终。四月二十三日不徐不疾地来，只是平淡的一天，什么也没有发生，谁也没有出现。这时节正当雨季，天窗有雨水斜飘进来。他一直盯着下雨，以为多少有所感触，却也没有。他没想这一天就这样度过。

次日，老头又叫来两个庄稼汉子，将他摇上去。他这回一口气在山洞中待了太久，计有一百多天，纵是平时能见到一团浊白天光，此时突然出洞，毕竟难以承受整个天空在头顶乍然亮开。快近天窗口，他将备好的一块毛巾捂在眼前，也盖住整张脸。

回故乡之路

回到大圆机械厂内租住的房子，他见门口贴有一张便笺，是房东所写。他拧开门，房间近期有打扫的痕迹。桌子正中摆有一把房门钥匙。房东在便笺里说，因有拆迁，是不可抗力，只好终止租房合约。给了最终的日期，是在六月底。原因很简单，机械厂作为整块地皮的一角，已被人买下。工厂区住户少，拆迁相对容易。

耿多义忽然想到，也许是该回去的时候了。韦城到底算是他乡，从未想过扎根，也扎不下根。

柯燃冰得知情况，将电话打来："你那里待不住了是么？刚看到的消息，整体拆迁。"

"已经通知了，会很快。"

"是的，韦城很少拆迁，本地人连对抗拆迁的经验都没有，会很快。"

"是个好地方。"

"另外找个地方,到时我来帮你一起搬。"

"不用,我打算回去,已经和家里人说好。"他又说,"父母年纪大,那个哥不会照顾人,我回去才安心。"

"你走好了,好像我要留你似的。"

"这一屋书都要处理,挂网上低价起拍,拍多少是多少。要是有你喜欢的,过来拿就是。书都是好书,只是有些占地方。"

"不用,我现在也喜欢网上淘。"

另一天,柯燃冰又打来电话,问他给莫小陌的悼词写好没有。"书稿整理、版式、字体也弄好,借了朋友的一体机,就等最后这篇发来,点一下确定,一体机就会一本一本把书吐出来。"她又说,"我还推销了一下,能卖出两百多本。"

"始终写不出来,就算不写这一篇,也不影响你那边的销量是吧?"

"我这边的销量……是啊,毫无影响。那你说说,怎么就始终写不出来?"

"非常奇怪,我写不了这么熟悉的人。"

"那看样子,是要由我来写!"她在电话那头叹一口气,"正好,我报的那个选题,领导已经批下来,我今年可能整年都会围着它跑。"

"什么选题?"

"……对,前面还没跟你讲。这事情还是由你引起。我跟章二一聊,开了眼界,原来像你、莫小陌还有马勃这样的武侠作者,有一大层,很少人知道……"

"这有什么好写?"

"怎么不好写?单只是你和莫小陌,故事讲出来,配上照片,再把以前小说的封面放上去,就已足够吸引人……会不会触发你的不堪回首了?"

"没那么细腻。"

"当然,你要相信,我会把握分寸,你想匿名也可以。"

他一想,自己不声不响这么多年,真名和匿名又有什么区别?

到六月中旬,除了实在舍不得的留下,一屋子东西基本上网拍一空。参拍网友猛地捡一阵漏,还以为远在韦城的某个藏家去世。藏家死后散书,散物,是旧书拍卖网时不时到来的节日。拍品量一大,必然有漏可捡,参拍者便大呼小叫地过足了瘾。有拍友管这叫作"吃白喜"。耿多义心里说,我是活生生让你们吃一回白喜。到手的钱,他清一清,肯定是没有回本。后来他看看卡上显示的数额,三十七万多一点,仿佛对应着自己的年龄,活一年能结余整一万。

面对拆迁,他还算从容应付过去,齐虎自然遇到麻烦,他那一堆心血作品,再怎么打折也没有下家接手。有几天,齐虎天天坐在自己店门口,甚至去到外面大马路,见人就拽住,强行招徕生意,免不了又挨别人耳光。耿多义看不过去,把那一堆雕塑买下来,按齐虎父亲开出的价格,不算很高,也能让人略感肉颤。更大的问题,是买下来一大堆,如何带走。耿多义打算买辆皮卡带回去,但皮卡狭小的货厢拉不了这么多大家伙。如果拉这一车回俚城,形象略显怪异的伟人们沿街冲人招手,也过于招摇。后来他想到一个办法,这批全身的塑像,都只保留胸部以上,看上去依然完整的。且又作了些加工,比如把一个木像的脖颈缩短了三公分,又把一个圆球形铁脑袋敲成卵圆形。这么一弄,塑像更是像模像样,运输也方便。带回俚城往哪放,他都想好了,耿多好在开洞屋旅馆,塑像就送给他,往洞里放。以耿多好的眼光看来,无疑是添香火的好事,说不定还可以再弄几个功德箱。

耿多义来韦城十年,终于离开,离开时只有齐虎深情地目送——尽管齐虎深情的样子,更显得丑。

相距八百五十公里的俚城,只有半程高速可走,他用了两天,次日天黑时分,新买的皮卡就停在水泥厂宿舍的院外。院内的空坪已被住户瓜分,每家苫盖一个小杂物间。年轻人要求老人拆掉,还原为停车场。他走进自己家里。以前一直觉得这院子过于破败,房子过于老旧,这几年下来处处焕然一新,再回家,他又感到这种老旧也是弥足珍贵。耿多好显然已经赚了些钱,要让父母腾房子。父亲表达了两个意思:一是欣慰,耿多好竟有余钱来表孝心,实在是天大的意外;二是表明要死在水泥厂宿舍,不必多讲。

先前已经打过电话,所以见面时父母也尽量不去惊喜。父亲虽然长期断腿,身体一直还算可以,平时照样喝酒,哼小曲。今年过年,亲戚朋友过来看他,忍不住多喝几场酒,忽然面瘫,左边脸叠向右边脸。耿多义当面一看,父亲完全是一副随时会死的样子。父亲瘫着脸笑:"不用怕,死不了。"他又含糊地念出两句自撰诗："人生在世谁不走,回头酒鬼喝鬼酒。"母亲站在一旁,一时涕笑,冲耿多义说:"看,是差不多了。"

家里有一股暮气,倒是以前的气味,他住下来有一种安然。隔天才讲起耿多好的事,说是年内打算结婚,最好是十月。母亲又说,这次应该是真的,她看得出来,气象和以往都不一样。耿多义说:"可惜订婚我没去。"母亲就笑,说订婚不去也没关系,现在要结婚这个,并不是年初订婚那个。耿多义说:"一晃半年,有那么多事情发生哈。又换了?"

"前面那个姓舒,订婚的时候有人闹事,后面竟然翻脸。现在这个姓代,还是韦城那边过来的。是林鸣介绍的。"母亲又说,"代表的代,笔画少,不是戴罪立功的戴。"

他回忆一番,韦城姓代的妹子一个都不认识,不是林鸣以前给自己推销,没搞好又转赠给哥哥。他感叹说:"林鸣给我介绍,从来不对路。"

"没有想到吧,林鸣跟你玩得好,却是你哥的福星。"

耿多义也没多问,机缘巧合也好,阴差阳错也罢,只要这结果能顺遂人意。他只想到,今天无事,正好把那一堆塑像拖到耿多好的洞子里去。电话一打,耿多好就叫手下小兄弟宰个肥鹅。耿多义去到山洞,见这哥哥像孙悟空领着一班猢狲,站在洞口迎接他到来。这堆塑像很合耿多好的胃口,他拍拍这个的脑袋,又拧一拧那个的耳朵,嘴里说:"好哇好哇,真他妈太好了,我正想找人捏菩萨,这些正好可以替。"他要手底下兄弟将塑像抬进洞,给几间贵宾房各措一个。耿多义劝他:"这么弄不好吧?"耿多好说:"生意是我做,你不要管那么多。"

酒倒满,一大锅椒香肥鹅架上桌,兄弟俩扯七扯八,讲到上次耿多义交代的事情。耿多好说:"后面林鸣带着你那个女朋友来……"

耿多义打断说:"已经不是了。"

"随你的便吧。你上回要找的妹子是叫欧繁,对不?后面我还找人打听,我的弟兄都很管用,她家情况打听得清清楚楚。她一家搬到曲溪镇,她妈在市场上卖菜,一个妹妹也在卖菜,一个妹妹考到省城读大学。这个叫欧繁的,硬是找不出在哪,可以肯定,已不在韦城。只要在韦城,我的兄弟……"

"理解,你的兄弟也不是万能。"

上次回伾城,从马勃那里打听到,两岔山杀人案失踪的女人是姓邵,他也就放下心来。次日无事,他把皮卡一开,往曲溪镇去。

曲溪毕竟不远,很快就到。他将车开到农贸市场,找好一个位置停下,远远看得见金伯娘。这天不逢集,金伯娘正和相邻的几个摊主一块打点子牌。一晃就到下午四点,他没见到任何人给金伯娘送饭。他将车停在一片巨大的树荫底下,阳光始终够不着,地面升腾的热气焐得他头脑昏沉。快五点,一通电话打来,他一看屏显,是马勃。"耿哥,你都回来两天了,一直也不打个电话。"

"正要打。这两天忙点事情。"

"刚回来,面都不肯一见,还能有什么重要事情?"马勃又问,"老实交代,现在在哪?"

"……曲溪镇。"

"曲溪？你是不是还在找你那个欧繁？"

耿多义一阵尴尬，这件事到底仍弄得尽人皆知。

马勃接着又问："耿哥，那边不是只有她妈在卖菜么？她也回来了？"

"唔，没有。"

"那你在那里……蹲守欧繁？"

他暗忖，这小子怎么什么都知道？正这么想，马勃又说："耿哥，你要用脑袋找人，知道不？你好好想想，最后一次见到她，是什么时候，有什么情况？"

他又想，你小子毕竟也有自作聪明的时候。我何尝没想到，最后一次见面，就是最重要的线索？正是最后那次见面，撞见她在干什么，这些年来，我才有这么多提心吊胆。

"我很好"

九八年洪灾到来之前耿多义离开俜城，远赴驮娘岭矿山，和欧繁断了所有联系。矿山苦闷，人都变成最原始的生产工具，对他来说，正好像切换了一个世界，远离那些往事。莫小陌渐远，欧繁渐远，他也变成另一个人。

三年后又去韦城混日子，报社里干活，那时 QQ 刚刚兴起，编辑们和作者联系全都用上这新式武器，整个编辑部此起彼伏，都是有如蛐蛐鸣叫般的声音。他发现 QQ 有搜索功能，只要键入人名，一搜，就有相应选项。那时还是网络的纯真时代，颇有一部分人，昵称就是本名。某天下午他闲来无事，便用这项功能，漫无边际地搜索那些熟悉的名字，首先是失踪数年的莫小陌，再是欧繁，都拉不出选项。他继续搜，搜"欧木朵"的时候，拉出一个选项。他抽一支烟以后，发出加好友的请求。

没到一分钟，那边回过消息：耿哥你在哪？虽然是信息框里的一行字，他却感受到扑面而来的那份惊喜。

既然联系上，耿多义就打听她姐的事，却是支吾。他也不多问，保持联系。QQ上多聊几回，木朵自己憋不住讲出来，欧繁去了朗山，去年认识一个男人。他嗯了一声，过一会只问，那男人姓什么？木朵回复，是姓夏，有店面做生意。他又把话忍住，待到下一次，再问是否要结婚？毕竟到这一年，他们都已二十八岁，作为女人，再不结婚都像有罪。木朵回复，不知道。

如果你姐要结婚，你告诉我，我随个份子，你来带，祝她幸福。他说这话，怀揣了古怪的心情，不是痛苦，也不是虚伪，说不上来。

什么叫随个份子？

就是给一份贺礼。

耿哥你真好，我一直记得你弄菜好吃，我姐叫有眼无珠，现在这个姓夏的不能跟你比。木朵又键一行，说我还有三年毕业，到时嫁给你，你看怎样？

真是瞎说。

呃，那就算了。

这次聊后，耿多义感到尴尬，尽量不去找欧木朵。年龄相差十来岁，感觉她像另一星球的人。此后木朵往对话框抛了几回期盼的图标，耿多义都是半夜回过去，第二天木朵再发消息，他又隐身。

过了数月，耿多义那天中午才打开电脑，发现木朵昨夜发来一条消息：我姐有事，被姓夏那狗日的劈了一刀。我要去朗山，你去不去？他赶紧回复：好的，我明天去。但那边没有回话，估计人已在半路。他请假，买了去省城的火车票，再由省城赶去朗山县更近。次日早起，发现手机上有一条陌生号码发来的信息：不要来看我，来了你也看不到。

只能是欧繁。

他赶紧将电话打过去，关机。只好发短信问她：到底怎么样了？你短信里总要说。她说，你不要来，我明天跟你说。

过了几天，她才发来消息，说情况还不错，在医院里恢复。两人吵架，姓夏的喝酒昏了头，忽然尖叫着舞起菜刀晃在她眼前。她以为这杂种不敢劈，头还往前一杵，没想一道明晃晃的光真就照她脑门过来。她本能地将头一侧，左边耳朵一凉。在当时，只是一凉，剧痛是延迟几秒后的反应。

"他还是想着收刀，耳廓还有一丝皮挂在脸上，但缝上去也长不合，医生建议切了。"她短信里尽量轻松，稍后又发来一条，"这挺好，是提醒我，我这人死不了的。你不用担心我会上吊自杀。"

他想起，这话当初正是自己讲出来的。那次，四人凑在一起爬到一座山头，满目坟茔，又聊到死，聊起自杀。莫小陌特别爱讲自杀的话题，还有意识地搜集各种意想不到的自杀行为，串起来讲给他们听。耿多义正好在一本书里看到一个说法，说耳廓不光是用于辨别声音的方向，还有一个重要功能，就是上吊时挂绳。莫小陌还问："要是耳朵一割，上吊就死不了人？"他回答："要不要试试？"欧繁也问："到底是割一边耳朵上吊不死，还是要两边耳朵都不能挂绳才行？"答复便如法炮制："要不要试试？"

欧繁状态似乎不错，他稍稍放心，又向她提一个要求："以后QQ联系，可以不？"她说她没有，他认为这不是问题，木朵随时可以给她弄一个。后来她有了QQ号，却从来不用。他往对话框里发消息，老不见回，有一次心血来潮，写了一段文字较长，看着像一封信，遂发往QQ附带的邮箱。过几天她竟然回了一封信，只有三个字："我很好"。

他马上又去信一封，说你要是没空，至少每月回我一次好么？

他想跟她讲话，就往她邮箱里发去一封一封信，有长有短。她只在每月一号统一回复那三个字。这事她倒一直坚持，每月一号，他打开邮箱，都会看见她发来消息说"我很好"。他也总会松一口气。

他最后一次见她，日期记得清晰，是二〇〇四年六月十九，距她耳朵被削，过去快两年。那天歌星欧恒升意外死亡，消息上了电视，附带作用就是让他记取日期，记不起便百度搜一下。眼下基本没人记得欧恒升是谁，但他的死亡还是被娱乐新闻播报出来。他不记得那次是因为什么事回的俚城，走在街面又被马勃撞见。马勃当时还没混上警察，隔着马路就冲他喊，耿哥耿哥！马勃拉他吃晚饭，讲起同学近况。那时同学开始了恋爱结婚，总有很多故事发生。马勃喝得尽兴，说得起劲，索性提议，要不再叫几个活人一起喝？吃了晚饭，就约好接着宵夜，耿多义找地方躺一下恢复酒量，马勃电话邀几个师兄弟十点碰面。

他去公交站，经过一家电器商场，商场内各品牌彩电砌成一堵墙，分别放不同的频道。有一块荧屏播报娱乐新闻，画面晃出一张扁脸。耿多义瞟一眼觉得熟悉，凑近了看，是欧恒升。欧恒升一早吸毒过量而亡，死相还不好看，濒死之时将自己衣服扯成布条。他觉得欧恒升还能上新闻，不是因为歌手身份，纯粹就是因为死得惨。当时他想，有些人若知自己死了能上娱乐新闻，心情又是怎样？坐上公交往水泥厂去，耿多义记起当初那盘磁带，名叫《你有夜晚的心情》。他力图记起歌曲的旋律，却是模糊。

晚十点，夜生活刚刚开始。耿多义和马勃先到一只宵夜摊，点来各种烤串和啤酒。师兄弟们正在赶来，两人坐等，耿多义忽然瞥见一辆摩托驶过。摩托后面搭着个女人。事有凑巧，开摩托的家伙在前面不远处撞见熟人，刹车打了个招呼。他打量女人背影。耿多义问马勃要摩托车钥匙。"我去去就来"，他一个纵身跨骑上摩托，就像电影里的好汉跨上一匹战马。

当天，耿多义骑车紧跟其后。那男人将女人送到路边一处粉红小屋，女人下了摩托，往里走，显然刚做完一笔生意。粉红小屋有灯箱店招：好再来。他想起很久以前，有一家旅店名叫"君再来"。他从字面上琢磨，两者有区别："君再来"仿佛是冲着某个人，"好再来"则冲的任何人。他在"好再来"外面撒了几枚烟蒂，返回夜宵摊，师兄弟来了四五人，情绪先就饱满起，喝开以后频频敬他，很快喝高。

次日酒醒，已是中午。晚上他赶去"好再来"守候，又吸几支烟，一咬牙进去。内厅比他想象中大，灯光不亮却晃眼，他目光一时无措，心说来得不是时候？但这种地方，哪时来又正是时候？

"……找我的。"

他循声望去，看到一段背影。她冲着L字台后面容颜衰朽的老女人讲话。他望着背影，宽了厚了，却只能是她。她扭头过来，仍然是她。他怔怔地看着她朝自己走来，直到自己一条胳膊被抓住。她拽了一把，他没有动。于是她说："走啊，你还想再挑一个，晚上搞双飞？"她语气轻淡，像是遇到熟客。一个看上去还未成年的女孩说："老姐，想不到你也有个老感情。"她说："毛幺妹，你想不到的事很多。"两人往外走，毛幺妹和别的几个妹子在后头咕咕地笑。

他将车骑向云水雅集，只能是那个地方。云水雅集仍在开张，洞口挂起红灯笼，里面增加了卡拉OK功能，更名为"俚城首创溶洞练歌房"。他冲总台描着眉眼那妹子说，我要"花开富贵"。妹子抬头奇怪地看他，还问，什么贵？他再次说，"花开富贵"。一旁中年男人起身走来，说，是"夏威夷"，你说那间,现在叫"夏威夷"。

"夏威夷"没有摆床,沙发很大,电视机很大,有台电脑用于点歌,茶几上有两只话筒。她坐在沙发另一头,中间可以再坐两个人。

"喝点什么?"

"用不着。"她看看他,又说,"现在把衣服脱了?"

她随手一摁,沙发后背摊平,成为一张床。沙发旁边的小立柜里,有被套有床单,当然也有双人枕。他看着她以最快的速度铺好床单,又从背包里掏出一块自己的床单,铺在上面。他说:"我不是那个意思……"

"我知道你不是来嫖我,你一直都是很高尚的人。"

"我当然不是。欧繁,我不小心撞见你了,肯定要来找你,可不可以?"

她自顾说:"你耿多义怎么会嫖娼?要是没个人手把手地教你,你根本就不知道怎么嫖。"

一如从前两人在一起,她一发火,他就自动闭上嘴。过一会她回复了平静,斜靠着沙发。一时无话,他想,既然这里变成K歌房,索性K歌,要造弄点声音才好。拧开电脑,歌单中竟然找得到欧恒升,再点进去,又找到《你有夜晚的心情》。他点开《你有夜晚的心情》,没有MTV,是某次现场演唱的录像,从口型看,欧恒升当时并不是唱这歌。字幕由白变红。

我们此时呆坐在床沿,
没有激情只有疲惫无言。

随着黑夜来临,

相对无言已是一种负罪感。

……

耿多义掂了掂话筒,分量很轻,是那种买一把摇头扇就赠一对的乡企制造。他将话筒递到欧繁手上,说:"你唱得很好,你来唱。"

"我不会。"

他肯定地说:"你会唱,你怎么不会?"

"我卖身不卖唱。"她嘴角一翘,似乎在冷笑。

"欧恒升今天死了。"

"是吗?"

"吸毒死的。"

"是吗?我有些困了。"

他对着歌词唱起来,洞内回音很大,喷出来的声音发潮。他深情地唱,她已脱掉外衣,用被单盖上自己,再脱掉小衣小裤,扔在他身上,然后发出一阵恶狠狠的笑。他重新操作鼠标,将这歌又点一遍。她的手伸了过来,抓住他拿话筒那只手,往被子里带。他感觉到她的体温。在这湿热的六月,她散发出另一种湿热。"你长得不显眼,其实蛮帅,我看你从小孩一点点变成男人。而且,你做得也很好……"他把话筒扔开,把手进一步探到里面,并说:"你别干这个。我现在也是一个人。"她依然冷笑:"你能不能别去想,要给我什么样的生活?你能不能在什么都不想的时候,也愿意跟我在一起?"

后来，他让电视自动放歌，风格反差极大的歌，强行串在一起。他只想让这洞屋充满声音，充满回声。再后来，他脱光自己，钻了进去，两个人紧贴起来。他拧着她脑袋，看她左耳，切口如此整齐，伤口长出皮肤，仿佛那只耳朵从没有长出来。他亲了那里，她扭着他脑袋往下扳。几年不见，她乳房下垂不少。他触摸着那种垮塌，把脸贴上去，却又引发她一阵爆笑。很久以后，她终于变得安静，电视也正好自动跳转到一首慢歌。

"你不要老是消失。"

"可我再不想见到你，真的。"

"那还是……回我邮件。"

"这没问题。"又过了很久，她又说，"……还是，戴上吧。"

"不要！"

再睁开眼已是清晨，阳光洒不进来，她已离开。一些源头不明的光线铺在床头，看见灰尘在光柱中滚动。荧屏仍在闪烁，播放着那首《你有夜晚的心情》，应是被欧繁设置了单曲循环。欧恒升的脸一直晃来晃去，唱了整整一夜，行将崩溃的表情。昨夜这首歌反复入梦，激发起许多怪异的梦境，一旦睁开眼，他就不记得她有没有在梦中出现。

正好唱到主歌 B 段：

她在天明时候离开你，
留下一夜缠绵的痕迹，

留下无边无际的曾经,

有谁与你再次过往……

很快又到月初,他打开邮箱,她一成不变发来那三个字:"我很好"。他知道自己无法相信这三个字,却又只能守候这三个字一次次抵达。

一晃几个年头,他总在每月一号清理邮箱,她的守时便是一份淡淡的慰藉。他相信她总在某个地方,纵有艰辛,依然从容地处理每件事。所以,这次未见她回邮件,没见"我很好"三字,此后几天也仍没收件,他难免慌了神。两岔山命案相关的消息、传闻拉扯着他回到伥城,有惊无险,他很快得到确凿的消息。马勃在电话里讲是另一个姓邵的女人,他绘声绘色,讲女人的丈夫是如何揪着她头发,让她脸一次一次往洗石的墙面上擦,女人那只耳朵是一点一点擦没了的。电话这头,耿多义听得一阵阵冷战,头脑中相应而生的场景如此真实,擦掉半幅耳廓的女人分明就是欧繁,而揪住她头发,使她身体在半空摆荡的,分明就是自己。

洞

本是打算金秋十月办婚事,后面提前,放到八月。八月正是阴历的七月,里面有个鬼节,按伥城的说法,这个月份最不适合结婚。既然这时结,其实就是摆明告诉大家,女人的肚皮已然藏不住。耿多好的兄弟众多,个个都比耿多义更亲,所以结婚的事耿多义用不着操心,每天仍在家里写,守着父母。家里换上了全新的空调,凉风吹送,有如山洞。

耿多好结婚前一天,挨近傍晚,林鸣将电话打来,要耿多义马上去火车站接人。他开着皮卡赶到车站,林鸣身后,柯燃冰也来了。

"怎么,很奇怪吗?"

"是有点。"

"你哥请我来,再说我也必须来。"

她等着他开口问,他只是开车。林鸣自后面说:"你嫂子按说不是我介绍的,是柯大小姐。上次她要我带她过来,是为了找你。小代硬是跟着我来,没想一眼就被好哥看上。"耿多义不禁感叹,耿多好鬼混这么多年,竟碰到一桩一见钟情的买卖。

"你说我该不该来?"

"我哥应该直接把你供起来,每天三炷香。"

到地方,年前冷冷清清的那个洞,忽然旧貌换新颜,张灯结彩。耿多义将车开到洞口,耿多好拱手相迎,指派一个小弟,将车开到指定位置。他将手底下的小兄弟成功改造为侍者。洞口喷出一股喜庆气氛,林鸣和柯燃冰便不停地掐风景,又搞自拍,把自己也掐进风景,搭帮耿多好的好事,一齐变得没心没肺,痛快闹上两天。前不久,耿多好请了风水先生,给这山洞拿出店名:多宝洞宜家旅舍。柯燃冰就说不好:"多宝洞,不如就叫水帘洞。"耿多义说:"哪来的一道水帘?"柯燃冰就笑："看你哥哥，真像美猴王登基，明天邀来各路魔王，一起开心。"

林鸣和柯燃冰自然都睡这多宝洞。耿多义回去一趟，凌晨两点又赶过来，往接亲的队伍里添一台车，负责拉女方的嫁妆。嫁妆是一套家用电器，其实电器都已搬进新房，耿多义象征性地拉一车电器外包装的瓦楞纸箱。柯燃冰挤到耿多义车子上，要看看俚城结婚怎么个搞法。柯燃冰说："你哥哥怎么都像个妖怪，一个新娘，偏要从房子接进山洞。一定要看看这妖魔风的婚筵。"

正午开始摆开婚宴，洞口开阔的平地搭了凉棚，几十张桌子菜盘堆叠，款待来宾。来宾从俚城指定的地点上车，由耿多好的兄弟一车接一车拖来山洞。耿多义父亲不方便来，他只好将母亲接来。中午时候气温已经老高，小代穿一身婚纱，还搭着披肩，咬牙撑着。过午以后气温太高，四处敬酒的时候，小代着实忍耐不下，将那块披肩扔开，后背大都裸露出来，几乎全都被刺青覆盖，既画老虎，也刺玫瑰。母亲看在眼里，痛在心里，冲耿多义说："以前小舒低眉顺眼，良家妇女，你哥不娶，娶来这个。狗改不了吃屎！"耿多义劝说："今天只管开心。"

耿多好和小代一桌一桌敬酒，那帮兄弟，冲着小代一口一个大嫂，不停灌她酒，同时不忘揩一把油。小代竟然羞怒，说你妈才大嫂，叫我小嫂就行。

洞口喝了喜酒，来宾去留自便，不走的进到洞内，可以K歌，可以打牌，耿多好就喜欢搞出群魔乱舞的场景，在他看来，这才叫喜庆。按时下的标准套路，洞屋旅馆每间房都可 K 歌，一时鬼喊鬼叫，激起洞内重重叠叠的回音。林鸣迅速地融入其中，抢夺话筒，尽量把声音飙高。耿多好那些兄弟，啤酒一杯一杯捉着林鸣灌。猛喝一阵，林鸣见怀里多了个妹子，衣服尽量省布，打扮自然杀马特。林鸣并不计较，继续搂紧。

下午五点，母亲说要回去守父亲。耿多义不想多喝，也被熟人灌了不少，没法开车，柯燃冰主动替他。他上车就睡熟，终于醒来，一看时间竟然过了九点。借着些许星光，一看车窗外面，应是大片郊野。柯燃冰安静地坐在副驾驶座，听手机下载的歌曲。

"这是什么地方？"

"珠寨口，我们现在是在广林县。"

"怎么带我来这里？"

"放心好了，难道我还会绑你肉票？"

两人下车，周围没有人家。马路一侧是河道，再过去是成片的稻田，蛙声虫鸣此起彼伏，风比城里茂盛许多。两人沿河的流势向下游走去，来往的车不时映亮路面。后来有一会，不再有任何车，路面黑下来，路两边也黑下来，直到路一拐，前面不远出现一丁点光芒。看得出，是灯光。

耿多义说："前面有个村子？"

"是个洞，可以到里面洗澡。"

耿多义一时变得清醒，问她："上次你来过这里？"

柯燃冰默认，稍后告诉他："你们最后一次碰面，你撞见她在干那事，她只好离开佴城。直到前年回来，是为莫小陌的父亲。老莫脑袋坏掉了，没有人照顾，她觉得应该她来照顾……"

"接着往下说。"

"去年年底，她和老莫结婚，不好再跟你有任何联系。"

耿多义哑然，拔腿往前方一点灯光走去，稍后展现在眼前的，果然是一个山洞。喀斯特地形区，往往洞连洞，一洞冒出，周边必有群类。广林挨着俫城，山洞一样很多。眼前这洞也建有洞屋，显然因经营不善，已遭废弃。洞口顶端亮着那盏灯，灯光相当萎靡，照不透多远，洞内的黑暗显得格外黏稠。耿多义听见潺潺水响，借着微光，好半天才看清，有一条阴河，自洞内流出。这条阴河汇入外面的河流，接口处形成T字。马路轧T字接口修建，便有了一座小桥，桥边停着三五辆摩托。耿多义看出来，这废弃的洞屋是附近村民的澡池。他记起，当年欧繁带着自己，在洞里洗澡，挂一笼纱帐，在里面成双成对地洗。想起当时场景，欧繁的躯体在记忆中复活，甚至记起她温暖的体香。

这洞任意进出，无人看门。耿多义和小柯进去，走到一处洞屋外的木廊，往里面看，黑暗中，纱帐轻飘飘垂立在水面，视效模糊、恍惚，有如梦中图景。耿多义想让目光洞穿薄纱，看清里面的人，当然不可能，便抽起烟来。一会儿，听到一个女人笑声忽忽悠悠地飘来。他留意地听了一下，声音是从更深一些的洞内传来。他转过身去，看向洞内，借那一丁点灯光，看见高悬着的洞壁，还有那边，两间地势最高的洞屋。半支烟的工夫，他在原地站不住了，就往最高处的两间洞屋走去。他想,在那两间屋外的木廊上,肯定看得见一些东西。

小柯往低处走,耿多义独自站在高处的木廊,上面有一股和下面不一样的凉风。洞内的阴湿和黯淡,让目光显得吃力,稍微看一阵,似有无数幻影,排排挞挞冲人撞来。好一会过后,他得以俯看洞底阴河,在拐弯处,洞壁凸出的地方,有人悬挂了一顶圆筒形的帐子。帐子里面有两个人,还搁着一盏蓄电灯,一如当年他自己和欧繁的行径。从外面看去,灯把帐内映得一团钝白,人的轮廓因此影影绰绰,贴在帐面上。

耿多义坐下连续抽烟,两眼一直盯向水中那一笼钝白的纱帐,神思不知游离何处。柯燃冰忽然在下面喊:"耿多义,下来了不?"喊几声,没有回答,小柯也就不吭声了。先前迸发欢笑的女人,此刻忽然安静。那两人很快完事,关掉灯,在原地摸摸索索地穿衣服。耿多义眼前陡然一黑。

耿多义走到洞口,洞顶昏暗的灯能照到这里。他隐约看见女人正朝这边走来。他猛吸了一口烟,屏住呼吸。女人走到受光的地方,歪着头,用毛巾捋头发上的水。当她行经耿多义眼前,仔细盯他一眼,并说:"真的是你!"

耿多义说:"你还好?"

"还好吧。"她弄着自己的头发,又问,"你呢?"

"就这样吧。"

"就这样,挺好!"她甩出一个微笑。

她又折身走几步,挨近走在后面的男人。男人收拾好纱帐,卷成一大卷,挟在腋下。男人身体横实,脚有点瘸,走起路来不免左右摇摆。他大部分肚皮翻在皮带外面,随着步幅,上下晃动,像是给自己打节拍,整个人眼看着就要散架。耿多义赶紧把脸撇进背光处。其实,老莫即使不喝酒,也挂着一脸醒醒的神情,对任何事物都似看非看。耿多义心里明白,他哪还能认出我来。

两人走到桥边,欧繁浑身用力,帮着老莫,妥妥地跨骑在一辆摩托的后端,自己再坐到前面,叮嘱老莫将自己搂紧。欧繁踩好几下油门,摩托发动起来。老莫把欧繁搂得很紧,两人浑然一体,欧繁消失在老莫巨大的躯体当中。车前灯拧亮,马路就在灯光里铺出。车子渐远,尾灯持续不断地划破夜色,而夜色,又在被灯光划破处迅速弥合。

耿多义还在原地站了一会,看着那条阒寂的公路。洞里吹出的风是凉的,而洞外很热。他看见冷热两股气流纠合的地方,会暗自升腾起一片片夜雾,轻盈流动,升至洞顶位置,再徐徐宕开。